# A CAMINHO DO AZUL SERENO

Também de Veronica Rossi

SOB O CÉU DO NUNCA
PELA NOITE ETERNA

ROAR E LIV (Uma história da série Never Sky)
BROOKE (Uma história da série Never Sky)

VERONICA ROSSI

A CAMINHO DO AZUL SERENO

TRILOGIA NEVER SKY

TRADUÇÃO DE
ALICE KLESCK

ROCCO
JOVENS LEITORES

Título original
INTO THE STILL BLUE

Copyright © 2014 *by* Veronica Rossi

Edição brasileira publicada mediante acordo com
Sandra Bruna Agencia Literaria, em conjunto com Adams Literary.

Todos os direitos reservados.

Nenhuma parte desta obra pode ser reproduzida ou transmitida por qualquer forma ou meio eletrônico ou mecânico, inclusive fotocópia, gravação ou sistema de armazenagem e recuperação de informação, sem a permissão escrita do editor.

Direitos para a língua portuguesa reservados
com exclusividade para o Brasil à
EDITORA ROCCO LTDA.
Av. Presidente Wilson, 231 – 8º andar
20030-021 – Rio de Janeiro – RJ
Tel.: (21) 3525-2000 – Fax: (21) 3525-2001
rocco@rocco.com.br | www.rocco.com.br

Printed in Brazil/Impresso no Brasil

Preparação de originais
ANNA BUARQUE

CIP-Brasil. Catalogação na fonte.
Sindicato Nacional dos Editores de Livros, RJ.

Rossi, Veronica
R743c   A caminho do azul sereno / Veronica Rossi; tradução de Alice Klesck. –
Primeira edição – Rio de Janeiro: Rocco Jovens Leitores, 2017.
(Never Sky; 3)

Tradução de: Into the still blue
ISBN 978-85-7980-316-1

1. Ficção americana. I. Klesck, Alice. II. Título. III. Série.

16-36058
CDD – 813
CDU – 821.111(73)-3

Este livro obedece às normas do
Acordo Ortográfico da Língua Portuguesa.

Para Michael

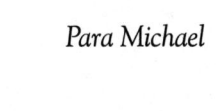

Capítulo 1

ÁRIA

Ária acordou subitamente, com o eco dos tiros zunindo em seus ouvidos.

Desorientada, ela olhou em volta, observando as paredes de lona, as duas camas de armação de madeira e as pilhas de baús surrados, reconhecendo finalmente a tenda de Perry.

A dor latejava em seu braço direito. Ela olhou para a atadura branca, que ia do ombro até o pulso, e o pavor revirou seu estômago.

Um Guardião atirara nela em Quimera.

Ela passou a língua nos lábios ressecados, sentindo o gosto amargo do remédio para dor. *Apenas tente*, disse a si mesma. Não deve estar tão ruim assim.

Pontadas de dor irradiaram-se por seu bíceps, quando ela tentou fechar a mão. Seus dedos só mexeram levemente. Era como se sua mente tivesse perdido a capacidade de se comunicar com sua mão, a mensagem desaparecendo em algum lugar ao longo do braço.

Ficando de pé, ela oscilou no lugar por alguns instantes, esperando que uma nova onda de tonteira passasse. Ela fora levada para aquela tenda assim que ela e Perry chegaram e, desde então, ali permanecera. Mas ela não podia ficar nem mais um segundo lá dentro. Que sentido fazia, se ela não estava melhorando?

Suas botas estavam em cima de um dos baús. Decidida a encontrar Perry, ela sentou-se para calçá-las – um desafio e tanto com apenas uma das mãos.

– Botas desgraçadas – murmurou ela. Ela puxou uma delas com mais força e seu braço passou a queimar.

– Ah, não culpe as botas, coitadas.

Molly, a curandeira da tribo, entrou na tenda segurando uma lamparina. De cabelos macios e grisalhos, ela não se parecia em nada com a falecida mãe de Ária, mas elas tinham uma postura parecida. Serena e confiável.

Ária enfiou os pés nas botas – nada como uma plateia para oferecer a motivação necessária – e endireitou-se.

Molly pousou a lamparina sobre um baú e aproximou-se.

– Tem certeza de que já consegue sair da cama?

Ária jogou os cabelos para trás da orelha e tentou desacelerar a pulsação. Um suor frio tinha começado a minar em seu pescoço.

– Tenho certeza de que vou enlouquecer, se eu continuar aqui.

Molly sorriu, com o rosto cheio brilhando à luz da lamparina.

– Já ouvi esse mesmo comentário algumas vezes, hoje. – Ela pousou a mão áspera sobre o rosto de Ária. – Sua febre baixou, mas você precisa de uma nova dose do remédio.

– Não. – Ária balançou a cabeça. – Eu estou bem. Cansei de ficar dormindo.

Dormindo não era bem a palavra. Durante os últimos dias, ela tinha algumas lembranças sombrias de emergir de um abismo negro para tomar remédio e colheradas de caldo quente. Às vezes, Perry estava por ali, amparando-a e sussurrando em seu ouvido. Ao ouvi-lo falar, ela via o brilho de braseiros. Fora isso, nada além de escuridão – e pesadelos.

Molly pegou sua mão dormente e a apertou. Ária não sentiu nada, mas, conforme Molly foi apalpando seu braço, ela gemeu de dor, contraindo a barriga.

– Você teve alguns danos nos nervos – disse Molly. – Imagino que já tenha notado isso.

– Mas vai melhorar, não vai? Um dia?

– Gosto demais de você para lhe dar falsas esperanças, Ária. A verdade é que eu não sei. Marron e eu fizemos o melhor possível. Pelo menos, conseguimos salvar o braço. Por um tempo, pareceu que teríamos de cortá-lo.

Ária estremeceu e virou o rosto para as sombras, tentando assimilar aquelas palavras. Seu braço quase fora amputado. Arrancado como uma peça descartável. Um acessório. Um chapéu ou um cachecol. Será que ela chegou a correr o risco de acordar e ver que lhe faltava um pedaço?

– É o braço que foi envenenado – disse ela, mantendo-o junto ao corpo. – Não era grande coisa antes. – Sua Marca, a tatuagem feita pela metade, que a teria identificado como uma Audi, era a coisa mais horrenda que ela já vira. – Você poderia me levar para conhecer o lugar, Molly?

Ária não esperou pela resposta. A necessidade de ver Perry – e esquecer-se de seu braço – era desesperadora. Ao curvar-se e cruzar a abertura da tenda, ela subitamente parou.

Olhou para cima, arrebatada pela corpulência da caverna, uma imensidão que parecia ao mesmo tempo próxima e por toda parte. Estalactites de todos os tamanhos emergiam da escuridão acima, uma escuridão diferente da que ela vivenciara em seu estado de torpor. Antes tinha sido um vazio, uma ausência. Essa escuridão tinha som e dimensão. Parecia viva e consistente, zumbindo baixinho e sem cessar em seus ouvidos.

Ária respirou fundo. O ar fresco cheirava a salmoura e fumaça, aromas tão fortes que ela chegava a sentir o gosto.

– Para a maioria de nós, a escuridão é a parte mais difícil. – Molly agora estava parada ao seu lado.

Ao redor delas, em fileiras alinhadas, Ária enxergou mais tendas, fantasmas puídos nas trevas. Sons emanavam de algum ponto distante, onde tochas tremulavam – o triturar das rodas de um carrinho passando sobre pedras, o gotejar constante de água, o berro suplicante de um bode –, ecoando freneticamente em seus ouvidos sensíveis.

– Quando não se enxerga mais de quarenta passos à frente – prosseguiu Molly –, é fácil se sentir encurralado. Não estamos, graças aos céus. Ainda não chegou a tanto.

– E o Éter? – perguntou Ária.

– Pior. Há tempestades diárias, desde que você chegou, algumas bem acima de nós. – Molly enlaçou o braço bom de Ária. – Somos sortudos por ter esse lugar. Porém, às vezes não é fácil se sentir assim.

Uma imagem de Quimera ruindo e virando pó passou pela cabeça de Ária. Seu lar fora destruído e a aldeia dos Marés também havia sido abandonada.

Molly estava certa. Isso era melhor que nada.

– Imagino que você queira ver o Peregrine – falou Molly, passando com Ária por uma fileira de tendas.

Imediatamente, pensou Ária.

– Sim – foi o que ela respondeu, no entanto.

– Receio que você terá de esperar um pouquinho. Ouvimos dizer que havia gente adentrando nosso território. Ele saiu com o Gren, para encontrá-los. Estou torcendo para que seja o Roar e que ele tenha trazido o Cinder junto com ele.

Só em ouvir o nome de Roar, Ária sentiu um nó na garganta. Ela se preocupava com ele. Eles só estavam separados há alguns dias, mas parecia tempo demais.

Elas chegaram a uma área aberta, tão vasta quanto a clareira no centro da aldeia dos Marés. No meio, havia uma plataforma de madeira cercada por mesas e cadeiras – todas apinhadas de gente ao redor de lamparinas. Vestidas em tons de marrom e cinza, as pessoas se fundiam à escuridão, mas o falatório delas vinha flutuando em sua direção, as vozes cheias de ansiedade.

– Só temos permissão para sair da caverna quando for seguro lá fora – explicou Molly, notando a expressão de Ária. – Hoje há focos de incêndio por perto e uma tempestade ao sul; portanto, estamos presos aqui.

– Não é *seguro* lá fora? Você disse que o Perry está lá fora.

Molly piscou.

– Sim, mas ele pode infringir suas próprias regras.

Ária sacudiu a cabeça. Como Soberano de Sangue, ele provavelmente precisava correr riscos.

Perto do estrado, as pessoas começaram a notar as duas. Queimados pelo sol e o sal, os Marés tinham um nome apropriado. Ária avistou Reef e alguns de seus guerreiros, um grupo conhecido como Seis. Ela reconheceu os três irmãos: Hayden, Hyde e Straggler, o caçula. Ela não se surpreendeu que Hyde, Vidente como os irmãos, a tivesse visto primeiro. Ele ergueu a mão, num cumprimento hesitante.

Ária retribuiu com um aceno trêmulo. Ela mal o conhecia, ou qualquer uma daquelas pessoas. Só passara alguns dias com a tribo de Perry, antes de deixar a aldeia dos Marés. Agora, diante dessa gente quase estranha, ela queria muito ver *seus* amigos, mas não via. Nem uma única pessoa que ela e Perry haviam salvado de Quimera estava ali.

– Onde estão os Ocupantes? – perguntou.

– Numa parte separada da caverna.

– Por quê?

Mas a atenção de Molly tinha se voltado para Reef, que deixou seus homens e vinha andando até elas. Na escuridão, suas feições pareciam ainda mais rudes, e a cicatriz imensa que ia de seu nariz até a orelha parecia ainda mais sinistra.

– Que bom que você acordou. – Pelo tom, parecia que Ária estivera dormindo por pura preguiça. Perry gostava desse homem, ela lembrou a si mesma. Confiava nele. Mas Reef nunca fizera qualquer tentativa de se aproximar dela.

Ela olhou diretamente nos olhos dele.

– Convalescer *é* entediante.

– Precisamos de você – disse ele, ignorando o tom de sarcasmo na voz dela.

Molly sacudiu o dedo para ele.

– Pode parar por aí, Reef. Ela acabou de acordar e precisa se aclimatar. Ela não precisa saber disso agora.

Reef endireitou os ombros e franziu as sobrancelhas grossas.

– Quando devemos dizer a ela, Molly? Todos os dias trazem novas tempestades. A cada hora, nossos suprimentos de comida estão diminuindo. A cada minuto, alguém chega mais perto de enlouquecer dentro dessa rocha. Se houver um momento melhor para que ela descubra a verdade, eu gostaria de saber quando. – Ele se inclinou na direção dela e algumas de suas tranças grossas caíram sobre seu rosto. – Regras de guerra, Molly. Fazemos o que é preciso, quando for preciso, e, neste momento, isso significa que ela precisa saber o que está acontecendo.

As palavras de Reef sacudiram os últimos resquícios de torpor da mente de Ária. E trouxeram-na ao ponto em que ela estivera uma semana antes, alerta e tensa, ligeiramente ofegante, com uma sensação de desespero revolvendo por dentro.

– Diga-me o que aconteceu – pediu ela.

Reef voltou seu olhar intenso para Ária.

– É melhor que eu lhe mostre – disse ao sair andando.

Ela o seguiu, saindo da área comum e adentrando mais a caverna, onde ficava cada vez mais escuro e quieto, e seu pavor ia aumentando a cada passo. Molly deu um suspiro de angústia, mas os acompanhou.

Eles seguiam em meio às formações rochosas derretidas – uma floresta de pedras que pingava do teto e se erguia do solo, lentamente se fundindo – até que Ária se viu caminhando por um corredor natural. Aqui e ali, o túnel se abria para outras passagens, que emanavam sopros frescos e úmidos em seu rosto.

– Naquela direção fica a área de estoque de medicamentos e suprimentos – disse Molly, apontado para esquerda. – Qualquer coisa que não seja comida ou animais. Os animais e os alimentos são mantidos em cavernas na outra ponta. – Ela soava mais animada do que o normal, como se estivesse tentando compensar pela agressividade de Reef. Enquanto caminhava, ela delicadamente balançava a lamparina, fazendo com que as sombras se inclinassem para frente e para trás, ao longo do espaço apertado. Ária começou a ficar levemente tonta e enjoada.

Para onde eles a estavam levando?

Ela nunca vira uma escuridão como essa. Lá fora sempre houve o Éter, ou a luz do sol, ou o luar. No núcleo, dentro das paredes protegidas de Quimera, as luzes sempre foram radiantes. Sempre. Isso era novo, essa piscina escura e sufocante. Ela sentia o breu encher seus pulmões, a cada respiração. Estava tragando o escuro. Arrastando-se por ele.

– Por trás daquela cortina fica a Sala de Batalha – prosseguiu Molly. – É uma caverna menor, para onde trouxemos uma das mesas do antigo refeitório. Perry se reúne com as pessoas ali dentro, para discutir assuntos importantes. O pobre menino quase nunca sai de lá.

Caminhando silenciosamente à frente delas, Reef balançou a cabeça.

– Eu me preocupo com ele, Reef – defendeu-se Molly, visivelmente irritada. – Alguém tem que se preocupar.

– E você acha que eu não me preocupo?

Ária também se preocupava – mais do que qualquer um deles –, mas ela ficou quieta, deixando que eles discutissem.

– Bem, se você se preocupa, disfarça muito bem – disparou Molly. – Tudo o que você parece fazer é criticar as coisas que acha que ele está fazendo errado.

Reef deu uma olhada para trás, por cima do ombro.

— Devo começar a dar tapinhas nas costas dele e dizer o quanto ele é maravilhoso? Isso nos ajudará de alguma forma?

— Você deveria fazer isso, sim, de vez em quando.

Ária parou de ouvi-los. Os pelos de seus braços se eriçaram quando seus ouvidos começaram a identificar novos ruídos. Gemidos. Sussurros. Sons horrendos que vinham em sua direção, de dentro dos túneis. Um coro de aflição.

Ela distanciou-se de Molly e Reef, segurando o braço ferido junto ao corpo, enquanto seguia apressada. Ao dobrar num corredor, ela chegou a uma caverna grande e penumbrosa, iluminada por lamparinas.

Espalhadas pelo chão, sobre cobertas, havia dezenas de pessoas, em estados variados de consciência. Seus rostos estavam profundamente pálidos, em contraste com as roupas cinzentas — a mesma roupa que ela usara a vida inteira, até ser expulsa de Quimera.

— Eles adoeceram logo depois que vocês todos chegaram — Molly disse, ao alcançá-la. — Você foi para a tenda de Perry e eles vieram para cá, e estão assim desde então. Perry disse que a mesma coisa aconteceu com você assim que você saiu de Quimera. É o choque do sistema imunológico. Algumas pessoas foram inoculadas a bordo da aeronave na qual vocês chegaram. Havia um suprimento para trinta pessoas, mas vocês eram 42. A pedido de Perry, nós distribuímos quantidades iguais para todos. Ele disse que isso seria o que você gostaria que fosse feito.

Ária não conseguia responder. Mais tarde, quando conseguisse voltar a pensar com clareza, ela relembraria cada palavra de Molly. Pensaria no modo como Reef a observava, de braços cruzados, como se aquilo fosse um problema para ela resolver. Ela se aproximou dos doentes, com o coração preso na garganta.

A maioria das pessoas que ela via estava imóvel, pareciam mortas. Outras tremiam de febre, pálidas, quase verdes. Ela não sabia quem estava pior.

Ela olhava os rostos em volta, à procura de seus amigos; Caleb e Rune e...

– Ária... aqui.

Ela seguiu a voz e sentiu uma pontada de culpa ao avistar Soren; ela nem se lembrara dele. Ária passou pelos aglomerados de pessoas e se ajoelhou ao seu lado.

Soren sempre fora muito corpulento, mas agora a robustez de seus ombros e pescoço havia murchado. Mesmo embrulhado num cobertor, dava para perceber. Ela via em seu rosto e olhos fundos, pesados, com as pálpebras meio caídas, mas fixas nela.

– Que gentileza a sua aparecer por aqui – disse ele, claramente mais lúcido do que os outros. – Estou com um pouco de inveja por você ter recebido acomodações particulares. Acho que conhecer as pessoas certas compensa.

Ária não sabia o que dizer. Ela não conseguia absorver aquele nível de sofrimento. Sua garganta estava engasgada com tudo aquilo. Sufocada pela necessidade de ajudar. De mudar aquela situação de alguma forma.

Soren piscou languidamente.

– Agora entendi por que você adora o lado de fora. Isso aqui é totalmente excelente.

Capítulo 2

PEREGRINE

— Você acha que é o Roar, ou o Twig? — perguntou Gren, aproximando o cavalo dele do cavalo de Perry.

Perry inalou, em busca de vestígios dos cavaleiros que haviam sido avistados mais cedo. Ele não farejava nada além de fumaça.

Dez minutos antes, ao deixar a caverna, ele estava ávido por ar fresco. Pela luz e a sensação de estar a céu aberto e de movimento. Mas tudo que ele ganhou foi uma névoa cinzenta e espessa dos focos de incêndio matinais, que encobria tudo, e a sensação aflitiva do Éter, como centenas de alfinetadas em sua pele.

— Eu ficaria surpreso se fosse outra pessoa — respondeu. — Além de Roar e eu, quase ninguém sabe da existência desta trilha.

Ele caçava naquelas matas com Roar desde que eles eram garotos. Mataram o primeiro cervo juntos, não muito longe dali. Perry conhecia cada pedaço do caminho que atravessava as terras que um dia pertenceram ao seu pai, depois ao seu irmão, até passarem a ser suas, meio ano atrás, quando ele se tornou Soberano de Sangue.

Elas mudaram muito, no entanto. Nos últimos meses, as tempestades de Éter haviam provocado incêndios que arrasaram as colinas, deixando grandes extensões chamuscadas. A temperatura estava baixa demais para o fim da primavera e o cheiro da floresta também estava diferente. Os aromas da vida – a terra, a grama e a caça – pareciam enterrados sob o odor pungente de fumaça.

Gren ajeitou o chapéu marrom na cabeça.

– Qual é a possibilidade de Cinder estar com eles? – perguntou, com um tom de desespero na voz. Cinder havia sido sequestrado sob a guarda de Gren, que não se perdoara por isso.

– Boa. Roar nunca falha.

Ele pensou em Cinder, em como o menino estava fraco e fragilizado quando fora levado. Perry não queria pensar no que poderia estar acontecendo com ele nas mãos de Sable e Hess. Eles haviam juntado forças, os Galhadas e os Ocupantes, e raptado Cinder por sua habilidade de controlar o Éter. Aparentemente, ele era a chave para se chegar ao Azul Sereno. Perry só queria o garoto de volta.

– Perry! – Gren puxou as rédeas de seu cavalo. Ele inclinou a cabeça para captar melhor cada som com seus ouvidos aguçados. – Dois cavalos, em alta velocidade na nossa direção.

Perry ainda não conseguia enxergar ninguém, perscrutando a trilha adiante, mas só podiam ser eles. Ele assoviou para que Roar soubesse que ele estava ali. Alguns segundos se passaram, enquanto ele esperava pela resposta de Roar.

Nada.

Perry xingou. Roar teria ouvido e assoviado em resposta.

Ele puxou o arco do ombro e prendeu uma flecha, mantendo os olhos fixos na curva do caminho. Gren também preparou seu arco e eles caíram em silêncio, prontos para qualquer coisa.

– Agora – murmurou Gren.

Perry ouviu os cavalos estrondando ao se aproximarem. Ele puxou a flecha para trás, mirando na trilha, quando viu Roar contornar uma touceira de bétulas.

Perry baixou o arco, tentando entender o que estava acontecendo.

Roar aproximou-se a galope, com seu cavalo negro arrancando nacos de terra. Sua expressão estava focada, fria, e não mudou quando ele avistou Perry.

Twig, outro do bando dos Seis, assim como Gren, contornou a curva logo depois. Assim como Roar, ele cavalgava sozinho. A esperança de Perry de ter Cinder de volta se despedaçou.

Roar correu em pleno galope até o último momento, depois parou bruscamente.

Perry o encarava sem dizer nada, um silêncio profundo se estendendo entre os dois. Ele não esperava olhar para Roar e pensar em *Liv*, embora devesse. Ela também pertencera a Roar. A perda da irmã voltou a golpear o estômago de Perry, como fizera dois dias antes, quando recebeu a notícia.

– Que bom que você está de volta em segurança, Roar – disse finalmente. Sua voz soou forçada, mas, pelo menos, ele conseguiu dizer as palavras.

O cavalo de Roar estava agitado, remexendo a cabeça, mas Roar mantinha os olhos fixos.

Perry conhecia aquele olhar hostil. Mas nunca o vira apontado em sua direção.

– Onde *você* estava? – perguntou Roar.

Tudo naquela pergunta estava errado. O tom acusador na voz de Roar. Sua insinuação de que Perry havia falhado de alguma maneira.

Onde ele estava? Cuidando de quatrocentas pessoas que definhavam numa caverna.

Perry ignorou a pergunta e fez a sua.

– Você encontrou Hess e Sable? Cinder estava com eles?

– Eu os encontrei – disse Roar, friamente. – E sim. Eles estão com Cinder. O que você vai fazer a respeito?

Então, ele bateu com os calcanhares no cavalo e saiu a galope.

Eles regressaram à caverna sem dizer uma palavra. O clima constrangedor permaneceu entre eles, tão denso quanto a fumaça que pairava sobre a floresta. Até mesmo Gren e Twig – melhores amigos – trocaram poucas palavras, e as brincadeiras habituais foram banidas pelo clima tenso.

A hora de silêncio deu a Perry tempo de sobra para lembrar-se da última vez em que vira Roar: uma semana atrás, no meio da pior tempestade de Éter que ele já enfrentara. Roar e Ária tinham acabado de regressar do território dos Marés, após passarem um mês fora. Ao vê-los juntos, depois de passar semanas sentindo falta de Ária, Perry perdeu a cabeça e atacou Roar. Ele esmurrou Roar, pensando o pior de um amigo que jamais duvidara *dele*.

Isso certamente havia contribuído para o temperamento sombrio de Roar, mas o verdadeiro motivo era óbvio.

Liv.

Perry ficou tenso ao lembrar-se da irmã, e seu cavalo espantou-se sob ele.

– Opa. Calma, garota – disse, aquietando a égua. Ele sacudiu a cabeça e repreendeu a si mesmo por deixar seus pensamentos vaguearem.

Ele não podia se permitir pensar em Liv. A tristeza o tornaria fraco; algo que ele não podia se dar ao luxo de ser agora, com centenas de vidas em suas mãos. Seria mais difícil manter o foco com Roar por perto, mas ele o faria. Não tinha escolha.

Agora, enquanto descia pela estrada em zigue-zague, ele observava Roar adiante e dizia a si mesmo para não se preocupar. Roar era seu irmão em todos os sentidos, menos de sangue. Eles encontrariam uma maneira de superar a briga. De superar o que havia acontecido com Liv.

Perry desceu do cavalo na pequena praia, ficando para trás, enquanto os outros desapareciam rumo à fenda escura que levava às entranhas da montanha. A caverna era sua tortura particular e ele ainda não estava pronto para voltar. Quando estava lá dentro, precisava de cada milímetro de sua concentração para conter o pânico que sufocava seus pulmões e lhe tirava o fôlego.

— Você é claustrofóbico — Marron lhe dissera ontem. — É um medo irracional de ficar preso em locais fechados.

Mas ele também era Soberano de Sangue. Não tinha tempo para medo, irracional ou não.

Ele respirou fundo, saboreando o ar externo por mais alguns instantes. A brisa vespertina do mar tinha dissipado a névoa enfumaçada e, pela primeira vez no dia, ele podia ver o Éter.

As correntes azuis rolavam pelo céu, numa tempestade de ondas luminosas e giratórias. Estavam mais aterradoras que nunca, até mais que ontem, porém outra coisa chamou sua atenção. Ele viu rajadas vermelhas, onde o Éter revolvia com mais intensidade, como pontos quentes. Como o vermelho do nascer do sol, sangrando da crista de uma onda.

— Está vendo aquilo? — perguntou Perry a Hyde, que voltou correndo para encontrá-lo.

Um dos melhores Videntes dos Marés, Hyde seguiu o olhar de Perry, estreitando seus olhos de falcão.

— Estou, sim, Per. O que você acha que é?

— Não tenho certeza, mas duvido que seja bom.

Eles ficaram em silêncio por alguns momentos.

— Eu gostaria de poder ver o Azul Sereno, sabe? — O olhar de Hyde se desviara para o horizonte, além do oceano. — Seria mais fácil encarar tudo isso, se eu soubesse que ele está lá, esperando por nós.

Perry detestava a derrota que se acumulava no temperamento de Hyde, um cheiro rançoso, como poeira.

— Você logo verá — disse ele. — Você será o segundo a ver.

— Meus olhos são mais fortes que os seus.

Hyde mordeu a isca. Perry sorriu.

— Eu quis dizer Brooke, não eu.

Hyde deu um empurrão no ombro de Perry.

— Não é verdade. Minha visão tem o dobro do alcance.

— Você é um homem cego comparado a ela.

Os dois continuaram a discutir enquanto seguiam rumo à caverna, com o humor de Hyde melhorando, como Perry planejara. Ele precisava manter o moral alto, ou eles jamais conseguiriam superar tudo aquilo.

– Encontre o Marron pra mim e peça que me encontre na Sala de Batalha – disse Perry, quando eles entraram. – Também preciso de Reef e Molly lá. – Ele indicou Roar com a cabeça, a alguns passos de distância e de costas para eles, observando a caverna de braços cruzados. – Arrume um pouco de água e algo para ele comer, e faça com que se junte a nós imediatamente.

Era hora de traçar uma estratégia e Roar tinha informação sobre Cinder, Sable e Hess. Para chegar ao Azul Sereno, Perry precisava das aeronaves dos Ocupantes – ele e Ária tinham trazido uma delas de Quimera, mas ela não conseguiria levar todos eles – e também precisava saber exatamente que direção tomar, ou os Marés não iriam a lugar algum.

Cinder. Aeronaves. Uma direção.

Três coisas, e Sable e Hess tinham todas elas. Mas isso ia mudar.

Roar falou, ainda de costas:

– Perry parece ter se esquecido de que eu consigo ouvir cada uma de suas palavras, Hyde. – Ele se virou, encarando Perry, e lá estava aquele olhar hostil novamente. – Independentemente da minha vontade.

A raiva invadiu Perry. Ali perto, Hyde e Gren ficaram tensos, com seus humores em vermelho vivo, mas Twig, que estivera com Roar havia dias, foi o primeiro a entrar em ação. Ele soltou a rédea e disparou até Roar, agarrando-o pelo casaco preto.

– Vamos – disse, dando um cutucão em Roar que foi quase um empurrão. – Eu vou lhe mostrar o caminho. Até você se acostumar, é fácil se perder por aqui.

Quando eles saíram, Gren sacudiu a cabeça.

– O que foi *aquilo*?

As respostas passavam pela cabeça de Perry.
Roar sem Liv.
Roar sem motivo para viver.
Roar no inferno.
– Não é nada – respondeu Perry, agitado demais para explicar. – Ele só precisa esfriar a cabeça.

Ele seguiu para a Sala da Batalha, enquanto Gren foi cuidar dos cavalos. A cada passo, a ansiedade aumentava dentro dele, apertando seus pulmões, mas ele lutava contra aquilo. Ao menos a escuridão da caverna não o incomodava, como acontecia com a maioria. Por alguma reviravolta do destino, seus olhos de Vidente enxergavam ainda melhor com pouca luz.

Na metade do caminho, Flea, o cachorro de Willow, veio correndo. Latia e pulava como se não visse Perry havia semanas. Talon e Willow vieram logo atrás.

– Você encontrou o Roar? – quis saber Talon. – Era ele?

Perry agarrou Talon e o segurou de cabeça para baixo, e foi presenteado com uma gargalhada.

– Com certeza, Squik. – Roar tinha voltado; o que sobrara dele, pelo jeito.

– E o Cinder também? – perguntou Willow, com os olhos arregalados de esperança. Ela se afeiçoara a Cinder. Estava tão desesperada quanto Perry para tê-lo de volta.

– Não. Até agora, só o Roar e o Twig. Mas nós vamos encontrá-lo, Willow. Eu prometo.

Apesar de sua afirmação, Willow soltou uma porção de palavrões. Talon deu uma risadinha e Perry riu também, mas ele sentia pena dela. Ele farejava seu sofrimento.

Perry colocou Talon no chão.

– Pode me fazer um favor, Squik? Dá uma olhada na Ária pra mim? – Ela estava sedada desde que eles haviam chegado à caverna, e o ferimento em seu braço se recusava a sarar. Ele ia vê-la sempre que podia, e passava todas as noites com ela em seus braços, mas, ainda assim, sentia sua falta. Mal podia esperar que ela despertasse.

– Pode deixar! Vamos, Willow.

Perry ficou olhando os dois saírem correndo, com Flea atrás deles. Ele achara que a caverna assustaria seu sobrinho, mas Talon se adaptara rápido, como todas as crianças. A escuridão os inspirava a brincar de jogos intermináveis de pique-esconde, e eles passavam horas em aventuras, desbravando as cavernas. Mais de uma vez, Perry ouvira as crianças histéricas por conta dos sons ecoantes – alguns que teria sido melhor não ouvir.

Bem que ele gostaria que os adultos tivessem o mesmo espírito.

Perry entrou na Sala da Batalha e cumprimentou Marron com um aceno de cabeça. O teto era baixo e irregular, forçando-o a se abaixar ao contornar a longa mesa de reunião. Ele lutava para manter a respiração equilibrada, dizendo a si mesmo que as paredes não estavam se fechando sobre ele; era só impressão.

Roar havia chegado antes. Ele estava recostado na cadeira, com as botas em cima da mesa. Segurava uma garrafa de Luster e não ergueu os olhos quando Perry entrou. Mau sinal.

Bear e Reef acenaram para Perry, em meio a uma conversa sobre as chamas vermelhas que tinham surgido no Éter. A bengala de Bear estava sobre a mesa, abrangendo a distância ocupada pelos três homens. Sempre que via aquela bengala, Perry se lembrava de ter tirado Bear dos destroços da casa dele.

– Alguém sabe por que a cor está mudando? – perguntou Perry. Ele sentou-se em sua cadeira habitual, com Marron à direita e Reef à esquerda. Sentia-se estranho sentado de frente para Roar, como se eles fossem adversários.

Havia velas acesas no centro da mesa, com chamas imóveis e perfeitas; ali não havia qualquer corrente de ar para fazer com que tremulassem. Marron tinha mandado pendurar tapetes ao longo do perímetro para criar paredes falsas e a ilusão de uma sala de verdade. Perry ficou imaginando se isso ajudava os outros.

– Sim – respondeu Marron. Ele começou a girar um anel de ouro em seu dedo. – O mesmo fenômeno aconteceu durante a época da União. Isso sinalizou o começo de tempestades constantes. À época, elas duraram trinta anos. Veremos a cor continuar a mudar até ficar completamente vermelha. Quando isso acontecer, será impossível sair. – Ele fechou os lábios apertados, sacudindo a cabeça. – Receio que nós ficaremos confinados aqui.

– Quanto tempo nós temos? – perguntou Perry.

– Os relatos em relação àquela época variam; portanto, fica difícil dizer com precisão. Podem ser apenas algumas semanas, se tivermos sorte.

– E se não tivermos?

– Dias.

– Pelos céus! – exclamou Bear, pousando os braços pesados sobre a mesa. Ele soltou o ar, fazendo tremular a chama da vela à sua frente. – Uma questão de *dias*?

Perry tentou digerir essa informação. Ele tinha trazido os Marés até ali, como um abrigo temporário. Prometera-lhes que não seria para sempre; e não podia ser mesmo. A caverna não era um núcleo como Quimera, com a capacidade de autossustentação. Ele precisava tirá-los dali.

Ele olhou para Reef, em busca de um conselho.

Mas, naquele momento, Ária entrou na sala.

Perry ficou de pé tão depressa que sua cadeira caiu para trás. Ele deu dez passos na direção dela como um raio, batendo a cabeça no teto baixo, trombando a perna na mesa, deslocando-se da maneira mais descoordenada de toda sua vida.

Ele a puxou, abraçando-a com o máximo de força que pôde, sendo cauteloso com seu braço machucado.

Ela estava com um cheiro incrível. De violetas e campos abertos sob o sol. Um perfume que fez seu coração disparar. Era o cheiro da liberdade. Era tudo que a caverna não era.

– Você está acordada – disse ele, quase rindo de si mesmo. Fazia dias que ele vinha esperando para falar com ela; podia ter dito algo melhor.

– Talon disse que você estava aqui – disse ela, sorrindo para ele.

Ele passou a mão sobre a atadura no braço dela.

– Como se sente?

Ela encolheu os ombros.

– Melhor.

Ele desejou que fosse realmente verdade, mas as olheiras sob os olhos dela e a palidez em sua pele lhe diziam o contrário. Ainda assim, ela era a coisa mais linda que ele já vira. Facilmente.

A sala caíra em silêncio. Eles tinham uma plateia, mas Perry não se importava. Eles haviam ficado separados durante o inverno, quando ela esteve na casa de Marron, depois, mais um mês, quando ela foi até Rim, com Roar. A semana que passaram juntos, nos Marés, tinha sido de poucos momentos roubados. Ele aprendera a lição. Não desperdiçaria nem mais um segundo quando estivesse com ela.

Ele pegou seu rosto nas mãos e a beijou. Ária deixou escapar uma exclamação de surpresa, depois ele a sentiu relaxar. Os braços dela o enlaçaram e o que começou como um leve beijo foi se aprofundando. Ele a segurou apertado, esquecendo-se de tudo e todos, exceto ela, até que ouviu a voz rouca de Reef atrás dele:

– Às vezes, eu me esqueço que ele só tem dezenove anos.

– Ah, sim. Esse é um engano fácil de cometer. – O comentário delicado só podia ter vindo de Marron.

– Agora não.

– Não... certamente, agora não.

Capítulo 3

ÁRIA

Ária ficou olhando para Perry, ligeiramente desarmada.

O relacionamento deles acabara de se tornar público, e ela estava despreparada para a onda de orgulho que a invadiu. Ele era dela, e ele era incrível, e eles não precisavam mais se esconder, ou inventar desculpas, nem ficar mais separados.

– É melhor começarmos a reunião – disse ele, sorrindo pra ela.

Ela murmurou concordando e se forçou a se afastar dele, tentando não parecer tão cambaleante quanto se sentia. Ela avistou Roar em pé, do outro lado da mesa, e o alívio a fez voltar ao presente.

– Roar! – Ária apressou-se até ele, envolvendo-o num meio abraço.

– Cuidado, não vá se machucar – disse ele, franzindo o rosto para o braço dela. – O que aconteceu?

– Ah, isso? Acabei levando um tiro.

– Por que foi fazer uma coisa dessas?

– Acho que eu queria um pouco de compaixão.

Esse era o jeito deles, sempre se provocando, mas Ária o observava, enquanto eles falavam, e sentiu um aperto no peito.

Embora ele falasse como sempre, os olhos de Roar tinham perdido toda a alegria. Agora estavam pesados de tristeza; uma tristeza que ele levava a todo lugar. No sorriso dele. Nos ombros caídos. Até em sua postura, pendendo ligeiramente para um lado, como se sua vida inteira estivesse desequilibrada. Ele estava com a mesma aparência de uma semana atrás, quando eles desceram juntos o rio Cobra: alguém com o coração partido.

Ela desviou o olhar para além dele, até Marron, que caminhava até eles sorrindo, com os olhos azuis alertas e vivos, as bochechas coradas e redondas. O completo oposto do rosto tenso de Roar.

– É muito bom vê-la – disse Marron, puxando-a num abraço. – Todos nós estávamos preocupados.

– É bom ver você também. – Ele era macio e tinha um cheiro tão bom, de água de rosas e fumaça de madeira. Ela abraçou-o por mais um instante, lembrando-se dos meses em que havia passado em sua casa, ao longo do inverno, depois de saber que sua mãe morrera. Ela estaria perdida sem a ajuda dele.

– Não estamos no meio de uma crise, Ária? – Soren entrou, com os ombros erguidos e o queixo projetado. – Eu juro que você disse isso cinco minutos atrás.

A expressão em seu rosto – arrogância, irritação e repulsa – havia sido a dela seis meses antes, quando ela conheceu Perry.

– Eu tiro ele daqui – disse Reef, levantando-se de sua cadeira.

– Não – opôs-se Ária. Soren era filho de Hess. Fosse ele merecedor ou não, os Ocupantes o veriam como um líder, junto com ela. – Ele está comigo. Eu pedi que ele viesse.

– Então, ele fica – disse Perry calmamente. – Vamos começar.

Isso a surpreendeu. Ela havia ficado preocupada com a possível reação de Perry. Soren e ele haviam se desprezado mutuamente desde a primeira vez em que se viram.

Quando todos se sentaram em volta da mesa, Ária não deixou de ver a expressão sombria que Reef lançou em sua direção. Ele achava que Soren perturbaria a reunião. Ela não deixaria que isso acontecesse.

Ela sentou ao lado de Roar, o que pareceu, ao mesmo tempo, certo e errado, mas Reef e Marron já estavam sentados um de cada lado de Perry. Roar esparramou-se em sua cadeira e deu uma longa golada na garrafa de Luster. Para ela, pareceu uma atitude de raiva e determinação. Ela queria arrancar-lhe a garrafa das mãos, porém muito já havia sido tirado dele.

– Como vocês sabem, Hess e Sable estão em vantagem – começou Perry. – E o tempo está contra nós. Temos que agir imediatamente. Amanhã de manhã, eu vou liderar um grupo até o acampamento deles com o objetivo de resgatar Cinder, pegar as aeronaves que precisamos e obter o caminho para o Azul Sereno. Para planejar a missão, eu preciso de informação. Preciso saber o que você viu – disse, voltando-se para Roar –, e o que você sabe – agora se dirigia a Soren.

Enquanto falava, o cordão de Soberano de Sangue cintilava e as luzes das velas refletiam em seus cabelos, que estavam puxados pra trás, com algumas mechas soltas. Ele estava com uma camisa escura, apertada nos ombros e braços, mas Ária facilmente se lembrava das Marcas que ela ocultava.

O guerreiro bruto de olhar voraz que ela conhecera meio ano atrás tinha quase desaparecido. Agora ele estava confiante, mais equilibrado. Ainda era intimidador, mas estava mais controlado. Ele era tudo que ela esperava que ele se tornasse.

Seus olhos verdes passaram por ela e pararam, por um instante, como se ele soubesse o que ela estava pensando, antes de se desviarem para Roar, ao lado dela.

– Quando quiser falar, Roar, pode começar...

Roar respondeu sem se dar ao trabalho de sentar direito, ou elevar a voz.

– Hess e Sable juntaram forças. Estão no platô entre Pinheiro Solitário e o rio Cobra, numa clareira a céu aberto. É um grande acampamento. Parece mais uma pequena cidade.

– Por que ali? – perguntou Perry. – Por que unir forças no continente, se o Azul Sereno fica do outro lado do mar? O que eles estão esperando?

— Se eu tivesse essas informações — respondeu Roar —, eu teria dito.

Ária girou rapidamente a cabeça na direção dele. Por fora, ele aparentava estar quase entediado, mas seus olhos tinham uma expressão predatória que não estava ali instantes antes. Ele segurava a garrafa de bebida com força, com os músculos do antebraço contraídos.

Ela olhou ao redor da mesa, captando outros sinais de tensão. Reef estava sentado à frente fulminando Roar com o olhar. Marron lançou um olhar nervoso para a entrada, onde Gren e Twig estavam postados parecendo duas sentinelas. Até Soren percebera que havia alguma coisa errada. Ele desviava o olhar de Perry para Roar, tentando descobrir o que todos sabiam e ele não.

— Você gostaria de compartilhar mais alguma coisa? — disse Perry calmamente, ignorando o comentário sarcástico de Roar.

— Eu vi a frota de aeronaves — respondeu Roar. — Contei uma dúzia igual àquela do lado de fora, perto do costão, e também outros modelos menores. Estão perfiladas no platô, perto de um negócio segmentado todo enroscado como uma cobra. É imenso... Cada unidade parece mais um prédio do que uma aeronave.

Soren deu uma fungada.

— O negócio segmentado e enroscado chama-se Komodo X12.

Os olhos sombrios de Roar voltaram-se para ele.

— Isso ajudou muito, Ocupante. Acho que agora ficou tudo mais claro.

Ária desviou o olhar de Soren para Roar, com o pavor percorrendo suas veias feito gelo.

— Você quer saber o que é o Komodo? — perguntou Soren. — Eu vou lhe dizer. Melhor ainda, que tal você tirar um desses tapetes para eu fazer um desenho na parede da caverna? Então, nós poderíamos fazer um ritual, um sacrifício, ou algo assim. — Soren olhou para Perry. — Quem sabe, talvez você pudesse arranjar uns tambores e umas mulheres seminuas?

Ária tinha alguma experiência em lidar com Soren e estava preparada. Ela virou-se para Marron.

– Desenhos ajudariam? – perguntou, combatendo o sarcasmo de Soren com objetividade.

Marron debruçou-se sobre a mesa.

– Ah, sim. Ajudariam imensamente. Quaisquer especificações que você puder compartilhar em relação a essas aeronaves: sua velocidade, autonomia de voo, capacidade de carga, artilharia, suprimentos de bordo... Na verdade, Soren, qualquer informação seria muito útil. Saberíamos que tipo de aeronave nós precisaríamos. Poderíamos preparar as melhores. Sim, desenhos e qualquer informação que você possa se lembrar. Obrigado.

Perry virou-se para Gren.

– Traga papel, uma régua, canetas.

Soren olhou para Marron, depois para Perry e Ária, boquiaberto.

– Não vou desenhar nada. Eu estava *brincando*.

– Você acha que a nossa situação é uma brincadeira? – perguntou Ária.

– O quê? Não. Mas eu não vou ajudar esse Selvag... essa gente.

– Eles vêm cuidando de você há dias. Acha que estaria vivo, se não fosse por *essa gente*?

Soren olhou em volta da mesa pronto para discutir, mas não disse nada.

– Você é único que conhece os flutuantes – prosseguiu Ária. – Você é o especialista. Também deve nos contar tudo que sabe sobre os planos de seu pai com Sable. Cada um de nós precisa saber o máximo possível.

Soren fez uma cara feia.

– Você só pode estar brincando.

– Não acabamos de concordar que isso não é motivo para brincadeira?

– Por que eu deveria confiar neles? – perguntou Soren, como se não houvesse nenhum Forasteiro presente.

– Que tal o fato de você não ter escolha?

O olhar furioso de Soren se voltou para Perry, que, na verdade, olhava para *Ária*, fechando os lábios com força como se lutasse para não sorrir.

– Tudo bem – disse Soren. – Eu direi o que sei. Eu interceptei uma das comunicações entre meu pai e Sable, antes que Quimera... ruísse.

Quimera não havia apenas ruído. A cidade havia sido desertada. Milhares de pessoas tinham sido abandonadas e deixadas para trás, para morrer, pelo pai de Soren, Hess. Ária compreendia por que Soren talvez não quisesse chamar a atenção para este fato.

– Sable e alguns de seus homens de confiança têm memorizadas as coordenadas para o Azul Sereno – continuou ele. – Mas o negócio vai além de saber a localização. Há uma barreira de Éter, em algum lugar no mar, e a única forma de chegar ao Azul Sereno é abrir uma brecha por ela. Sable disse que havia encontrado um meio de atravessá-la.

A sala caiu em silêncio. Todos sabiam que esse *meio* era Cinder.

Perry esfregou o queixo, primeiro indício de que a raiva estava surgindo em seu rosto. Nas costas da mão dele, Ária viu as cicatrizes que Cinder deixara, marcas claras e grossas.

– Tem certeza de que Cinder está lá? – perguntou ele, virando-se para Roar. – Você o viu?

– Eu tenho certeza absoluta – respondeu Roar.

Alguns segundos se passaram.

– Não tem mais nada a acrescentar, Roar? – perguntou Perry.

– Você quer mais? – Roar levantou-se. – Tem mais: Cinder estava com uma menina chamada Kirra, que esteve aqui na aldeia, segundo Twig. Eu a vi levando-o para dentro daquele negócio, o Komodo. Sabe quem mais está lá dentro? Sable. O homem que matou sua irmã. As aeronaves que precisamos também estão lá, já que imagino que aquela do lado de fora não poderá transportar todos nós até o Azul Sereno. Pra mim, parece que eles têm tudo e nós não temos nada. É isso, Perry. Agora você sabe da situação. O que recomenda que a gente faça? Fique nesse buraco miserável e converse mais um pouco?

Reef bateu a mão na mesa.

– Chega! – berrou, levantando de sua cadeira. – Você não pode falar com ele desse jeito. Eu não vou permitir.

– É o luto falando – disse Marron baixinho.

– Não me interessa o que é. Isso não é desculpa para o comportamento dele.

– Falando em desculpa – debochou Roar –, faz tempo que você vem procurando um jeito de arrumar briga comigo, Reef. – Ele se levantou e abriu os braços. – Parece que encontrou.

– É exatamente disso que eu estou falando – exclamou Soren, sacudindo a cabeça. – Vocês são uns animais. Eu me sinto um zelador de zoológico.

– Cale a boca, Soren. – Ária se levantou e pegou o braço de Roar. – Por favor, Roar. Sente-se.

Ele sacudiu o braço se soltando. Ária se retraiu, quando a dor irrompeu nela, e sorveu o ar num chiado. Ela tinha usado o braço bom, mas ele fez um movimento tão brusco, que deu um solavanco nela, provocando uma dor pungente em seu bíceps machucado.

Perry levantou-se como um raio.

– Roar!

Na mesma hora, a sala caiu em silêncio.

O braço de Ária tremia, pressionado junto à barriga. Ela se forçava a relaxar. Para esconder as ondas de dor que a inundavam por dentro.

Roar olhou pra ela em silêncio, mortificado.

– Eu esqueci – disse baixinho.

– Eu também. Não faz mal. Estou bem.

Ele não tivera a intenção de machucá-la. Jamais faria isso. Mesmo assim, ninguém se movia. Ninguém dava um pio.

– Eu estou *bem* – ela repetiu.

Lentamente, a atenção da sala voltou-se para Perry, que encarava Roar com um olhar fulminante de ódio.

Capítulo 4

PEREGRINE

A raiva fez com que Perry se sentisse forte e lúcido. Mais alerta do que se sentira desde que havia entrado na caverna.

Ele respirou algumas vezes, forçando seus músculos a relaxarem. Para fazer passar o ímpeto de atacar.

– Vocês dois fiquem aqui – disse, olhando de Roar para Ária. – Todo o restante pode sair.

A sala foi esvaziada rapidamente, Reef conteve as objeções de Soren com alguns empurrões firmes, Bear foi o último a sair. Perry esperou que as batidas de sua bengala sumissem antes de falar:

– Você se machucou?

Ária sacudiu a cabeça.

– *Não?* – insistiu ele. Ela estava mentindo para proteger Roar, porque a resposta estava óbvia em sua pose retraída.

Ela desviou do olhar indignado dele, fixando o olhar na mesa.

– Não foi culpa dele.

Roar fez uma cara feia.

– É sério isso, Perry? Acha que eu a machucaria? *De propósito?*

– Você está disposto a machucar algumas pessoas. Tenho certeza disso. O que estou tentando entender é até onde você vai jogar sua rede.

Roar deu uma gargalhada, um som amargo e picotado.

— Sabe o que é engraçado? Você dando uma de superior. O que eu fiz foi um acidente... E você? Quem de nós dois derramou o sangue do próprio irmão?

A raiva invadiu Perry. Roar estava jogando a morte de Vale na cara dele. Golpe baixo – o mais baixo de todos – e totalmente inesperado.

— Eu vou avisá-lo somente uma vez. Não pense que você pode dizer ou fazer o que quiser comigo, por conta de quem você é. Você não pode.

— Por quê? Porque agora você é o Soberano de Sangue? Eu devo me curvar a você, Peregrine? Devo segui-lo por aí, como seus seis vira-latas leais? – Roar apontou o queixo na direção do peito de Perry. – Esse pedaço de metal lhe subiu à cabeça.

— É bom que tenha subido mesmo! Eu fiz um juramento. A minha *vida* pertence aos Marés.

— Você está se escondendo por trás desse juramento. Está se escondendo *aqui*.

— Diga logo o que você quer, Roar.

— A Liv está morta! Ela está *morta*.

— E você acha que eu posso trazê-la de volta? É isso? – Ele não podia. Nunca mais poderia ver sua irmã. Nada poderia mudar isso.

— Quero que você faça *alguma coisa*. Quero vê-lo derramar uma lágrima que seja! Depois, vá atrás de Sable. Corte a garganta dele. Queime-o até virar cinza. Só não continue se escondendo aqui embaixo dessa rocha.

— Há 412 pessoas embaixo dessa rocha. Sou responsável por *cada uma delas*. Nosso alimento está se esgotando. Nossas opções também. O mundo lá fora está queimando e você acha que eu estou me *escondendo*?

A voz de Roar baixou até um tom de rosnado:

— Sable *matou* a Liv! Ele atirou nela com uma balestra a dez passos de distância... Ele...

– Pare! – gritou Ária. – Por favor, Roar. Não conte a ele desse jeito. Assim não.

– Ele cravou uma flecha no *coração* da sua irmã e depois ficou lá, olhando, enquanto a vida se esvaía dela.

No instante em que Perry ouviu a palavra "balestra", seu corpo ficou rígido. Ele sabia que Sable havia matado Liv, mas não sabia como. Não *queria* saber como. As imagens da morte de Vale iriam assombrá-lo pelo resto da vida. Ele não precisava ter também pesadelos da irmã com um pedaço de madeira cravado no coração.

Roar sacudiu a cabeça.

– Eu desisto... – Ele não disse, mas ficou implícito que ele quis dizer "eu desisto *de você*", depois que o silêncio se estendeu.

Ele seguiu rumo à saída, mas parou de repente.

– Continue agindo como se nada tivesse acontecido, Peregrine. Pode seguir em frente com suas reuniões, sua tribo e tudo mais, exatamente como eu sabia que você faria.

Depois que ele se foi, Perry se apoiou na cadeira à sua frente. Ele baixou o olhar para a mesa, encarando a madeira, enquanto tentava desacelerar seu coração disparado. O temperamento de Roar trouxera um cheiro de queimado para dentro da sala. Parecia uma fuligem viva.

Em mais de dez anos de convivência, eles nunca brigaram. Nunca daquele jeito. Ele sempre contou com Roar e nunca imaginou que isso pudesse mudar. Jamais teria acreditado que, depois de perder Liv, também poderia perder Roar.

Perry balançou a cabeça. Ele estava sendo um idiota. Nada seria capaz de destruir a amizade deles.

– Sinto muito, Perry – disse Ária baixinho. – Ele está sofrendo.

Ele engoliu, com um bolo na garganta.

– Isso eu sei. – As palavras saíram num tom seco. Mas Liv era sua *irmã*. O último membro de sua família, além de Talon. Por que ela estava se preocupando com o Roar?

— Eu só quis dizer que ele não sabe o que está fazendo. Pode até parecer, mas ele não quer você como inimigo. Ele precisa de você mais do que nunca.

— Ele é meu melhor amigo — retrucou, erguendo o olhar para ela. — Eu sei do que ele precisa.

Fora Liv e Perry, e agora Ária, Roar só havia amado mais uma pessoa na vida: a avó dele. Quando ela morreu, anos antes, ele passou um mês vagando pela aldeia antes de se aquietar.

Talvez fosse disso que Roar precisasse. Tempo.

Muito tempo.

— Você não sabe como foi para ele, Perry. O que ele passou em Rim e depois...

Perry ficou imóvel, olhando para ela, incrédulo. Ele se recusava a ouvir aquilo um minuto a mais.

— Você está certa — disse, endireitando a postura. — Eu não estava lá quando a Liv morreu, mas deveria estar. Esse era nosso plano, lembra? Nós iríamos juntos. Pelo que eu me lembro, você e Roar resolveram partir sem mim.

Os olhos cinzentos de Ária se arregalaram de surpresa.

— Eu tive que ir. Do contrário, você perderia os Marés.

Ele sentiu que precisava sair dali imediatamente. A frustração e a raiva ainda revolviam dentro dele. Ele não queria descontar isso nela. Mas não conseguiu ficar calado.

— Você tomou essa decisão sozinha. Mesmo que estivesse certa, não podia ter conversado comigo? Dito algo, em vez de partir sem uma palavra? Você simplesmente desapareceu, Ária.

— Perry, eu... não pensei que você... Acho que nós precisamos conversar sobre isso.

Ele detestava ver a pequena ruga entre as sobrancelhas dela, detestava vê-la sofrendo por causa dele. Ele nunca deveria ter aberto a boca.

— Não importa mais — tentou remediar. — Já passou. Esqueça.

— Você, obviamente, não esqueceu.

Ele não podia fingir o contrário. A lembrança de entrar no quarto de Vale e ver que ela tinha partido ainda atormentava sua cabeça. Sempre que ele saía de perto dela, um lampejo de medo o inquietava, sussurrando em seu ouvido que ela poderia sumir novamente, embora ele soubesse que ela não faria isso de novo. Era um medo irracional, como Marron havia explicado a ele. Mas quando é que o medo já foi algo racional?

— Amanhã chegará antes que a gente perceba — disse, tentando mudar de assunto. Eles tinham coisas demais para fazer, não havia tempo para remoer o passado. — Eu preciso me organizar.

Ária franziu as sobrancelhas.

— *Você* precisa se organizar? Então, dessa vez, *é você* quem vai sem mim?

O humor dela ia melhorando a cada segundo. Ária achava que ele a deixaria para trás. Que se vingaria por ela tê-lo deixado, e amanhã partiria sozinho.

— Eu gostaria que nós dois fôssemos juntos — apressou-se em esclarecer. — Sei que está ferida, mas se estiver se sentindo suficientemente bem, eu preciso de você nessa missão. Você é tão Ocupante quanto Forasteira, e nós enfrentaremos ambos amanhã. Sem mencionar que você já lidou com Hess e Sable antes.

Havia outros motivos. Ela era inteligente e sagaz. Uma Audi forte. E, mais importante, ele não queria se despedir dela pela manhã. Mas ele não disse nada disso. Não podia abrir o coração e depois ouvir novamente que ela preferia não ficar com ele.

— Eu vou com você — disse Ária. — Eu já planejava fazer isso. E você está certo. Eu estou machucada. Mas não tenho medo de admitir.

Então, ela saiu, levando com ela todo o ar e a luz que havia na caverna.

Capítulo 5

ÁRIA

Ária voltou à caverna dos Ocupantes.

O trabalho ajudaria a dissipar sua raiva e confusão. Ajudaria a esquecer do som de Perry e Roar gritando um com o outro. Talvez, se ela se ocupasse o bastante, até conseguiria tirar da cabeça as palavras *"você simplesmente desapareceu, Ária"*.

Molly passava por entre os grupos de doentes deitados em meio ao negrume. Agora, alguns Ocupantes pareciam se mexer, e um grupo de Marés estava ajudando Molly a cuidar deles. A distância, uma mulher de cabelos loiros chamou a atenção de Ária. Ela avistou Brooke carregando um jarro de água de uma pessoa até outra.

Ária ajoelhou ao lado de Molly.

– O que ela está fazendo aqui?

Molly cobria uma menina com um cobertor.

– Ah – disse ela, erguendo o olhar e vendo Brooke. – Vocês duas andaram se estranhando, não é?

– É verdade... mas só uma de nós é responsável por isso.

Molly apertou os lábios com força.

– Ela sabe que a tratou mal, e é grata por você ter trazido Clara de volta. Essa é a maneira dela de demonstrar isso.

Brooke deve ter sentido a atenção, porque olhou na direção delas, desviando os olhos azuis de uma pra outra. Ária não via na expressão dela qualquer resquício de arrependimento. Nem de gratidão.

— Modo interessante de demonstrar.

— Ela está tentando — disse Molly. — E é uma boa garota. Só passou por muitas dificuldades.

Para Ária, aquilo não era uma desculpa. Não estavam todos em dificuldades?

Ela se pôs a trabalhar, dando água e remédios aos Ocupantes acordados. Ela conhecia cada um deles, alguns mais que outros. Conversou rapidamente com uma amiga de sua mãe, o que a fez sentir uma falta imensa de Lumina, depois checou Rune, Júpiter e Caleb. Seus amigos ainda não estavam totalmente conscientes, mas era bom apenas estar perto deles, acalentando uma parte dela que ficara adormecida durante meses.

Aos poucos, Perry e Roar foram sumindo de seus pensamentos. Até a dor de seu braço passou.

Ela mergulhou no trabalho, até que ouviu vozes conhecidas.

— Posso tomar um pouco de água? — perguntou Soren. Ele estava sentado e parecia saudável o suficiente para pegar a própria água, mas a reunião o deixara pálido.

Brooke se ajoelhou e estendeu o jarro pra ele.

— Obrigado — disse Soren. Ele bebeu lentamente, sem tirar os olhos de Brooke. Depois sorriu e devolveu a água a ela. — Sabe, você é bem bonita para uma Selvagem.

— Há três dias, você vomitou em cima de mim, Ocupante. Isso não teve nada de bonito. — Brooke se levantou, seguindo ao próximo paciente.

Ária prendeu o riso. Ela se lembrou de que Brooke e Liv eram amigas. Como será que Brooke estava lidando com a morte dela? Com Roar, o pesar era evidente. No rosto dele, na voz. Onde se escondia o pesar de Brooke?

Onde estava o de Perry?

Ela suspirou, olhando ao redor. Será que ela realmente contribuiria para a missão de amanhã, mesmo com o braço desse jeito? Será que os Ocupantes precisariam dela aqui? Ela sabia qual era o verdadeiro motivo de sua apreensão. Perry.

Como iriam superar a mágoa que ela causara a ele, se Perry nem sequer queria conversar a respeito?

A badalada de um sino ecoou na caverna.

– O jantar está pronto – esclareceu Molly.

Não parecia ser hora do jantar. Sem o sol, poderia ser de manhã, meio-dia, ou meia-noite. Ária deu outro suspiro lento, remexendo os ombros. Ela já estava ajudando ali havia algumas horas.

Depois que Brooke e mais algumas pessoas saíram, Molly se aproximou.

– Não está com fome?

Ária sacudiu a cabeça.

– Não quero nada. – Ela não estava pronta para ver Perry e Roar novamente. Tinha ficado cansada. Seu braço estava doendo. Seu coração também.

– Vou mandar trazerem algo pra você. – Molly afagou o ombro de Ária e saiu.

Quando Ária retornou para ver Caleb mais uma vez, ela o encontrou despertando. Ele piscou confusamente. Seus cabelos ruivos, num tom mais escuro que o de Paisley, estava encharcado de suor. A febre deixara seus lábios rachados e os olhos vidrados.

Ele olhou lentamente para o rosto dela, com seu olhar de artista.

– Achei que você ficaria mais feliz em me ver.

Ela se ajoelhou ao lado dele.

– Eu estou, Caleb. Estou realmente feliz em vê-lo.

– Você parece triste.

– Eu estava, um minuto atrás, mas não estou mais. Como poderia estar, agora que você está comigo?

Ele sorriu levemente, depois olhou ao redor da caverna.

– Isso não é um Reino, é?

Ela sacudiu a cabeça.

– Não, não é.

– Foi o que eu pensei. Quem ia querer vir a um Reino como esse?

Ela se sentou, pousando as mãos no colo. Uma pontada de dor latejava em seu bíceps direito.

– Ninguém... mas é tudo que temos.

Caleb voltou a olhar pra ela.

– Estou todo dolorido. Até meus dentes estão doendo.

– Você quer alguma coisa? Eu posso pegar um remédio, ou...

– Não... só fique aqui. – Ele deu um sorriso trêmulo. – É bom ver você. Está fazendo com que eu me sinta melhor... Você mudou, Ária.

– Mudei? – perguntou ela, apesar de saber que havia mudado. Eles costumavam passar as tardes passeando pelos Reinos de arte. Procurando os melhores shows, as melhores festas. Ela mal reconhecia a garota que um dia havia sido.

– Sim. Você mudou. Quando eu melhorar, vou desenhar você, Ária mudada.

– É só me dizer quando estiver pronto. Eu vou lhe arranjar papel.

– Papel de verdade? – perguntou ele, se animando. Caleb só desenhava nos Reinos.

Ela sorriu.

– Isso mesmo, papel de verdade.

A centelha de alegria deixou os olhos dele e sua expressão ficou séria.

– Soren me contou o que aconteceu. Sobre a Ag 6... e Paisley. Você o perdoou?

Ária deu uma olhada na direção de Soren, que havia adormecido ali perto.

— Eu tinha que perdoar, para tirar vocês de lá. E Soren tem SDL, uma doença que o deixa inconstante. Mas agora ele está tomando remédios para controlá-la.

— Tem certeza de que os remédios funcionam? – brincou Caleb, com um sorriso fraco.

Ária sorriu. Se ele estava fazendo piadas, não podia estar se sentindo tão mal.

— Não foi por culpa dele que a Pais morreu – disse Caleb. – Foi o incêndio que a matou, naquela noite. Não ele. Ele estava chorando, quando me contou isso. Eu nunca imaginei que fosse ver Soren chorando. Acho... eu acho que ele se culpa. Acho que ele ficou e nos ajudou a sair de Quimera por conta daquela noite.

Ária acreditava nisso porque sentia o mesmo. Foi ela quem levou Paisley até a Ag 6. Depois daquela noite, ela jurou que nunca mais abandonaria alguém que amasse, se pudesse evitar.

Caleb apertou os olhos com força.

— Sentir dor é terrível, sabia? É muito desgastante.

Ela sabia. Ária acomodou-se ao lado dele, sentindo ter encontrado parte de si mesma. Ela viu seu passado em Caleb. Viu Paisley e o lar que ela havia perdido, e não queria esquecê-los jamais.

— Não é exatamente a Capela Cistina, é? – ironizou Ária, depois de um tempo observando as formas irregulares que pendiam da escuridão.

— Não, está mais para o purgatório – disse Caleb. – Mas se nós estreitarmos bem os olhos, com bastante força, podemos imaginar algo diferente.

— Aquela grandona ali parece um canino – apontou ela com sua mão boa.

— Certo. Parece mesmo. – Ao seu lado, Caleb franziu o rosto. – Ali. Aquela parece um... canino.

— E logo à esquerda? Outro canino.

— Você está enganada. Aquele ali é obviamente um incisivo. Espera aí... Não, é um canino.

– Senti sua falta, Caleb.

– Senti uma megafalta sua. – Ele olhou para ela. – Acho que todos nós sabíamos que acabaria assim, mais cedo ou mais tarde. Tudo começou a mudar naquela noite. Dava pra sentir... Mas você vai nos tirar daqui, não vai?

Ela olhou nos olhos dele, finalmente certa de onde sua presença era mais necessária. Ela seria mais útil na missão do que ali, mesmo com seu braço machucado e a tensão remanescente entre ela e Perry.

– Sim – afirmou ela. – Eu vou. – Ela contou a ele sobre Hess e Sable, e sobre a missão pela manhã, da qual faria parte.

– Então, você vai partir novamente – disse Caleb, quando ela terminou. – Acho que concordo com isso. – Ele bocejou e esfregou o olho esquerdo, onde estaria seu olho mágico, depois deu um sorriso cansado pra ela. – O Forasteiro com quem você estava, quando deixou Quimera, é por causa dele que você está triste?

– É – admitiu. – O que aconteceu foi, sobretudo, um erro meu. Algumas semanas atrás, eu estava tentando protegê-lo e... Acabei magoando-o.

– Complicado, mas eu tenho uma ideia. Quando eu pegar no sono, vá encontrá-lo e peça desculpas. – Ele deu uma piscada para ela. – Sobretudo.

Ária sorriu. Ela gostou muito dessa ideia.

Capítulo 6

PEREGRINE

– Você já escolheu sua equipe? – Reef jogou mais gravetos na fogueira, atiçando as chamas. – Quem você vai levar amanhã?

Perry coçou o queixo, observando a fogueira tirar seus amigos da escuridão. Surgiram os que faltavam dos Seis. Molly e Marron também.

Era tarde – horas após o jantar – mas ele havia preferido o ar fresco em lugar do sono. Eles o seguiram até lá fora, um, depois dois, depois oito deles, e acomodaram-se em círculo, numa pequena praia. Seus amigos mais próximos, exceto Roar e Ária.

Agora ele via a pergunta de Reef nos olhos de todos eles. Perry tinha pensado no grupo que levaria na missão de amanhã, e estava certo quanto à sua escolha, mas sabia que ela iria gerar muita discussão.

– Por aqui, tudo ficará bem, enquanto você estiver fora – disse Marron, captando sua hesitação. – Não precisa se preocupar.

– Eu sei – disse Perry. – Eu sei que ficará tudo bem.

Antes de partir, ele deixaria o cordão de Soberano de Sangue em seu pescoço com Marron, deixando os Marés sob os cuidados dele, mais uma vez. Ninguém era mais apropriado para cuidar deles.

Perry recostou-se, focalizando no Éter um nó ao sul; era uma tempestade que vinha na direção deles. As chamas vermelhas eram hipnotizantes. Em outras circunstâncias, elas poderiam até ser belas.

Olhando para Reef, ele forçou-se a dizer o que era preciso:

– Você vai ficar aqui. – Ele olhou para os outros Seis. – Todos vocês vão ficar.

– *Por quê?* – questionou Straggler, se endireitando. Ainda assim ele era mais baixo que Hyde e Hayden, que estavam esparramados ao seu lado. – Nós fizemos alguma coisa errada?

– Cale a boca, Strag – bradou Gren, do outro lado da fogueira.

– Cale a boca, você – gritou Straggler de volta. – Perry, ninguém lutaria por você com mais afinco. Quem pode ser *melhor* que nós?

Hyde deu um peteleco na cabeça do irmão.

– Fique quieto, seu idiota. Desculpe, Per. Continue... Onde foi que falhamos com você?

– Vocês não falharam, mas essa não vai ser uma luta, propriamente dita. Não teremos a menor chance se tentarmos enfrentar Sable e Hess.

– Então, quem você vai levar? – perguntou Strag.

Lá vai, pensou Perry.

– Roar – começou ele.

O silêncio recaiu sobre o grupo, amplificando os estalos dos gravetos no fogo e a arrebatação das ondas.

Marron foi o primeiro a falar:

– Peregrine, eu acho que isso não é uma boa ideia, levando em conta o clima entre vocês desde que ele voltou. Sem mencionar a perda que vocês dois tiveram.

Perry nunca entendeu essa expressão *sem mencionar*. As coisas eram sempre mencionadas depois dessa expressão. Liv, subitamente, estava ali, na brisa fresca do mar. Na batida das ondas. No monstro que despertava em sua mente, cravando as garras nas paredes de seu crânio.

Ele mergulhou os dedos na areia e apertou até doerem os nós de seus dedos.

– Roar é o homem certo para isso.

Silencioso e letal, Roar era o mais próximo que ele tinha de um assassino. Ele também tinha os traços finos e perfeitos de um Ocupante. Ele poderia se passar por um Forasteiro ou um Tatu, o que o tornava versátil – algo bom, já que eles haviam elaborado um plano de atacar só depois que conseguissem acessar o Komodo mais de perto.

– Quem mais? – perguntou Reef, tenso.

– Brooke.

O queixo de Gren caiu e Twig quase se engasgou com a própria saliva, algo que ele disfarçou ao limpar a garganta. Até aí, nenhum segredo; todos sabiam da história de Perry com Brooke.

Pelo que parecia, Brooke tinha a mesma vantagem de Roar. Quando ela falava, os homens primeiro concordavam, depois ouviam e isso poderia vir bem a calhar. Ela era uma Vidente tão boa quanto Hyde, Hayden e Straggler, e tinha melhor pontaria e equilíbrio em situações difíceis. Algumas semanas antes, quando o território dos Marés foi invadido, ela não deu um único passo errado. Perry e ela tinham passado por alguns percalços, mas Perry precisava dela.

– E Ária? – perguntou Marron, elevando a voz no final.

– Sim.

Ele não deixou de perceber as expressões perplexas que foram trocadas, por cima das chamas da fogueira. Todos sabiam que ela estava machucada. Todos sabiam que eles tinham brigado. Ou discutido. Ou outra coisa do gênero. Hoje, a Sala de Batalha fizera jus ao seu nome.

– Também vou levar o Soren – disse ele, continuando. – Ele é o único que sabe pilotar a aeronave. É o único que pode nos levar rapidamente até lá. Você disse que talvez tenhamos apenas alguns dias, Marron. Não posso perder tempo viajando até o Komodo a pé, ou a cavalo.

Perry não via outro jeito. Ele precisava de velocidade. Precisava da aeronave. Por mais que desejasse o contrário, isso significava que ele precisava de Soren.

– Só pra ver se eu entendi direito – interrompeu Reef –, essas são as pessoas que você vai levar *com* você? Você acredita que esse grupo, que vocês cinco formarão uma equipe?

– Isso mesmo – confirmou Perry.

– Você está disposto a apostar nossas vidas nisso? – Reef pressionou.

Perry anuiu com a cabeça.

– Sable e Hess têm poder de fogo e estão em maior número. Força bruta não vai funcionar contra eles. Nós precisamos ser discretos e rápidos. Teremos que espetar como uma agulha, para termos alguma chance.

O grupo se aquietou novamente, com alguns olhares aflitos voltando-se para o sul, onde a tempestade se formava. Perry ouvia as ondas, enquanto os temperamentos chegavam até ele, carregados de incredulidade, angústia e revolta.

O rugir silencioso dos Marés.

Quando Perry entrou em sua tenda, ele encontrou Talon ainda acordado.

– O que está fazendo de pé, Squik? – perguntou ele, pousando seu arco e aljava junto aos baús. Devia ser bem mais de meia-noite.

Talon sentou-se e esfregou os olhos.

– Eu tive um pesadelo.

– Detesto pesadelos. – Perry abriu o cinto e jogou de lado. – O que está esperando? – disse, deitando-se na cama. – Vem logo pra cá.

Talon veio cambaleante até Perry. Ele se remexeu, batendo os joelhos ossudos nas costelas do tio, antes de finalmente se aquietar.

– Sinto falta da nossa casa – lamentou o menino. – Você, não?

— Sinto — disse Perry, olhando para o alto, vendo a lona acima dele. Mais que tudo, ele sentia falta do vão entre as vigas de madeira. Durante anos ele foi alto demais para se esticar completamente naquele cômodo, mas ele nem ligava. Ele adorava adormecer de olho num pedacinho do céu.

Ele deu um soco brincalhão no braço de Talon.

— Mas até que aqui não é tão ruim, é? Willow e você parecem estar se divertindo.

Talon deu de ombros.

— É, não é tão ruim. A Willow disse que a Molly disse que você vai partir amanhã, para pegar o Cinder. Por que precisa ir, tio Perry?

Ali estava. O verdadeiro motivo por que Talon não conseguia dormir.

— Porque o Cinder precisa de mim, do mesmo jeito que você precisou, quando estava em Quimera. E eu preciso de algumas coisas dos Ocupantes que nos ajudarão a chegar ao Azul Sereno.

— Se você não voltar, eu vou ficar sozinho.

— Eu vou voltar, Talon.

— Meu pai foi embora. Minha mãe e a tia Liv...

— Ei. — Perry se apoiou num cotovelo, para olhar no rosto do sobrinho. Ele buscava algo de si mesmo, ou de Liv, mas tudo que via nos olhos verdes sérios de Talon, em seus cachos escuros, era Vale. Ele não podia condenar Talon por estar com medo. Mas de jeito nenhum ele fracassaria com seu sobrinho. — Eu vou voltar. Está bem?

Talon assentiu com um aceno de cabeça, sem muita convicção.

— Você sabe o que aconteceu entre mim e seu pai? — As palavras escaparam, antes que Perry pudesse contê-las. Eles ainda não haviam falado sobre Vale. Sobre como Vale tinha vendido Talon, seu próprio filho, aos Ocupantes, em troca de comida. E Clara também, irmã de Brooke. Imperdoável. Mas, depois, Perry matou Vale, igualmente imperdoável. Ele sabia que esse ato o assombraria para sempre.

Talon encolheu os ombros pequenos.

– Eu estava doente. Ele me mandou para os Ocupantes para que eu melhorasse. Quando eu fiquei bom, você foi me buscar.

Perry estudou o sobrinho. Talon sabia mais do que estava admitindo. Talvez ele estivesse dizendo o que Perry queria ouvir, ou talvez ainda não estivesse pronto para falar sobre o assunto. De qualquer jeito, Perry não o forçaria. Isso não levaria a lugar nenhum. Talon não apenas se parecia com Vale. Ele também era cabeça dura e taciturno como o pai.

Perry deitou de novo, pousando a cabeça no braço, e pensou em sua discussão com Ária. Talvez ele tivesse, sim, algo em comum com o sobrinho.

– Você acha que tem lugar pra pescar, no Azul Sereno? – perguntou Talon.

– Claro. Aposto que tem uma porção de lugares pra pescar.

– Que bom, porque Willow e eu encontramos umas minhocas noturnas, hoje. *Onze* delas. Umas bichonas *enormes*. Eu guardei todas num vidro.

Perry se esforçava para prestar atenção, enquanto Talon continuava falando das iscas, mas seus olhos estavam pesados. Ele tinha acabado de fechá-los, quando ouviu um barulho na tenda.

Ária entrou na tenda e parou de repente, estreitando os olhos para vê-los na escuridão.

– Nós estamos aqui – disse Perry. Foi a única coisa que lhe veio à cabeça. Ele não a esperava, mas uma onda de alívio o tomou quando ele a viu.

– Oi, Ária – disse Talon, animadamente.

– Oi, Talon. – Ela mordeu o lábio, dando uma olhada para a entrada da barraca, atrás dela. – Eu só queria... Eu ia... Acho que te vejo depois? – A voz dela se elevou no fim, como uma pergunta.

Perry não sabia o que fazer. Talon tinha se enroscado ao seu lado – o lugar de Ária, durante as últimas noites. Ele não podia mandar o sobrinho embora, mas também não queria que ela saísse.

– Você não precisa ir embora – falou Talon. Ele pulou por cima de Perry, para o outro lado. – Tem lugar aqui.

– Que bom – disse Ária, ajeitando-se ao lado de Perry.

Por um bom tempo, Perry não conseguia acreditar que ela estava ali ao lado dele. Então, ele ficou intensamente atento a tudo nela. O peso de seu braço pousado no peito dele. O frio da caverna nas roupas dela. O aroma de violeta que ele adorava.

– Você está tão quieto – disse ela.

Talon deu uma risadinha.

– É porque ele gosta de você. Não gosta, tio Squak?

– Gosto. – Perry olhou para baixo e viu Ária olhando pra ele. Ela sorriu, mas a preocupação enevoava seus olhos. – Você sabe disso, não sabe?

– Mesmo depois que eu desapareci? – perguntou ela, usando a palavra que ele usara antes.

– Claro... eu sempre vou... gostar de você, Ária. – Ele sorriu, porque parecia um tolo. Ele a amava, do fundo da alma, e lhe diria isso em algum momento. Mas não com o joelho de Talon cutucando seu fígado.

Ária sorriu.

– Eu também sempre vou *gostar* de você.

Do jeito que ela falou, a maneira como seu humor se abriu, ele sabia que ela havia lido sua mente e sentia o mesmo que ele. Os lábios dela estavam perto. Ele a beijou delicadamente, embora quisesse mais, tudo que ela estivesse disposta a lhe dar.

Isso fez Talon explodir de rir e as risadas dele eram contagiantes, fazendo com que os dois também rissem sem parar.

Uma hora inteira se passou, antes que a tenda caísse novamente em silêncio. Perry estava coberto com pernas, braços e cobertas, o calor era tanto que o suor umedecia sua camiseta. O ombro que ele havia deslocado, um mês antes, doía embaixo do peso da cabeça de Ária, e Talon estava roncando dentro do seu ouvido, mas ele não conseguia se lembrar da última vez em que se sentira tão bem.

Estar ali com os dois fez com que ele se lembrasse da primeira vez que atirou com um arco. Como se ele tivesse descoberto algo novo, mas que combinava perfeitamente com ele.

Ele ficou acordado o máximo que pôde saboreando aquele momento. Então, fechou os olhos e se rendeu ao sono.

Capítulo 7

ÁRIA

Aeronaves.

Definitivamente, ela não gostava nem um pouco delas. Ária olhava para a Belcisne, observando seu formato fluido. Com 24 metros do nariz até a cauda, a nave cargueira tinha certa elegância. O exterior era liso e opalescente, num tom azul perolado, e a cor ia gradualmente clareando na parte da frente, como se o nariz da aeronave tivesse se desbotado no sol, expondo o vidro transparente por baixo. A ponta, claro, era a cabine de comando.

– Que perfeição – comentou Caleb, com reverência. Ele ainda estava fraco, mas fez questão de ir até lá fora para se despedir dela. Eles estavam sobre o costão que ficava acima da caverna, enquanto Ária esperava para partir na missão. – Design e acabamento impecáveis. É como se Gaudí tivesse criado uma nave moderna.

Ária sacudiu a cabeça positivamente.

– É linda, sim. – Mas isso não significava que ela gostava dela. Apenas uma semana antes, ela estivera na cabine de comando daquela mesma aeronave, vendo Quimera desmoronar diante de seus olhos. Meses antes, ela tinha sido jogada de um flutuante, bem no meio do deserto do lado de fora de Quimera, abandonada lá para morrer.

Desta vez seria melhor. Como poderia não ser?

— Onde estão os outros? — perguntou ela, olhando a pequena aglomeração ao seu redor.

Alguns dos Marés vieram vê-los decolar. Willow estava com o avô, o Velho Will, enquanto Flea os rodeava, farejando sem parar. Reef e alguns dos Seis estavam lá, junto com outros que ela não conhecia, mas, até agora, ela era a única da equipe que tinha aparecido.

Apesar de ter dormido a noite inteira junto de Perry, ela ainda sentia o peso da discussão que eles haviam tido. Ele não falara sobre o modo como ela o magoara e ela não mencionara Roar, nem Liv.

Parecia bastante coisa. Eles ainda tinham muito a conversar.

— Eles só estão um pouquinho atrasados — disse Caleb. — Eles virão.

— É bom que eles se apressem.

Com a densa névoa que encobria a costa, ela não conseguia enxergar as chamas vermelhas que preocupavam a todos, mas ela ouvia a tempestade que eles anteviram. Os uivos distantes das espirais fizeram um arrepio percorrer seu corpo.

A oito quilômetros de distância, ela calculou. Eles precisavam partir logo.

— Não falei? — apontou Caleb. — Lá vem o Soren... e *Júpiter*?

Soren vinha pelo caminho que levava à praia, com seu amigo mais próximo ao seu lado. Júpiter caminhava com um passo lento que combinava com sua personalidade despreocupada. Hoje ele parecia mais vagaroso que o habitual, recém-saído de vários dias de febre. Assim como Soren, ele carregava um saco sobre um dos ombros.

— O que é isso? — resmungou Reef. — Alguém pode me explicar por que agora tem mais um deles?

Ária sentiu Caleb tenso ao seu lado. Ele também era um "deles".

Soren parou na frente de Reef e ergueu o queixo.

– Esse é nosso copiloto, Júpiter – declarou, todo importante.

Júpiter afastou os cabelos desgrenhados dos olhos. Era estranho vê-lo fora dos Reinos. Mais estranho ainda vê-lo sem sua bateria e seus colegas de banda.

– Oi, Ária e Caleb. E... olá, Forasteiros.

– Não mesmo – disse Reef. – Nada de olá. Você pode ir embora, Ocupante. Você não faz parte da equipe.

Os olhos de Júpiter se arregalaram, mas Soren manteve-se firme.

– Se o Júpiter não for, eu também não vou – ameaçou, cruzando os braços.

– Ótimo – respondeu Reef. – Tchau pra vocês dois.

– Algum de vocês sabe pilotar um flutuante? – perguntou Soren, olhando em volta. – Foi o que eu pensei. Nós *sabemos*. Não é disso que precisamos? Um meio de sair daqui? E eu quero igualdade de representação nessa equipe patética.

– Igualdade? – indignou-se Reef. – Há quarenta Ocupantes naquela caverna. Em nossas contas, vocês são um décimo.

– Estamos falando de tecnologia, o que torna nosso décimo cem vezes mais valioso.

A alguns passos de distância, Twig virou-se para Gren.

– Então, eles são mais valiosos ou nós é que somos?

– Eu não sei – respondeu Gren. – Também estou perdido.

– Entre logo, Júpiter – disse Ária, gesticulando em direção à Belcisne.

Umas dez cabeças se viraram de repente para olhá-la. Ninguém a encarava com mais intensidade que Reef.

– Soren tem razão – argumentou. – É prudente levar mais alguém que saiba pilotar. Devemos ter mais um piloto, para o caso de algo acontecer a Soren durante a missão.

A expressão de Soren passou de presunçosa a chocada, ao perceber o que ela dissera.

O rosto de Reef passou pela mesma transformação, só que ao contrário. Ele abriu um sorriso largo, acenando a cabeça para ela, num gesto de respeito.

– Não fiquem aí parados – disse ele, dirigindo-se a Soren e Júpiter. – Sua comandante acabou de dar uma ordem. Embarquem logo.

Ária abraçou Caleb, prometendo revê-lo em breve, e embarcou com eles.

As portas do compartimento de carga se abriram, revelando um imenso espaço vazio que se estendia ao longo do interior da aeronave. Ela seguiu até a cabine de comando, na parte dianteira, junto com Soren e Júpiter, que sentaram nas duas poltronas e imediatamente começaram a discutir sobre qual botão controlava o quê.

Nem um pouco promissor.

Recostada na entrada da cabine, ela observava os dois enquanto mantinha os ouvidos atentos para a aproximação de Perry e Roar.

Ela não estava preocupada com a presença de Júpiter. *Ele* era inofensivo e ela gostava da ideia de ter outro Ocupante na equipe. Quanto mais eles pudessem se integrar, melhor. Mas Soren era outra história.

Será que ela poderia confiar nele? Ele a ajudou com Talon. Mas, por outro lado, ele também a atacara na Ag 6. E ela havia confiado no pai dele, Hess, e isso quase lhe custara a vida. E também tinha a atitude impertinente de Soren e o histórico dele com Perry. Sua única contribuição era realmente a habilidade como piloto, que não era lá essas coisas.

Soren sentiu que ela o observava e parou de falar com Júpiter.

– O que foi?

– Você está pronto?

Ele curvou o lábio, um sinal claro de que estava nervoso.

– Que pergunta é essa? Há algum modo de se preparar para isso que eu desconheça?

– Você se sairá bem. Já voou antes. Só não deixe a gente cair.

Ela o pegou de surpresa. Sua risada presunçosa virou um sorriso mais natural.

– Vou tentar.

Ária ouviu Perry atrás dela. A mão dele pousou na base de suas costas.

– Ponha essa nave no ar, Soren – pediu ele, por cima do ombro dela. – A gente precisa escapar daquela tempestade.

Através da janela frontal, ela viu que a névoa começou a se dissipar, revelando um pedaço do céu ao sul. Lá, o Éter girava em espirais, uma visão tão aterrorizante quanto familiar. As chamas vermelhas eram mais radiantes do que ela esperava, chocantes como sangue fresco. Ela perdeu o fôlego ao vê-las.

– Eu só estava esperando que você aparecesse, Forasteiro – disse Soren.

Perry já tinha voltado para os fundos do compartimento de carga, deixando um calor esmorecido onde sua mão havia pousado.

Soren entortou a boca em deboche.

– Ária, por favor, me explique como você pode...

– Não vou explicar nada a você, Soren – retrucou, saindo.

Ela sabia o que ele ia dizer. Perry tinha quebrado o maxilar de Soren, naquela noite, na Ag 6. Ela sabia que ele achava repulsiva a ideia dela e Perry juntos.

Do outro lado do compartimento de carga, ela viu Perry passar por uma porta que dava numa área de armazenagem. Mais cedo, logo que ela havia chegado do costão com Caleb, ela deixara suas coisas lá dentro. No cômodo, tinha encontrado alimentos, remédios e suprimentos de acampamento, junto com uma pequena cozinha. E, principalmente, a sala abrigava os armamentos deles.

Uma parede inteira de armários guardava pistolas, armas de choque, armamento mais pesado, que ela supunha ser de longo alcance, e outras armas usadas por Guardiões. Os arcos de Perry e Brooke também seriam colocados ali, junto com algumas aljavas cheias de flechas.

Um arsenal farto, mas não parecia suficiente. Juntos, Sable e Hess tinham pelo menos oitocentas pessoas. Ela teve tempo de registrar as forças de Hess, quando ele fugiu de Quimera. Ele tinha levado todos os Guardiões, escolhendo soldados no lugar dos civis comuns. Mas Sable a preocupava ainda mais. Talvez ele não tivesse o poderio militar e tecnológico de Hess, mas era astuto e totalmente sem escrúpulos.

Eles estavam diante dos guerreiros mais capazes de ambos os mundos. Para ter êxito, eles precisariam de muito mais do que as armas guardadas lá atrás.

O motor ganhou vida, assustando-a. Ela puxou um dos assentos retráteis presos à fuselagem e se sentou, passando as tiras largas do cinto por cima dos ombros.

Brooke embarcou, seguida por Roar. Ária ouviu quando os dois subiram a rampa e entraram no compartimento, mas ela não ergueu a cabeça. Com apenas uma das mãos, prender os cintos pesados era uma missão impossível. Ela remexeu nas tiras, tentando não gritar.

Roar se ajoelhou diante dela.

– Você realmente precisa de ajuda ou só está tentando chamar minha atenção?

– Muito engraçado.

Ele travou o cinto com mãos rápidas e determinadas; depois ergueu o rosto, olhando-a, pensativo.

Os olhos dele estavam vermelhos e a barba por fazer cobria levemente o seu rosto. Não era ele. Ao contrário de Perry, Roar não gostava de barba cerrada. A aparência dele era de quem não dormia havia uma semana. De alguém que nunca mais fosse dormir. A tristeza em seus olhos parecia ser eterna.

– Seu braço vai sarar, joaninha – disse ele.

Roar estava sempre arranjando apelidos pra ela. *Joaninha* tinha surgido há pouco mais de uma semana. Eles estavam juntos num barco, descendo pelo rio Cobra, quando o capitão do barco começou a chamá-la assim. Com essa lembrança vieram outras que deram um nó em sua barriga. Roar com lágrimas escorrendo pelo rosto. Roar taciturno, mergulhado em uma mágoa profunda.

Agora ele estava falando. Ele era uma força sinistra, mutante. Será que algum dia *ele* iria sarar?

Ária pousou sua mão na dele, querendo dizer algo que pudesse ajudar. Querendo que ele soubesse que ela o amava e lamentava a tensão entre ele e Perry.

Os lábios de Roar se curvaram num lampejo de sorriso que não chegou aos seus olhos sombrios.

– Eu sei.

Ele tinha ouvido seus pensamentos, escutado tudo.

Ela olhou por cima do ombro dele. Perry estava perto da entrada da cabine de comando, observando-os com uma expressão indecifrável. Roar se virou e eles ficaram imóveis, encarando um ao outro com um olhar duro que não cabia entre amigos.

Uma sensação de formigamento subiu pela coluna de Ária. De alguma forma, ela se sentia como uma barreira entre eles e essa era a última coisa que ela queria.

Sentada e com o cinto afivelado no assento do lado oposto, Brooke observava Perry observando Roar. As portas do compartimento de carga se fecharam com um propósito sepulcral, e o som da discussão entre Soren e Júpiter sobre a condução da nave foi ficando mais ruidoso, rompendo o feitiço silencioso que os prendera.

Roar foi até a cabine para guiá-los até o local onde ele vira o Komodo. Perry foi atrás dele, alerta e focado.

Soren tirou a Belcisne do solo com uma arrancada de embrulhar o estômago.

Do outro lado do compartimento de carga, Brooke fez uma cara feia.

– Pensei que ele soubesse voar nesse troço.

– Ele sabe voar – disse Ária. – O problema é pousar.

Brooke lançou um olhar avaliador na direção dela. Ária a encarou de volta, tentando não imaginar o que Perry vira nela. De que maneira ele se comportava quando estava com Brooke. Ela não tinha motivo para ter ciúmes. Não queria ter.

– Roar disse que você conheceu a Liv – disse Brooke.

Ária assentiu.

– Eu só a conheci por alguns dias, mas... gostei dela. Gostei muito.

– Ela era minha melhor amiga. – Brooke olhou na direção da cabine de comando. – Nós éramos como eles.

Perry e Roar estavam lá dentro, recostados em ambos os lados da entrada. De seu ângulo, ela só via metade de cada um e o espaço aberto entre eles.

Eles eram tão diferentes, por dentro e por fora, mas estavam exatamente na mesma pose. Braços cruzados. Tornozelos cruzados. A postura, ao mesmo tempo, relaxada e alerta. Isso era o mais próximo que eles chegaram um do outro desde o regresso de Roar.

– Como eles *costumavam* ser – corrigiu Brooke.

– Isso já aconteceu antes?

– Nunca. E eu odeio isso.

Incrível. Elas concordavam em alguma coisa.

Ária recostou a cabeça na parede e fechou os olhos. A aeronave seguia zunindo e a jornada tinha ficado amena, mas ela sabia que isso não iria durar.

Uma equipe; foi assim que Reef os chamara. Mas eles não eram uma. Não chegavam nem perto disso.

Eram seis pessoas com pelo menos uma dezena de objetivos diferentes.

Isso não importava. Não *podia* importar.

Eles precisavam resgatar Cinder. Precisavam descobrir a localização do Azul Sereno e precisavam de aeronaves para chegar lá.

Seus olhos se abriram e encontraram Roar.

Eles precisavam se vingar.

Capítulo 8

PEREGRINE

Soren pousou a Belcisne numa clareira a uns dezesseis quilômetros de distância do Komodo. Eles decidiram caminhar até uma posição vantajosa para observar de uma distância segura.

Perry pediu que Roar tomasse conta da Belcisne. Alguém tinha que ficar de guarda e Perry precisava dos olhos de Brooke.

Roar concordou com uma encolhida de ombros e Júpiter se ofereceu para ficar também. Perry esperou do lado de fora, torcendo para que Soren também ficasse, mas ele surgiu da Belcisne e desceu a rampa correndo, atrás de Ária e Brooke.

Soren ainda vestia sua roupa cinzenta de Ocupante, que o faria se destacar como uma baleia na mata, e ele estava com um saco de vinte quilos da sala de suprimentos pendurado nas costas.

Perry sacudiu a cabeça.

— Nós estaremos de volta esta noite. Sabe disso, não sabe?

Ele lançou um olhar fulminante para Perry e seguiu andando.

Eles subiram até o topo de uma rocha, no alto de uma colina. Aquele ponto lhes daria uma boa cobertura. Mais importante, ele oferecia uma vista perfeita do vale. O Komodo estava mesmo escondido por trás de um morro, a distância. Hess e Sable certamente teriam sentinelas posicionadas ao longo daquele cume e, possivelmente, uma patrulha também.

Perry sentou na pedra ao lado de Ária para observar. Eles planejavam avaliar as possibilidades antes de se aproximar.

A tempestade de Éter tinha sido deixada para trás, na costa, e o Éter fluía mais calmo ali, movendo-se em ondas, em vez de redemoinhos. Ele não via as centelhas vermelhas, mas tinha a impressão de que as veria em breve. Nuvens espessas se deslocavam pelo céu, lançando sombras largas sobre o platô, e ele farejava a chuva chegando.

– O que era mesmo que o seu pai dizia sobre paciência? – perguntou Ária, depois de um tempo.

Perry sorriu.

– É a melhor arma de um caçador – respondeu ele, feliz que ela tivesse se lembrado de algo que ele dissera a ela meses antes. Mas ela estava com o temperamento um tanto triste e frio, em desacordo com o comentário alegre.

– Você está bem?

Ela hesitou, e a expressão enevoada nos olhos dela o fez lembrar-se da discussão que eles tiveram.

– Estou, sim – afirmou, com uma animação forçada. Ela ergueu a cabeça. – Mas Soren talvez precise de alguma ajuda.

Perry o viu e deu uma risada. Soren tinha esvaziado o saco que trouxera, tirando tudo que tinha dentro dele. Havia suprimentos espalhados por todo lado, e ele estava olhando através de binóculos, tentando enxergar ao longe.

– Perry, olhe ao leste – alertou Brooke atrás deles.

Ele olhou as colinas mais baixas que estavam naquela direção. Uma aeronave igual à que levara Talon sobrevoava o planalto.

Soren pulou de pé, empolgado.

– Aquela é uma Asa de Dragão. A aeronave mais veloz que existe.

– Ela está circulando – observou Brooke. – Está seguindo uma rota específica, contornando o Komodo.

– Uma patrulha – concordou Perry.

Eles continuaram a vigiar tarde adentro, quando grandes nuvens de tempestade se aproximaram, preenchendo o céu. A patrulha seguia a mesma rota a cada duas horas. Munidos desta informação, eles voltaram à Belcisne e se reuniram no compartimento de carga para discutir as alternativas.

– Não podemos ser mais velozes que uma Asa de Dragão – disse Soren. – Não nesta coisa. – Ele bateu os nós dos dedos duas vezes no chão da Belcisne.

No centro do círculo havia uma vareta luminosa dos suprimentos da Belcisne. Perry girou o botão para diminuir a intensidade da luz. Em menos de cinco minutos, a luz radiante já lhe dera dor de cabeça.

– Uma Asa de Dragão é construída para fazer duas coisas – prosseguiu Soren. – Um: alcançar qualquer coisa que quiser, e dois: destruí-la. Se eles estão fazendo patrulhas, então, estão prontos pra nós. No mínimo, isso significa que eles não se esqueceram que estamos por aí. Não tem a menor chance de conseguirmos nos aproximar sem chamá-los pra briga. Se isso acontecer, estamos acabados. Estamos aniquilados. Não estamos, Jup?

Júpiter levou um susto, surpreso em ouvir seu nome. Depois concordou.

– Decididamente. Muito aniquilados.

– Twig e eu chegamos perto – disse Roar. Ele estava afastado do grupo, sozinho, perto da porta do porão, e suas roupas escuras se mesclavam à escuridão. – A pé não é difícil.

Uma rajada de ar frio soprou para dentro da nave. A cada hora que passava, o cheiro de chuva ficava mais forte.

– Você quer ir a pé? – provocou Soren. – Tudo bem, nós podemos tentar isso. Podemos sair correndo e lançar flechas nas paredes de aço do Komodo. Espere aí. Vocês têm aquelas catapultas? Aquelas são totalmente campeãs.

Roar encolheu os ombros; ele não dava a mínima para os comentários de Soren, mas Ária se retraiu.

Perry se lembrou de quando ela fazia comentários parecidos, logo que eles se conheceram. Parecia tanto tempo atrás, mas tinha sido só há meio ano.

– O que você recomenda, Soren? – questionou ele, com a voz firme. Ele tinha muito menos tolerância com Soren do que Ária.

– Eu recomendo que a gente vá de flutuante. De jeito algum nós vamos invadir o Komodo sem uma aeronave. E eu estou falando de uma Asa de Dragão, não desta tralha voadora. Mas, por mais que eu deteste ser portador de más notícias, não tem a *menor* chance de conseguirmos uma.

– Tem um monte de Asa de Dragão do lado de fora do Komodo, não tem? – disse Brooke. – Nós poderíamos nos dividir. Uns distrairiam a patrulha, dando ao restante a chance de se aproximar da frota a pé.

Soren deu uma fungada.

– Você não pode simplesmente andar até lá e pegar uma aeronave. E uma distração jamais daria certo. Qualquer transtorno durante uma patrulha de rotina seria reportado ao líder do comando no Komodo. Se vocês criarem uma distração, estão basicamente colocando todo mundo em estado de alerta.

– E se nós primeiro entrássemos em contato com eles? – sugeriu Ária.

– Pra dizer o quê? Nós ficamos magoados quando vocês tentaram nos matar?

Perry inclinou-se à frente fazendo força para ignorar o sarcasmo de Soren.

– O que você está pensando? – perguntou ele a Ária.

– Que nós estamos lidando com isso de maneira errada – disse ela. – Nós temos que ficar muito à frente deles. – Ela olhou para Soren. – Você consegue invadir o sistema de comunicação deles a partir desta nave?

– Francamente, Ária, às vezes, eu tenho a impressão de que você não me conhece.
– *Responda* – esbravejou Perry.
– Sim. Consigo. – Soren olhou pra ela. – Tomara que seja a última vez que eu falo isso: eu posso invadir *qualquer coisa*.
Ária sorriu.
– Perfeito.

Capítulo 9

ÁRIA

O plano dela era o seguinte: eles iriam transmitir uma mensagem falsa para a Asa de Dragão, mandando a patrulha numa missão de assistência a uma Belcisne acidentada; o que eles fingiriam ser.

Se a ordem viesse de um comandante dos Ocupantes, Ária ponderou, os pilotos não teriam motivo para contestar. Quando a patrulha viesse em auxílio deles, cairia numa armadilha. Ária e Perry estariam com sua equipe a postos, prontos para dominar a tripulação. Eles tomariam a aeronave de patrulha e depois regressariam ao Komodo disfarçados como a equipe original.

Foi a mesma forma como eles haviam entrado em Nirvana quando ela estava procurando pela mãe. Ela tinha vestido um uniforme de Guardião e entrado sem levantar suspeitas.

Por que lutar com o inimigo, se você pode enganá-lo?

– Gostei – disse Roar, quando ela terminou de explicar. – É um ótimo plano.

Ária olhou nos olhos dele e sorriu em agradecimento.

– Isso deixaria a gente chegar bem perto – disse Perry, assentindo. – Mais perto que qualquer outra opção que temos.

Ária voltou-se para Soren, que olhava para o nada, perdido em pensamentos. Ela ficou imaginando o que ele, em especial, tinha achado do plano.

– Tudo vai depender de você – disse ela. – Só vai dar certo se você conseguir invadir o sistema de comunicação do Komodo.

Soren olhou pra ela e acenou com a cabeça.

– Eu consigo. Sem problema.

Ela não duvidava. Apesar de todo o problema que ele causava, Soren tinha uma habilidade com a qual ela sempre podia contar. De certa forma, era como tudo havia começado.

Soren levantou-se. A expressão vidrada no olhar tinha sumido, substituída por uma expectativa febril pelo desafio.

– Eu vou fazer uma análise básica de vulnerabilidade, para ter uma ideia da superfície de ataque do Komodo.

Ária não tinha a menor ideia do que isso significava. A julgar pelos rostos inexpressivos à sua volta, ela não era a única.

Soren revirou os olhos e posicionou a mão em formato de concha, friccionando os dedos no ar.

– Vou dar uma apalpada básica no sistema de segurança, sabem como é? Para saber com o que eu estou lidando.

Júpiter soltou uma gargalhada, mas se conteve quando Perry se levantou.

– É... Perdão – disse Júpiter.

Ela tinha se esquecido de como Perry podia ser dominador. De como ele conseguia calar as pessoas só com um olhar, se quisesse.

– Anda logo com isso, Soren – disse ele, depois se virou para Brooke e Roar. – Vamos começar lá por fora. Quero uma varredura completa do terreno. Se vamos atrair os Tatus até aqui, eu quero atacar da melhor posição possível.

Brooke olhou para Soren e tremulou os dedos, imitando seu gesto.

– Isso quer dizer que nós vamos dar uma apalpada básica na área, Ocupante. Para saber com o que estamos lidando.

Os olhos de Soren nunca deixaram Brooke enquanto ela pegava seu arco e ia lá pra fora com Perry e Roar.

– Qual é mesmo o nome dela? – perguntou, depois que ela saiu.

Ária se levantou, tentando conter um sorriso.

– Laurel – respondeu ela, num impulso. Soren irritava todo mundo. Seria bom vê-lo na posição contrária, para variar. Inspirada, ela acrescentou: – Acho que ela gosta de você, Soren. – E saiu correndo lá para fora.

Perry estava afivelando um cinto preto, com uma pistola de Ocupante no coldre. Ele parecia à vontade em portar uma arma, embora tivesse segurado uma pela primeira vez uma semana antes. Seu arco e aljava também estavam aos seus pés. Ária sorriu consigo mesma. Em vez de escolher entre uma arma de seu mundo e do dela, ele decidiu levar ambas.

– Você precisa de mim? – perguntou ela. Ela poderia vasculhar os arredores, assim como Roar e Brooke, que já tinham sumido na escuridão.

Perry olhou para ela. Seus cabelos estavam amarrados para trás, com uma tira de couro, mas havia uma mecha solta na frente, uma onda loura pousada em sua sobrancelha.

– Quer a verdade?

Ária se preparou para um comentário sobre seu braço.

– Sempre.

– É exatamente esta a minha resposta. Mas provavelmente é melhor que você fique de olho nas coisas por aqui. – Ele sorriu, pegando o arco e a aljava e pendurando-os no ombro. – Eu mesmo faria isso, mas receio que meu punho possa ir parar na cara do Soren.

Ele saiu caminhando e ela ficou olhando, tentando afastar a sensação de que ele tinha partido depressa demais.

Ele acabara de dizer que sempre precisaria dela. Por que ela não conseguia focar nisso?

Quando ele chegou à entrada da floresta, ela gritou:

– Tome cuidado.

Ela sabia que ele tomaria. Isso era só um jeito de interagir um pouco mais com ele. De se sentir perto dele, por mais um tempo.

Ele olhou pra trás, ainda caminhando, e pousou a mão no coração.

Na cabine de comando, Soren estava usando um olho mágico.

– Eu o trouxe de Quimera – justificou-se ele. – Achei que poderia ser útil tê-lo à mão.

Ela recostou no batente e cerrou os lábios, desprezando a escolha dele de palavras. Se algo útil precisava estar *à mão*, o que isso significava pra ela, com sua mão ruim?

Soren interpretou mal sua fisionomia, achando que ela reprovava o uso do olho mágico.

– Eu não *preciso* disso, nem nada. Mas posso trabalhar dez vezes mais rápido com ele.

– Eu sei – disse ela, sentando na outra poltrona. – Tudo bem. Use o que achar melhor.

Ária o observou por um tempo. Soren alternava entre períodos de foco introspectivo, quando trabalhava através do olho mágico, e rompantes, remexendo freneticamente nos botões de controle da Belcisne. Ele era completamente diferente quando tinha uma tarefa diante dele, um enigma para resolver.

Ela olhava através do vidro da cabine, vendo as árvores balançando, quando uma ansiedade começou a crescer dentro dela. Havia perigo naquela floresta. Bandos de vagantes violentos. Tempestades de Éter que chegavam subitamente. Ela não conseguia tirar da cabeça a imagem de Perry com a mão sobre o coração.

Inquieta, ela deixou a cabine de comando e foi remexer nos suprimentos da sala dos fundos, em busca de refeições operacionais – rações embaladas. Ária pegou um espaguete para ela e Júpiter, e jogou um bolo de carne para Soren.

Depois ela se sentou na rampa de acesso, de onde podia ver Perry, Roar e Brooke quando eles regressassem. As árvores balançavam e rangiam, à medida que o vento aumentava.

– Essa floresta parece tão estranha – disse Júpiter, chegando para se sentar ao seu lado.

– Porque é real.

Júpiter inclinou a cabeça de lado e afastou os cabelos desgrenhados do rosto.

– É... faz sentido.

Quando eles caíram em silêncio, ela se pegou estreitando os olhos na direção da floresta escura. Por que eles ainda não tinham voltado?

Ela comeu devagar, embora sua barriga roncasse. A dor em seu braço tinha aumentado, deixando-a um pouco enjoada e comer com a mão esquerda levava mais tempo. A comida, que tinha um gosto ligeiramente melhor do que terra, não ajudou muito.

Júpiter terminou antes dela e encontrou dois gravetos para servirem de baquetas.

– Então, você ainda canta? – perguntou ele, enquanto batucava um ritmo na rampa.

– Não muito. Tenho andado um pouco preocupada.

Ária reconheceu a batida da canção "Corações alados colidem", música favorita de Roar, da banda Tilted Green Bottles, mas ela não estava com vontade de cantar. O tilintar metálico retumbava em seus ouvidos. Ela tinha a sensação de que aquelas varetas estavam batendo no cérebro dela, e agora não conseguia parar de pensar em Roar e de se preocupar com ele.

– É uma pena. Sua voz é demais.

– Obrigada, Jup.

Júpiter parou um pouco para esfregar o olho, como se procurasse o olho mágico, que já não estava mais ali.

– Você acha que a Rune está bem? Caleb, e o resto do pessoal?

Ela assentiu, pensando em Molly.

– Eles estão em boas mãos.

Ária ouviu o que disse e se retraiu. Será que toda porcaria de resposta tinha a ver com mãos?

– Você conhece Beethoven? – perguntou Júpiter. – Ele era surdo, ou quase surdo, e tinha que ouvir através de percussão e da condutividade, e tudo mais. Estou sempre pensando nele, sabe? Se ele conseguia fazer isso, então, eu posso conseguir resolver isso.

– Resolver o quê?

– Como viver sem os Reinos. Estou sempre tentando fracionar. Toda hora eu penso que meu olho mágico está dando defeito e é mais ou menos como se eu tivesse ficado surdo. Como se houvesse uma parte imensa faltando. Depois, eu me lembro que isso é tudo que a gente tem agora. O Real é tudo que restou.

– Fica mais fácil com o tempo.

Júpiter parou de batucar.

– Desculpa. Eu não tive a intenção de reclamar, nem de parecer ingrato, nem nada.

– Ingrato?

– Você salvou a minha vida.

– Você não pareceu ingrato. E você não me deve nada. Não precisa agir como se estivesse tudo bem.

A ansiedade transbordava nas palavras dela. Ela só tivera a intenção de tranquilizá-lo, mas suas palavras soaram como uma repreenda. Ela olhou para baixo, escondendo a expressão de lamentação, e notou movimento em sua visão periférica.

Os dedos de sua mão machucada estavam tendo espasmos. Ela nem mesmo tinha se dado conta disso.

Tentou fechar o punho, imaginando que os espasmos pudessem significar que estava sarando. Os dedos, em lugar de curvarem, pararam de se mexer. Sua mão sequer fazia parte dela.

As lágrimas embaçaram sua visão, e ela se descontrolou.

Saltou de pé e correu pela rampa abaixo, mergulhando na noite.

Capítulo 10

PEREGRINE

Perry tinha quase chegado à Belcisne, quando avistou Ária correndo em sua direção.

Num instante, ele tirou o arco do ombro e estava com uma flecha apontada, os olhos vasculhando a floresta, em busca de um ataque. Um incêndio. Ocupantes. Qualquer coisa.

– O que foi? – perguntou ele, enquanto ela vinha correndo.

– Eu não sei – respondeu ela, ofegante, com as pupilas dilatadas, o temperamento frenético. Ela segurava o braço junto à barriga. – Nada.

Ela olhava para além das árvores. Para o solo rochoso. Para todo lugar, menos para ele.

Perry pôs o arco no ombro e colocou a flecha de volta na aljava. Ele soltou o ar, e o medo foi passando.

– O que está acontecendo?

Ela sacudiu a cabeça.

– Eu disse que não foi nada. Apenas esqueça.

– Você não está dizendo a verdade.

Ela ergueu o rosto.

– Talvez não, Perry, mas e você? Você não fala sobre a Liv. Não fala sobre Roar e não fala sobre nós. Você diz que o que aconteceu no passado não importa, mas, pra mim, importa. Ao se fechar, você está *se* escondendo de mim. Isso não é pior que mentir?

Ele concordou, finalmente entendendo. Ele podia consertar aquilo. Eles podiam.

Ela piscou pra ele, chocada.

– Você... você está *sorrindo*?

Os olhos dela começaram a se encher de água, então, ele se apressou para explicar.

– Estou sorrindo porque estou aliviado, Ária. Um minuto atrás, eu achei que sua vida estivesse em perigo, mas você está a salvo. Está bem aqui e nós estamos juntos. Isso é bem melhor do que eu me preocupar com você ou sentir sua falta porque você está a centenas de quilômetros de distância.

– Só porque nós estamos juntos não significa que está tudo *bem*.

Ele não podia concordar com aquilo. Estar com ela era tudo o que ele precisava. O resto, eles ajeitariam com o tempo. Mas ele via que para ela era diferente.

– Então, me diga como consertar as coisas. É tudo que eu quero.

– Você precisa falar comigo. Nós temos que dizer um ao outro as pequenas coisas, as coisas ruins. Isso pode doer, por um tempo, mas, pelo menos, não vão se transformar em coisas grandes. Se não fizermos isso, vamos apenas continuar magoando um ao outro. E eu não quero mais isso.

– Tudo bem. Eu juro a você, de agora em diante, eu vou falar. Você vai ficar cansada de ouvir a minha voz. Mas eu acho que é você que tem que começar. – Não era ele quem estava com os olhos cheios de lágrimas.

– Agora?

– Brooke e Roar ainda não voltaram. Nós temos algum tempo.

Ária sacudiu a cabeça.

– Não sei por onde começar. Antes era só uma coisa, mas agora parece que é tudo. – O vento soprou os cabelos dela sobre o rosto. Ela o afastou. – Nós não consertamos nada, Perry. Quimera se foi. Tivemos de deixar toda aquela gente pra trás e você teve de deixar sua casa e eu gostava daquela casa. Eu queria dormir com você naquele quarto e olhar o Éter pela fresta do telhado, como me disse que adorava fazer, lembra? Nós nunca tivemos a chance de fazer isso. Nunca poderemos fazer.

Ela ergueu a mão machucada.

– E tem mais isso. Eu já estava imaginando como iria lutar, mas não tenho a menor chance. Eu não consegui nem afivelar o cinto de segurança na nave. Nem prender meus cabelos eu consigo. – Ela colocou o braço novamente junto ao corpo. – Cinder é um prisioneiro. Liv se foi. Roar está... nem sei... Não sei como ajudá-lo. Não sei o que aconteceu com vocês dois, e ainda tem *você*. Eu o magoei quando parti e estou com muito medo de ter arruinado tudo entre nós...

– Não é verdade.

– Então, por que você não fala a respeito?

Um aperto foi aumentando no peito dele, acelerando seu coração. Era a mesma sensação de angústia que ele tinha dentro da caverna, e isso fez com que ele se lembrasse de como se sentiu ao entrar no quarto de Vale e descobrir que ela tinha sumido. Ele tinha carregado aquele aperto até o instante em que ela voltou.

– Quero me esquecer que isso aconteceu. Preciso esquecer, Ária. Você foi envenenada na minha frente. Quase morreu. Depois, por um tempo, eu achei que você realmente tivesse me deixado.

– Eu parti por *você*, Perry.

– Eu sei. Agora, eu sei. Isso magoou nós dois, mas nós superamos. E não ficamos arruinados por isso. Estamos mais fortes.

– Estamos?

– Claro. Olhe pra nós. Estamos sobrevivendo à nossa primeira briga... ou segunda.

Ária revirou os olhos.

– Isso não é uma briga e a de ontem também não foi.

Ele sorriu.

– Agora você está me assustando.

Ela riu. Foi um som radiante. Uma explosão de claridade no meio da floresta silenciosa. Pela primeira vez desde que ela tinha vindo correndo ao seu encontro, ele se sentia tranquilo.

Ária ainda estava com a mão na lateral do corpo. Ele queria pegar e beijar cada um de seus dedos, mas ele não queria que ela se sentisse ainda pior por estar machucada.

Ele a contornou, parando atrás dela.

– Perry, o que você está...

Ele segurou os ombros dela, impedindo que ela virasse.

– Confie em mim.

Ele puxou os cabelos dela para trás dos ombros, sentindo-a tensa e surpresa. Depois ele os ajeitou e os penteou com os dedos. Ele adorava os cabelos dela. Negros como ônix, embebidos em seu aroma de violeta. Pesado como um cobertor nas mãos dele.

Erguendo as mãos para trás, ele puxou a tira de couro que usara para amarrar os próprios cabelos, mais cedo, e amarrou os dela, no pé da nuca.

– Era assim que você queria? – perguntou ele.

– Obrigada... Está bem melhor.

Curvando-se, ele beijou a pele macia logo abaixo de sua orelha.

– Que tal isso?

– Não sei... Faça de novo?

Ele sorriu e enlaçou-a nos braços, puxando para ele. Na frente deles, as luzes de dentro da aeronave penetravam por entre as árvores – o mundo dela se fundindo ao dele.

– Você realmente quer que eu fale?

Ária se apoiou nele, deixando que ele segurasse seu peso.

– Quero.

– Você vai ouvir até cansar sobre o meu assunto preferido.

– Caça?

Ele riu.

– Não. – Ele deslizou as mãos até os quadris dela, sentindo os músculos e ossos sólidos, depois subiu, passando pela curva da cintura. – Não é caça.

Cada pedacinho dela o deixava louco e ele lhe disse isso, sussurrando em seu ouvido, enquanto ela se recostava no corpo dele.

Quando ela virou subitamente na direção da floresta, ele soube que ela tinha ouvido Roar e Brooke. Era hora de voltar, mas ele a manteve ali, só mais um pouquinho.

– O que trouxe você até aqui, Ária?

Ela virou o pescoço e olhou para cima, dentro dos olhos dele.

– Eu precisava encontrar você.

– Eu sei – disse ele. – No segundo em que a deixei, eu me senti do mesmo jeito.

Eles viraram rumo ao compartimento de carga para ouvir a avaliação de Soren.

Perry se sentou com Ária, Brooke e Júpiter, enquanto Roar se mantinha novamente afastado, na sombra.

Soren afastou as pernas e colocou as mãos atrás da cabeça, dando um suspiro de orgulho, enquanto vasculhava o rosto deles. Ele agia como se fosse discursar para uma multidão de milhares de pessoas, em vez de cinco.

– Primeiro, eu quero dizer que é realmente uma pena que nenhum de vocês seja esperto o suficiente para apreciar o que eu fiz aqui. Resumindo de maneira bem simples, que vocês podem ou não entender, eu simplesmente acertei na mosca.

Perry balançou a cabeça em negação. Cada coisa que Soren fazia o incomodava, mas Ária parecia inabalada.

– O que você descobriu? – perguntou ela.

– Que eu sou incontrolável. E indispen...

– *Soren*.

– Ah, você quer dizer em relação ao plano? Está tudo certo.

Ária olhou para Perry, surpresa. Soren só passara duas horas trabalhando. No máximo.

– Vamos repassar – disse Perry.

– Está *feito* – insistiu Soren. – Vamos logo com isso. A cada minuto que passarmos sentados aqui, corremos o risco de que eles nos encontrem.

Perry coçou o queixo, estudando Soren. Avaliando o seu humor.

Algo não parecia certo. Ainda em Quimera, Soren tinha começado um tratamento experimental para controlar seus ímpetos. Supostamente, não haveria risco de que ele voltasse a ser violento, mas a raiva sempre espreitava por trás de seus comentários detestáveis. Perry questionava seu modo de pensar e sua lealdade, mesmo que Ária não o fizesse.

Teria Hess realmente traído Soren, o próprio *filho*? Dada a experiência de Perry com Vale, ele sabia que traição era algo possível dentro de uma família. Mas talvez houvesse mais alguma coisa. Será que Soren os estaria levando para as garras do inimigo? Para uma armadilha?

Da sombra, Roar falou:

– Estou com o Ocupante.

Júpiter encolheu os ombros.

– Eu também estou? – Júpiter fez sua afirmação soar como um pedido de permissão.

– Ária e eu decidiremos como vai ser – disse Perry.

– Por quê? – vociferou Soren. – Eu que invadi o sistema. Eu que piloto esse flutuante. Estou fazendo tudo. O que *você* está fazendo? Por que *você* não está recebendo ordens *minhas*?

– Porque você está com medo – disse Perry. Era melhor colocar logo tudo às claras, antes que eles seguissem adiante. Como um Olfativo, ele raramente manipulava as pessoas, aproveitando--se de receios revelados através do temperamento delas. Mas se

Soren fosse desmoronar, Perry queria que isso acontecesse ali, não durante a missão. Portanto, ele pressionou novamente:

– Você não sabe o que quer, não é, Ocupante? Vai nos dar as costas na primeira oportunidade que tiver? Está nos entregando para impressionar seu pai? Para cair nas graças dele outra vez?

Soren ficou totalmente imóvel, as veias saltaram em seu pescoço.

– Só por causa de sua mutação estranha, não pense que sabe o que está dentro da minha cabeça. Você não sabe de nada.

– Sei de que lado eu estou. Sei que consigo lidar com pressão.

As palavras de Perry pairaram no ar, num instante de silêncio. Ele tinha atingido a fraqueza de Soren, mas era verdade: o controle de Soren era frágil e Perry provara isso.

Soren xingou e se lançou para frente.

– Selvagem estúpido! Eu deveria ter matado você. Você deveria estar morto!

Perry levantou-se, colocando Ária atrás dele. Roar sacou sua lâmina, mas Brooke estava mais perto. Ela se aproximou e puxou uma flecha da aljava em suas costas.

– Vá em frente – disse ela, pressionando a ponta de aço no peito de Soren. – Dê mais um passo, Ocupante. Vontade é o que não falta.

Soren parou de encarar Perry. Seus olhos agora percorriam o corpo de Brooke.

– Vontade é o que não falta para mim também. A hora que você quiser, Laurel. É só falar.

Por um bom momento, ninguém se mexeu. Perry sabia que não era o único tentando entender o que tinha acabado de acontecer.

– Quem diabo é *Laurel*? – perguntou Brooke, confusa.

Atrás dele, Ária soltou uma gargalhada e Perry subitamente entendeu.

Roar guardou sua faca, olhando para ela.

– Depois, sou eu que levo a fama de devasso.

Um rubor intenso subiu pelo pescoço de Soren.

– Vocês são todos malucos – rugiu ele. – Cada um de vocês!

Ária passou por Perry.

– Eu quero ver o que você preparou, Soren. Pode nos mostrar? – Ela seguiu até a cabine de comando, negando-lhe a oportunidade de pensar, ou argumentar, ao puxá-lo com ela.

Muito bem, pensou Perry. Ela tinha conseguido exatamente o que eles precisavam, dar uma repassada no plano, e isso daria a Soren uma chance de recuperar sua confiança, mostrando-lhes o trabalho que havia feito.

– Brooke – chamou Perry, os outros entravam na cabine de comando. – Obrigado.

Ela parou, recostando o arco e as flechas na parede.

– Você teria feito o mesmo por mim.

Perry assentiu com um aceno de cabeça.

– Mas talvez eu tivesse tirado um pouco de sangue – brincou ele.

O sorriso de Brooke foi um breve lampejo, mas verdadeiro. Ela deu uma olhada dentro da cabine de comando.

– Sinto falta dela, Perry... você não?

Liv.

– Sinto.

Brooke esperou que ele dissesse mais alguma coisa. O que havia a dizer? O que ela, Roar e Ária queriam dele? Ele não podia mudar a morte da irmã. Se ele se permitisse senti-la, a rachadura que cortava seu coração aumentaria. Iria quebrá-lo e ele não podia quebrar. Ali, não. Agora, não.

– Você acha que é fácil para mim e Roar? – perguntou Brooke.

– Não. – Ele apontou o queixo na direção da cabine de comando. – Melhor a gente entrar lá.

Brooke balançou a cabeça, desapontada.

– Está certo – disse, entrando na cabine.

Perry não foi atrás dela. Ele recostou-se na fuselagem da nave, pressionando os polegares nos olhos, até que viu pontinhos vermelhos, em vez de Liv com uma flecha de uma balestra cravada no coração.

Eles passaram as horas seguintes analisando cada ângulo do plano, conversando detalhadamente sobre cada cenário, enquanto a noite avançava. Roar bocejou, depois Júpiter, depois todos estavam bocejando, lutando contra o sono. Todos sabiam seus papéis, mas Ária queria que eles se trocassem e repassassem suas partes como em um ensaio – uma boa ideia, levando em consideração a inexperiência de Júpiter e Soren.

Eles encontraram macacões de Guardiões dentro dos armários da sala de suprimentos. Ária e Brooke pegaram os seus e saíram, revezando-se na cabine de comando, para ter privacidade.

Perry levou dez segundos para concluir que nenhum dos macacões lhe serviria. Ele abriu a porta de outro armário, procurando mais uniformes, e encontrou um saco grande de vinil. Ele tinha acabado de puxá-lo pela alça, quando Soren falou atrás dele.

– Isso é um bote inflável, Forasteiro. Se é isso que você vai usar, estou fora dessa missão – debochou. – Você não sabe ler? Está escrito bem ali, em letras enormes: "Embarcação Motorizada, Pequena".

Perry enfiou o saco de volta no armário. Ele precisou de todo seu autocontrole para não arrancar a porta metálica e dar com ela na cara de Soren.

– Aqui está, Perry – disse Júpiter, curvando os lábios, num sorriso tímido. Ele jogou um pacote dobrado nas mãos de Perry. – Extragrande.

Perry o pegou e tirou a camisa.

Soren fez um som estalado atrás dele.

– Essas tatuagens são *permanentes*? – perguntou, boquiaberto. Sua atenção, então, se voltou para a Marca de pantera cobrindo o ombro de Roar. Soren abriu a boca para dizer mais alguma coisa, mas pensou melhor.

Ele tinha medo de Roar, o que era sábio. Roar podia ser cruel e mortal. Perry já vira esse lado dele muitas vezes. Ultimamente, dava a impressão de que esse era o único lado que ele via.

Roar olhou para Perry, com o olhar frio e sombrio, embora seu humor exalasse vermelho-escarlate.

Normalmente, Roar teria feito uma piada sobre Soren, mas as coisas não estavam nada normais. Ele fechou o armário à sua frente e saiu.

O uniforme de Guardião parecia leve e resistente quando Perry o vestiu, um tecido fresco e ligeiramente luminoso. Ele jamais imaginou que um dia teria de se vestir como um toupeira. Os homens que haviam levado Talon vestiam macacões como este, assim como os Guardiões que haviam atirado em Ária, em Quimera. Perry esperava detestar o traje por esse motivo, mas descobriu que gostava da textura, como se ele tivesse vestido a pele protetora de uma serpente.

Ele não pôde deixar de notar a olhada repetida que Ária deu na direção dele quando eles saíram da nave. Ele sorriu, sentindo-se meio constrangido, e um pouco apreensivo com ele mesmo, por se importar com o que ela achava, quando havia coisas mais importantes com as quais se preocupar.

Lá fora, as folhas rolavam em ondas pela clareira, levadas por rajadas de vento. Nuvens de chuva encobriam o céu, lançando a noite numa escuridão tão impenetrável que Brooke e Ária voltaram correndo para a aeronave para pegar varetas luminosas.

Embora o Éter não estivesse visível, Perry podia senti-lo pincando sua pele. Ele ficou imaginando se as correntes estavam formando espirais por trás daquelas nuvens, e se as chamas vermelhas haviam surgido. Será que eles veriam uma tempestade de chuva *e* uma de Éter pela manhã?

Brooke e Ária voltaram, e todos eles assumiram suas posições. Soren e Júpiter ficaram perto da Belcisne com Ária. Brooke, Perry e Roar esperaram na floresta, prontos para surpreender a Asa de Dragão quando ela viesse para o resgate. Quando Perry deu o sinal, eles se aproximaram e ensaiaram como dominariam os Guardiões, até mesmo quem falaria e o que seria dito.

Eles passaram um tempo coordenando uma maneira de dominar os Guardiões desarmados. A tripulação normal de uma Asa de Dragão era composta por quatro homens, todos pilotos treinados, e eles precisariam de todos eles para roubar as aeronaves de Sable e Hess.

Quatro pilotos representavam quatro Belcisne. Além da que eles já tinham, seria o suficiente para transportar todos os Marés até o Azul Sereno.

– Nada de derramamento de sangue – disse Perry, depois que eles tinham repassado cada detalhe mais de uma vez. – Faremos tudo exatamente como planejado.

Todos concordaram. Todos assentiram com um aceno de cabeça.

Eles tinham feito tudo que podiam.

Estavam prontos.

Capítulo 11

ÁRIA

– Então... – Soren acenou trêmulo para a poltrona do piloto. Na outra mão, ele segurava firmemente o olho mágico. – Eu vou sentar para que a gente possa começar e tudo mais.

– Vá em frente – disse Ária.

– Obrigado. – Soren sentou na poltrona e sua perna começou a balançar.

Na noite anterior, durante o ensaio, ele estava calmo. Tudo estava calmo. Mas agora a chuva batia na ampla janela da cabine de comando. Lá fora, no início da manhã cinzenta, as árvores balançavam e o vento uivava.

Não era uma tempestade de Éter, mas era o suficiente para fazer o estômago de Ária se contorcer de nervoso.

– Vamos colocar esse plano para funcionar! – ordenou Perry.

Roar e Brooke tinham assumido suas posições lá fora, esperando que a missão começasse.

Eles não iriam mudar os planos por conta da tempestade. Ária nunca entendeu direito a chuva até vir para o lado de fora. Nos Reinos, a chuva era poética. Clima para uma noite com amigos numa cabana nas montanhas. Para um dia de estudos num café. Mas, no real, a chuva escorria nos olhos e esfriava os músculos até os ossos. Ela tinha um lado mordaz e eles torciam para que os

Guardiões que viessem na Asa de Dragão também se deixassem confundir por ela.

– Estou pronto – disse Soren. – Está tudo certo. Eu fiz isso em Quimera uma vez. Lembra, Jup?

Na outra poltrona, Júpiter sentou-se ereto, quase abandonando sua postura desleixada habitual.

– É, eu me lembro. Você nos livrou da prova de história daquela vez.

Os lábios de Soren se curvaram.

– Isso mesmo... Prova de história.

Ária ficou imaginando se ele estaria pensando o mesmo que ela: no quanto eles estavam longe daquele tempo de escola. Das horas nas salas de estar em Quimera, estudando e fracionando nos Reinos.

– Assim que eu invadir o sistema deles – explicou Soren –, estarei rastreável. Vou inserir todos os obstáculos que eu puder, mas é nesta hora que o relógio começa a contar.

Ele já lhes dissera isso. Havia três componentes na missão. Primeiro, uma brecha na segurança do sistema do Komodo, com o qual ele lidaria sozinho. Isso traria a patrulha até eles, armando a tomada da Asa de Dragão, que seria o segundo passo. Por último, disfarçados de Guardiões, eles entrariam no Komodo.

Na pior das hipóteses, a brecha no sistema de segurança seria descoberta enquanto eles estivessem resgatando Cinder, mas Soren previa que eles teriam duas horas até que isso acontecesse. Se seguissem o plano, eles teriam tempo suficiente.

– Nós sabemos, Soren – disse Ária. – Se vamos interceptar essa patrulha, nós temos que começar agora.

Ele assentiu, empalidecendo. Ária viu que sua mão relaxou segurando o olho mágico. Então, ele levou o dispositivo até o rosto, com um esforço visível, e colocou o tapa-olho transparente sobre seu olho esquerdo.

Um segundo se passou. Dois. Três.

Soren se retesou, com os dedos cravados nos descansos de braço.

– Entrei. – Ele se sentou ereto, os ombros tremeram levemente, seu joelho ainda balançava. – Lá vamos nós. Onde está você? Onde estou eu? Onde está você? Onde estou eu?

O cântico de Soren cessou quando uma imagem surgiu flutuando em pleno ar, na frente do para-brisa.

Era um avatar dele da cintura para cima, uma imagem tridimensional, mas translúcida, fiel até na pequena cicatriz em seu queixo. O avatar usava uma réplica quase exata da roupa que ele vestia; da roupa que todos vestiam: um uniforme de voo cinza-claro, com listras azuis refletivas ao longo das mangas.

Não havia contexto na imagem. Nem sala, nem cabine de comando. O avatar de Soren flutuava em pleno ar, feito um fantasma.

– Ah! Qual é? – disse Soren, passando a mão na cabeça. – Meus cabelos são mais bonitos que isso. Os algoritmos de aproximação que os militares utilizam são realmente abaixo do padrão – reclamou, enquanto inseria uma série de comandos no painel de controle da Belcisne.

Ária nunca vira ninguém tão focado e vidrado ao mesmo tempo. Perry observava em silêncio, mas ela se perguntava o que ele sentia no humor de Soren.

– Lamento que você não possa ficar, Soren – disse Soren –, mas eu te vejo mais tarde, bonitão.

O avatar tridimensional embaçou e achatou, como se tivesse sido pressionado entre dois vidros. Outra figura se expandiu nitidamente diante deles: Hess, olhando diretamente para frente.

Hess era mais encorpado que Soren, com um rosto bem talhado e cabelos lisos, penteados para trás. Somente seus olhos, inexpressivos e fundos, revelavam as décadas entre ele e o filho.

Soren ficou sentado imóvel, na poltrona do piloto, encarando o avatar do pai. Hess o deixara para trás, em Quimera. Soren devia estar pensando naquilo agora.

Ária lambeu os lábios. Ela já estava com mil nós na barriga e eles estavam apenas começando.

Perry cruzou com seu olhar e a assegurou com um leve aceno de cabeça, como se soubesse das palavras que ela trazia na ponta da língua.

– Vá em frente, Soren – Ária disse baixinho. – Você está indo bem.

Soren pareceu se recompor.

– Eu sei que estou – afirmou, embora sua voz não apresentasse o tom desafiador habitual.

O avatar de Hess ganhou vida. Seus ombros se ergueram com o mesmo tremor ligeiro de Soren instantes atrás. Soren agora o controlava. Ele usaria o avatar como um fantoche, direcionando-o através do olho mágico.

– Sempre quis ser igualzinho a você, pai – ironizou baixinho.
– Estou me conectando ao sistema do Komodo.

Seus dedos deslizaram sobre os controles da Belcisne, naturalmente conduzindo o avatar e a instrumentação da aeronave. Essa era sua linguagem, pensou Ária, assim como o canto era a dela.

Na frente da janela da cabine, uma tela transparente piscou, dividida em três segmentos. Hess ocupava o centro. A tela à direita continha uma combinação de mapas, coordenadas, e planos de voo, todos iluminados em neon azul. A tela da esquerda mostrava uma cabine de comando como a da Belcisne, porém menor. Era o interior da Asa de Dragão patrulha; a nave que eles pretendiam tomar.

Quatro Guardiões de macacões de voo e capacetes estavam sentados em duas fileiras.

Hess, ou melhor, o Hess de Soren, começou a falar e o avatar esbanjava a autoridade que Ária conhecia tão bem.

– Patrulha Alfa Um Nove, aqui é o comandante Um, câmbio.

Ele parou, aguardando que a informação causasse impacto.

E causou.

A tripulação da Asa de Dragão trocou olhares preocupados. O comandante Um era o cônsul Hess. Eles estavam recebendo uma mensagem diretamente do alto escalão.

O Guardião no sistema de comunicação respondeu:

– Alfa Um Nove na escuta. Câmbio.

Eles tinham acreditado. Ária soltou o ar e sentiu Perry relaxar ao seu lado.

– Alfa Um Nove – disse Hess, o avatar –, nós captamos uma mensagem de socorro de um flutuante acidentado, há três, não, digo, *quatro* minutos. Alguém pode me dizer por que vocês não estão respondendo?

Soren interpretava o pai com perfeição, pronunciando as palavras de maneira condescendente, com uma leve hostilidade.

– Negativo quanto à mensagem, senhor. Nós não recebemos. Câmbio.

– Aguarde, Um Nove – disse Hess. Soren manteve a transmissão, deixando que os Guardiões observassem Hess, enquanto ele virava, berrando para uma sala de controle que não estava lá, nada além de uma invenção da imaginação de Soren. – Alguém envie as coordenadas para ele. Agora, pessoal. Meu filho está naquela nave!

– Seu filho, senhor? – perguntou o piloto da Asa de Dragão. Ele certamente sabia que Soren tinha ficado pra trás, em Quimera, enquanto a cidade ruía, mas isso não significava que Soren não sobrevivera, ou que Hess não o acolheria de volta.

Hess virou-se para um subalterno imaginário.

– Mande verificar a audição dele, assim que ele regressar. E se essas coordenadas não estiverem...

A tela com os planos de voo piscou. Novas informações surgiram, mapas, diagramas da Belcisne, coordenadas, todas descendo como gotas de chuva fluorescentes, de cima para baixo.

Hess inclinou-se para frente, olhando no centro da câmera.

– Ouçam atentamente. Eu quero todos daquela nave aqui, em uma hora. Se vocês falharem comigo, não se deem ao trabalho de voltar. Entendido, Alfa Um Nove? Câmbio.

Ária mal ouviu o "Afirmativo, senhor" antes que a imagem de Hess desaparecesse.

Soren havia cortado a comunicação. Ele balançou para trás na poltrona do piloto, respirando ofegante, o peito subindo e descendo.

— Meu pai é um orangotango babaca — disse, depois de um momento.

Ninguém discordou. Isso pareceu desanimá-lo, embora as palavras fossem suas. Ele fechou os olhos apertados, se retraindo, antes de retomar os controles, desligando completamente a Belcisne.

A escuridão da cabine de comando assustou Ária, embora ela já a esperasse. Pequenos filetes de água escorriam pelo vidro.

Ária acendeu uma lanterna e o foco de luz iluminou o rosto de Soren.

— Viu só? — perguntou ele, com os dentes cerrados. — Fácil.

Até agora, pensou Ária. Só ficaria mais perigoso dali em diante.

Eles saíram da cabine de comando e se apressaram até as portas de saída. Enquanto ela corria lá fora, a chuva batia em seus ombros e rosto e martelava a rampa com um ruído estrondoso.

Sob a ponta traseira da Belcisne, Brooke e Roar colocavam galhos verdes numa fogueira parcialmente coberta por uma tenda e escondida abaixo da cauda da aeronave. O efeito era convincente: colunas de fumaça serpenteavam ao alto, ao redor da cauda, encobrindo-a e dando a impressão de uma colisão.

Uma rajada espessa passou e Ária virou o rosto, abafando a tosse na manga molhada.

— É melhor que eu fique na frente — disse Soren, dando uma corrida até o lado dela. Um minuto lá fora e ela já estava encharcada. — É melhor que eu seja o primeiro ponto de contato.

Perry sacudiu a cabeça.

— Nada disso. Vamos manter o plano.

Soren girou, ficando de frente para Perry.

— Você viu como os Guardiões ficaram nervosos. Será pior se eles não me virem logo.

— Errado, Ocupante. Você é o item de valor. Eles vão esperar que você esteja numa posição protegida, que é perto da rampa, *como nós planejamos*.

— Ele está certo, Soren — interveio Ária.

Cada um deles tinha seu papel na missão, com base em seus pontos fortes. Perry, Roar e Brooke sabiam como se manter calmos em situações de vida ou morte, e seus Sentidos trariam vantagens óbvias. Eles eram mais adequados para confrontar os Guardiões primeiro.

— Isso é um resgate — Soren pressionou. — Eles não vão esperar que...

— Fique aqui! — bradou Perry, e a fúria cintilava em seus olhos. — Não se mova daqui ou juro que vou quebrar sua cara outra vez.

Ele olhou de relance para Ária, um rápido lampejo esverdeado e saiu correndo, levantando pequenas erupções de água a cada passo. Ele era tão alto, tão notável, mas em segundos se fundiu à floresta, à margem da clareira. Brooke e Roar o seguiram. Todos os três desapareceram nas sombras embaçadas pela chuva, sob a cobertura de uma árvore.

— Quem ele pensa que é? — indignou-se Soren.

— Ele é o cara do sangue que manda — respondeu Júpiter.

— *Fiquem quietos!* — ordenou Ária, olhando as colinas a distância. Seus ouvidos sintonizaram um som em meio ao barulho da chuva. Um zunido como o de abelhas. Através do forro de fumaça e chuva, ela avistou um ponto luminoso se deslocando acima das colinas. Um ponto, como uma chama azulada, que riscava o céu na direção deles.

A Asa de Dragão.

Ela cortava o ar como uma lâmina, o som de seu motor cada vez mais alto, até ela querer tampar os ouvidos com as mãos.

O vento e a chuva batiam em seu rosto. Ária se retraiu e virou de lado para se proteger. Ela piscou, limpando os olhos, e a nave subitamente estava ali, flutuando à distância de apenas cem passos.

Suas vísceras reviraram-se diante daquela visão. Ao seu lado, Júpiter deu um passo para trás e Soren xingou baixinho. Reluzente e compacta, brilhando como uma gota de luar, a aeronave Asa de Dragão aparentava ser muito veloz.

Enquanto ela a observava, o trem de pouso saiu da barriga da nave e graciosamente pousou no gramado encharcado de chuva.

As portas se abriram e três Guardiões pularam no solo, espirrando água das poças.

Só três. Isso significava que um membro da tripulação havia ficado lá dentro.

Ela mudou o peso de um pé para o outro, com o coração disparado. Eles tinham ensaiado o que fariam nesse cenário. Isso aumentaria o risco, principalmente para Perry, mas eles estavam prontos. Eles conseguiriam cumprir o planejado.

Os Guardiões vestiam macacões leves, capacetes e óculos, exatamente como eles. Um dos homens ficou perto da nave, enquanto os outros dois atravessaram a clareira, em direção a Ária. Eles se aproximaram cautelosos, com as armas varrendo o território em busca de perigo ou qualquer sinal de ameaça.

Quando uma luz vermelha se moveu sobre o peito dela, tudo assumiu uma característica distante e lenta. O som da chuva foi sumindo. As gotas grossas que caíam em seus ombros desapareceram. Tudo retrocedeu, exceto a raiz da dor em seu bíceps.

– Mãos ao alto! Mãos para cima! – gritou um dos homens.

Em suas laterais, as mãos de Soren e Júpiter se ergueram. Ária viu os dedos dobrados em sua visão periférica e percebeu que suas mãos também estavam erguidas. Ela não sentiu dor nenhuma em seu braço ruim. Ela nem sabia que conseguia fazer esse movimento.

A distância, Roar surgiu da floresta e seguiu na direção do Guardião posicionado perto da Asa de Dragão, aproximando-se por trás, tão sorrateiro e determinado quanto uma pantera.

Ela viu um borrão do movimento, conforme ele se aproximou, investindo com toda velocidade contra o Guardião, o impacto foi tão grande que ela recuou e sentiu o ar sair de seus próprios pulmões.

Num instante, Roar tinha dominado o homem no chão. Ele bateu com um joelho nas costas do Guardião, pressionando uma arma compacta na cabeça dele.

Soren gritou, com uma energia selvagem emanando dele. Ela já tinha visto a eficiência implacável de Roar, mas Soren não.

Perry disparou da floresta, passando por Roar e mergulhando na Asa de Dragão. Então, Brooke emergiu e assumiu seu lugar atrás dos dois Guardiões, que continuavam sua aproximação cautelosa, alheios ao colega caído aos pés de Roar.

– Abaixem as armas! – gritou Brooke, empunhando uma pistola. Os dois homens viraram e ficaram imóveis ao vê-la. Ária sacou sua pistola de um coldre escondido. Era estranho segurar a arma com sua mão não dominante, mas ela duvidava que fosse precisar usá-la.

Os quatro Guardiões tinham sido neutralizados. A esta altura, Perry já teria lidado com o homem dentro da aeronave. Roar cuidara do Guardião próximo a ela. E Ária e Brooke estavam com os dois na clareira.

Tudo estava sob controle. Exatamente como eles haviam planejado.

Até que Soren pôs a mão para trás e sacou uma arma.

Capítulo 12

PEREGRINE

Perry invadiu a cabine da Asa de Dragão, avistando seu alvo: o Guardião que ficara ali dentro, na poltrona do piloto.

O homem tentou pegar a arma no cinto. Sua mão nem chegou a tocar nela.

Perry acertou uma joelhada no rosto do Guardião. Não era o golpe que ele pretendia, mas o espaço era limitado. Ele pegou o Guardião atordoado pelo colarinho e o arrastou pelas portas da aeronave, lançando-o lá fora na chuva, onde ele foi aterrissar a alguns passos do homem dominado por Roar.

Perry pulou da Asa de Dragão. Ele não precisou dizer uma palavra a Roar, que sabia exatamente o que fazer.

— Pode deixar, Perry. Vá logo! — disse Roar, antes que os pés de Perry sequer tocassem a lama.

Perry passou por ele a toda velocidade, correndo em direção a Brooke. Do outro lado do campo alagado, a fumaça ainda subia por baixo da cauda da Belcisne. Ele ficou surpreso ao ver como Ária, Soren e Júpiter pareciam pequenos perto da aeronave. Brooke estava no meio do campo, entre duas aeronaves, apontando uma arma para os dois Guardiões que ela havia surpreendido.

Os dois homens ainda empunhavam suas armas, enquanto analisavam a situação. Perry viu que eles olharam os colegas dominados deitados na lama, aos pés de Roar. Depois, Brooke e Ária, ambas armadas. E, finalmente, ele, correndo na direção deles.

Os Guardiões não tinham opção. Eles iriam perceber isso e se entregariam. Àquela altura, já deveriam ter se rendido, mas algo não parecia certo.

Perry estava a vinte passos de Brooke, quando avistou a arma na mão de Soren.

– Vocês ouviram! – gritava Soren, a plenos pulmões. – Ela disse abaixem as armas!

Os Guardiões olhavam de Brooke para Perry e para Soren, com movimentos ágeis de cabeça. Eles se posicionaram de costas um para o outro, com as armas em punho.

– Agora! – insistiu Soren.

Eles vão se render, Perry queria gritar. *Dê uma chance e eles se renderão!*

Ele conteve as palavras. Pânico alimentava pânico. Gritar só iria piorar as coisas.

Soren esticou os braços, balançando a arma entre os Guardiões.

– Eu já falei: *armas no chão!*

Um único *estouro* irrompeu no ar, abafado pelo barulho da chuva, mas inconfundível.

Soren havia disparado. Ele recuou, absorvendo o coice da arma.

Um instante depois, tiros explodiram no ar, quando os Guardiões revidaram.

Brooke gritou ao cair no chão. Ária, Soren e Júpiter se espalharam, correndo de volta para a Belcisne.

Cada músculo do corpo de Perry queria correr na direção deles, mas ele se jogou no chão. A terra molhada saltava quando as balas atingiam o solo em volta dele. Ele rolou, deslizando pela água de chuva. Em campo aberto, não havia o que usar como proteção.

Os tiros cessaram, o barulho da chuva voltou a reinar sozinho sobre o silêncio. Ele ergueu a cabeça. Os Guardiões estavam correndo para a floresta.

O homem mais baixo se virou, enquanto fugia, disparando uma saraivada de balas na direção de Roar, que se agachou junto à Asa de Dragão.

Roar se jogou debaixo da aeronave, desaparecendo para o outro lado.

Mais tiros. Agora zunindo na direção de Ária. Atingindo a lama perto do braço de Perry.

Ignorando os tiros, ele ergueu a arma e tudo que ele sabia sobre armas de fogo foi colocado em prática. Ele relaxou os músculos, deixando que os ossos em seus braços sustentassem a arma. Depois, ele mirou, soltou o ar e disparou dois tiros. Ajustando um pouco a mira, ele encontrou o outro homem e apertou o gatilho mais duas vezes.

Foram tiros certeiros, todos eles. Tiros pra matar.

Os Guardiões tombaram um a um pouco antes da entrada da floresta.

Perry se levantou com um salto, antes mesmo que os corpos deles tocassem a terra. Buscando equilibrar bem o corpo, ele deslizou em alta velocidade sobre a lama grossa em direção à Belcisne, com apenas um pensamento na cabeça. Uma pessoa.

– Eu estou bem – afirmou Ária quando ele chegou até ela.

Ele a pegou pelos ombros, e a examinou mesmo assim. Da cabeça aos pés. Dos pés à cabeça. Ela estava bem. Ele esperou que o alívio viesse, mas não veio.

– Perry, você está bem? – perguntou Ária, estreitando os olhos.

Ele sacudiu a cabeça.

– Não.

Um gemido de dor desviou a atenção dele. Próximo a eles, Júpiter segurava a coxa, enquanto se contorcia no chão. Brooke estava ajoelhada ao lado dele. O sangue jorrava de um corte no couro cabeludo dela, escorrendo pela lateral de seu rosto.

– Estou bem, Perry – disse ela. – Foi só de raspão, mas ele está pior. Eles o acertaram na perna.

Ária foi até o outro lado de Júpiter.

– Deixe-me ver, Jup. Acalme-se para que eu possa examinar sua perna.

Perry voltou sua atenção para o outro lado do campo. Roar estava ao lado da Asa de Dragão, acima dos corpos dos outros dois Guardiões. Perry assoviou e Roar olhou na direção dele. Ele balançou a cabeça e Perry entendeu. Roar os matara. Ele teve de fazê-lo. No instante em que a arma de Soren disparou, não havia outro desfecho possível.

A visão de Perry começou a afunilar, sua ira focando num único ponto. Ele pegou Soren pelo colarinho.

– O que há de errado com você? – berrou ele.

– Eles não abaixavam as armas!

Soren tentava se soltar, mas Perry o segurava com firmeza.

– Você não deu tempo a eles!

– Dei, sim! Quanto tempo é preciso pra baixar uma arma? Uma hora? – Soren parou de se debater nas mãos de Perry.

– Era para ser só um tiro de alerta! Eu não sabia que eles iam atirar de volta!

Perry não conseguiu responder. Ele queria quebrar o queixo de Soren novamente. Impedir que ele jamais dissesse outra palavra.

– Eu deveria ter acabado com você daquela primeira vez, Ocupante.

Roar veio correndo.

– Nós precisamos ir, Perry. O tempo está se esgotando.

– Você vai voltar para a caverna – disse Perry, soltando Soren com um empurrão. – Você está fora.

Soren era um perigo. De jeito nenhum Perry o levaria para dentro do Komodo, agora.

– Ah, é? E quem vai pilotar a Asa de Dragão pra você? – Soren apontou na direção de Júpiter com a cabeça. – Ele? Acho que não. Quem vai levá-lo até Cinder, dentro do Komodo? Acha que vai simplesmente dar de cara com ele, Selvagem?

– Eu deveria ter aprendido a pilotar aeronaves – lamentou-se Ária.

Seu tom era irônico, mas seu humor estava gélido. Controlado. Perry o tragou, deixando que sua raiva também passasse.

– Nós temos que levá-lo, Perry – disse ela. – Os Guardiões estão todos mortos. Júpiter e Brooke estão feridos. Se Soren não for, acabou.

Perry olhou para Soren.

– Entre na Asa de Dragão e fique quieto lá. Não ouse piscar sem falar primeiro comigo.

Soren saiu marchando e resmungando.

– Estou piscando, Selvagem. Estou fazendo isso agora mesmo.

– Soren – chamou Roar. Quando Soren olhou pra trás, Roar atirou sua faca no ar. A lâmina girou na direção de Soren, que deu um gritinho e desviou dela por pouco.

A faca passou raspando, como Roar certamente pretendia. Roar nunca errava.

– Você ficou maluco? – gritou Soren, com rosto vermelho de raiva.

Roar deu uma corrida e calmamente pegou a faca, mas ele a guardou com um golpe violento.

– É assim que se dá um tiro de alerta.

Perry os viu caminhar até a Asa de Dragão. Mesma direção, vinte passos entre os dois. Depois ele carregou Júpiter até a Belcisne, colocando-o na poltrona do piloto.

Ária já tinha embarcado na aeronave. Ela amarrou um torniquete em volta da perna de Júpiter. Depois, enrolou uma atadura na cabeça de Brooke, enquanto a instruía sobre como cuidar do ferimento de Júpiter. Anticoagulante. Pressão. Analgésico. Estava tudo no kit aos pés dela.

Júpiter não parava de falar, perguntando repetidamente se ele ia morrer. O sangue de sua perna se misturou com água da chuva no chão da aeronave. Pelo que Perry podia identificar, a bala só atingira músculo, atravessando a perna. Em se tratando de ferimento a bala, aquele não era dos piores, mas Júpiter tagarelou até que Ária pôs a mão sobre sua boca, silenciando-o.

– Preste atenção. Você precisa pilotar essa aeronave, Júpiter. Volte para a caverna. Brooke conhece o caminho. Lá vão cuidar de você.

– Nós chegaremos bem – assegurou-lhe Brooke, sorrindo. – Não se preocupe conosco. Pode ir. E boa sorte.

– Para vocês também, Brooke – disse Ária. – Tomem cuidado. – E saiu correndo da cabine de comando.

Perry a interceptou no alto da rampa. Um lençol de chuva caía pela abertura, bloqueando o lado de fora como uma cachoeira. Ele a enlaçou pelos quadris, receando machucar seu braço, e se deu conta do que o incomodava tanto.

Quatro mortos. Dois feridos.

E eles ainda nem tinham chegado ao Komodo.

– Ária, essa foi por muito pouco...

– Eu vou com você, Perry – disse ela, virando para encará-lo. – Nós vamos trazer o Cinder de volta. Vamos pegar as aeronaves e depois vamos para o Azul Sereno. Nós começamos isso juntos. É assim que terminaremos.

Capítulo 13

ÁRIA

Com Soren pilotando a Asa de Dragão, eles zarparam em meio à chuva forte na direção do Komodo. A respiração ofegante e ruidosa deles quebrava o silêncio da cabine de comando. Eles formavam um quarteto de puro estresse, lutando para recuperar o foco.

Ária pressionava as costas contra a poltrona. Voar naquela aeronave era mais impactante, quase violento, comparado à Belcisne. Era como se a Asa de Dragão tivesse que lutar para alcançar a alta velocidade que seus motores prometiam. Ela sentia cada movimento em seu braço latejante.

Soren e Roar estavam nos dois assentos da frente, do piloto e do copiloto. Ela e Perry estavam nas duas poltronas atrás deles.

Quatro homens estiveram naquelas mesmas poltronas, meia hora antes. A poltrona dela ainda guardava o calor que um deles deixou. Um calor que penetrava suas roupas, pernas e costas. Ela estava com frio, tremendo e encharcada, mas aquele calor – o último eco da vida de um homem – fazia com que ela desejasse fugir de sua própria pele.

Seria culpa dela? Ela não havia apertado o gatilho; porém, será que isso fazia diferença? Seus olhos miraram as costas de Soren. Ela o trouxera até os Marés. Confiara nele.

Ao lado dela, Perry estava tenso. Ele estava enlameado, ensanguentado e atento, sua imobilidade contrastava com a água da chuva que pingava de seus cabelos. Ele se opusera a Soren desde o começo, pensou Ária. Será que ela deveria ter dado ouvidos a ele?

Ela voltou a olhar pela janela da cabine. As árvores passavam num borrão, as colinas, onde ficava o Komodo, se aproximavam numa velocidade impressionante.

– Faltam cinco minutos – avisou Soren.

Cinco minutos até que eles chegassem ao Komodo. Eles estavam seguindo direto para o ninho do dragão – e havia dois deles.

Ela imaginou Hess, o descaso com o qual descartava a vida humana. "Faça uma boa viagem, Ária", ele lhe dissera, antes de despejá-la na Loja da Morte, no mundo fora dos núcleos. E fizera o mesmo com milhares de pessoas que havia deixado em Quimera. Ele disse a elas que iria resolver o problema; depois, as abandonou num núcleo desmoronando.

Se Hess era um homicida covarde, então Sable era um assassino. Com ele, o ato era pessoal; ele olhou nos olhos de Liv quando disparou a balestra contra ela.

Ária mordeu o lábio, com uma dor se acumulando em seu peito, por Perry. Por Roar, Talon e Brooke. Ela era uma tola de pensar nisso agora, mas a mágoa era como a lama que os cobria. Suja. Rapidamente se espalhava por todo lado, uma vez que encontrasse passagem.

– Eu também vou aprender a pilotar esses flutuantes – disse Perry, com a voz baixa e grave. – Para poder apostar corrida com você.

Seus olhos verdes mostravam um sorriso, um traço da competitividade benévola. Talvez ele até quisesse, mesmo, pilotar as aeronaves. Ou talvez ele soubesse exatamente o que dizer para acalmá-la.

– Você vai perder pra ela – sentenciou Roar, da poltrona da frente.

Ele estava brincando, pensou Ária, mas Perry não respondeu nada e, a cada segundo de silêncio que passava, seu comentário parecia menos amistoso.

Para seu alívio, Soren rompeu o silêncio.

— Eu puxei os cinco últimos planos de voo e não vejo nenhuma divergência. Vou extrair amostras de voz daquelas missões, mudá-las e mesclar tudo. Isso nos deixará passar pelos protocolos e fazer com que tudo pareça rotina. Eles não vão notar nada.

Eles tinham planejado isso antes, sabendo que os Guardiões poderiam colocar a missão em perigo se optassem por uma comunicação ao vivo. Soren iria emendar as gravações dos Guardiões, agora falecidos, e reutilizá-las para prosseguir com a fachada. Os Reinos – que os habitantes dos núcleos tanto prezavam – agora estavam sendo usados como uma arma contra eles, ajudando um bando de "Selvagens" a se fazer passar por uma patrulha normal.

Será que Soren estava repetindo tudo aquilo, mostrando suas contribuições, como um modo de se desculpar?

Ária limpou a garganta. Ela resolveu ajudá-lo, perguntando coisas que todos eles já sabiam. Eles precisavam se unir. Agora.

— E quando chegarmos lá?

— Também já está feito – disse Soren. – Está tudo bem aqui.

Ele apertou alguns botões. Um mapa do Komodo surgiu na tela transparente, da mesma forma como ocorrera na Belcisne. O Komodo parecia uma espiral feita de unidades individuais que podiam se conectar e soltar, como antigos vagões de trem. Cada segmento podia ser destacado e operado de maneira autônoma, segundo explicou Soren, quando eles repassaram os planos. Cada unidade podia se deslocar ou se defender por conta própria.

Em seu estado estacionário, o Komodo se enroscava como uma cobra, seguindo o princípio que fora utilizado na construção de Quimera. As unidades externas eram defensivas e de apoio. As três unidades internas, no centro da espiral, eram as de segurança e prioridade máximas. Elas abrigavam as figuras mais importantes.

— Meu pai e Sable estarão nessas unidades – afirmou, destacando-as na tela. – Meu palpite é que Cinder esteja lá também.

Eles estavam arriscando a vida naquele palpite.

— A pista de pouso fica na ponta do lado sul do complexo, bem aqui – disse Soren, destacando também aquele trecho no diagrama. – O acesso ao corredor central fica do lado oposto, na ponta do lado norte. É lá que queremos ir. Ele nos levará diretamente às unidades internas do Komodo, sem precisarmos nos deslocar por dentro do negócio inteiro.

— Você vai nos dar acesso a este corredor, certo? – perguntou ela.

— O acesso, certamente, é restrito, mas eu vou tentar invadir o sistema de segurança quando chegarmos lá. Já tentei por aqui, mas não há como fazer isso, a não ser pessoalmente.

— E se você não conseguir invadir?

— Então, nós partimos para o plano ruidoso. Explosivos.

Soren abandonara seu tom habitual de gabação. Ele tinha cometido um erro e sabia disso.

Ela olhou para Perry, torcendo para que ele também estivesse percebendo. Mas ele parecia mergulhado em pensamentos.

— Três minutos – avisou Soren, quando eles passaram pelos cumes das colinas que pareciam longínquas, alguns instantes antes.

Ela sentiu uma injeção de adrenalina percorrer suas veias. Ali, no coração do platô, estava o Komodo.

Ária sentiu a descida gradual da Asa de Dragão, enquanto Soren fazia a contagem regressiva dos dois últimos minutos. A pulsação dela se acelerou quando eles se aproximaram das fileiras de aeronaves no platô. Ela viu dez Belcisne. Mais de vinte das aeronaves menores, a Asa de Dragão. Apenas oito dias antes, essas mesmas aeronaves estavam dentro do hangar de Quimera.

Soren pilotava a Asa de Dragão em direção a uma pista; uma extensão de terra que dividia a frota ao meio. Na outra ponta, através de cortinas de chuva espessa, ficava o lado sul do Komodo, sinistro e imponente.

A Asa de Dragão deu um tranco leve, ao tocar o solo. Alguns Guardiões vieram correndo do Komodo na direção deles, na pista de pouso.

– Eles só estão vindo checar a aeronave – disse Soren, respondendo à pergunta que todos tinham na cabeça. – Não se preocupem. Esse é um procedimento padrão após um voo. Coloquem seus capacetes de voo. Quando as portas se abrirem, sigam direto para o Komodo. Eu vou lidar com a equipe de terra e depois alcanço vocês. Ah, e tentem agir como se já tivessem estado aqui.

Ária ficou encarando Soren por um tempo. Por mais difícil que ele fosse, não teriam conseguido fazer nada daquilo sem ele.

Ela colocou um capacete. Era grande demais e tinha um leve odor de vômito e suor.

Ela saiu da cabine de comando, forçando-se a esticar o braço, apesar da dor que sentia no bíceps. Ela precisava que ele parecesse normal.

– Lá vamos nós – disse Soren, pouco antes de as portas se abrirem.

Uma rajada de vento lançou chuva no visor do capacete de Ária.

Ela pulou da aeronave, seguida por Roar e Perry. Suas pernas pareciam pesadas quando ela bateu na lama, era mais alto do que havia calculado. Ela se desequilibrou, e precisou correr um pouco com o corpo curvado para frente, antes de pisar firme. Tanto Perry, quanto Roar estenderam a mão para ajudá-la, mas ela os ignorou. Ela duvidava que os Guardiões ficassem amparando tropeços uns dos outros.

Atrás dela, Soren conversava com os operadores de terra, com uma voz alta e confiante, como se soubesse tudo de tudo.

Através de seu visor coberto de chuva, ela sentia as aeronaves avultando ameaçadoramente sobre ela, reluzentes e silenciosas. Como se fossem uma plateia a observá-la enquanto ela passava.

O uniforme de Guardião era à prova d'água, mas o suor escorria em suas costas e pela barriga, fazendo a roupa colar.

A cada passo, o Komodo parecia maior. Tão grande que ela se perguntava como aquilo poderia ser móvel. Quando se aproximou, ela deu uma olhada nas rodas enormes e dentadas, cada uma delas com vários palmos de altura. Ela vinha pensando no Komodo como uma serpente, por conta de sua estrutura espiralada, mas agora ela via uma *centopeia*.

Dois Guardiões estavam embaixo de uma pequena projeção, junto à entrada. Eles portavam armas como as que abriram um buraco em seu braço e na perna de Júpiter. Em ambos os lados da entrada, ela viu janelas com vidros escuros.

Será que alguém os observava? Hess? Sable? Com que clareza eles poderiam enxergar através da chuva forte?

Soren a ultrapassou e subiu a rampa correndo, passando pelos Guardiões e entrando no Komodo sem diminuir o passo. Os homens junto à porta nem se viraram quando Ária, Perry e Roar o seguiram.

Lá dentro, o corredor de aço se estendia para a esquerda e para a direita, mas sua largura mal comportava duas pessoas andando lado a lado. Ária ofegava, enquanto eles seguiam apressadamente pelo corredor à direita, com Soren liderando o caminho.

Dez minutos antes, ele quase comprometera toda a missão; agora ele estava no comando, seguindo um mapa do Komodo em seu olho mágico.

Ária segurou o braço de Perry, para fazê-lo ir mais devagar. Para que todos desacelerassem. Eles estavam fazendo muito barulho. Chamando muita atenção. Perry, Roar e Soren tinham portes expressivos. Ela, provavelmente, estava andando com uns 240 quilos ao seu lado e o Komodo sentia. Eles estavam provocando um pequeno terremoto no corredor, o piso sacudia, lembrando a ela que aquela não era uma estrutura fixa.

Eles passaram por duas portas. Três. Cinco.

Soren os conduziu à porta seguinte; uma sala de equipamentos. Fileiras de macacões azuis como os deles, perfilados nos fundos. Capacetes. Armas em armários estreitos.

Soren correu até um armário e remexeu dentro dele. Ele pegou uma pequena, mas parruda, arma preta de cano largo.

– Lançador de granadas – disse ele. – Para o plano ruidoso.

Eles deixaram os capacetes de voo e pegaram armas novas. Perry pegou uma corda e a pendurou no ombro, e eles voltaram ao corredor, com Soren novamente liderando o caminho. Ele mantinha um ritmo veloz, quase correndo, enquanto trafegava pelos corredores entrelaçados.

Ária receava que cada curva que eles faziam seria uma curva que teriam de fazer *novamente* para poder sair de lá.

Vozes chegaram aos seus ouvidos, vindas de algum lugar trás dela. Ária fixou os olhos nos de Roar, que também tinha ouvido. Alguém estava se aproximando. Até agora, eles tinham evitado outras pessoas, mas a sorte havia acabado.

Roar assoviou baixinho. Mais adiante, Perry girou, reagindo instantaneamente. Juntos, eles seguiram na direção das vozes, tão depressa que Ária sentiu um sopro de vento passar por ela; depois eles viraram numa curva e desapareceram.

Ária se forçou a seguir adiante com Soren – chegar no corredor central –, apesar do impulso desesperado de ir atrás deles.

Ela aumentou o ritmo, olhando para trás mais uma vez, e chocou-se contra o corpo de Soren. Ária foi lançada para trás, atônita.

Soren estava em pé, de braços cruzados, com um sorriso no rosto.

– Intenso, hein?

– Por que você parou? – perguntou ela, com o pavor formando um bolo dentro dela. Ele estava *gostando* daquilo.

– Chegamos. – Soren ergueu a cabeça na direção de uma porta pesada com um painel de acesso escuro na lateral. – É aqui.

A porta não tinha nada escrito e não parecia em nada com o que ela esperava de uma entrada para as áreas de segurança máxima do Komodo.

Então, ela atinou que, atrás daquela porta, ela encontraria Cinder.

E Hess.

E Sable.

Soren se ajoelhou diante do painel. Ele estalou os dedos e fez o painel ganhar vida com um toque, depois habilmente foi passando por tela após tela de interfaces de segurança.

Observá-lo fez com que ela se lembrasse da Ag 6. Da noite que ele tinha feito a mesma coisa, meses antes. Ela, então, se lembrou das mãos de Soren apertando sua garganta. Ária afastou a lembrança e ficou atenta a possíveis passos no corredor, ou à aproximação de Roar e Perry. Ela só ouvia o zunido suave das luzes do teto.

– Ande logo, Soren – sussurrou ela.

– Será que eu preciso explicar o quanto esse tipo de comentário é inútil? – disse ele, sem erguer os olhos do painel.

Os olhos dela se fixaram no lançador de granadas no cinto dele. *Plano silencioso*, rezou ela. *Descubra os códigos. Por favor, faça com que o plano silencioso dê certo.*

O painel de segurança piscou em verde. O alívio a invadiu, mas durou pouco. Ela olhou para o corredor. Onde estavam Perry e Roar?

Soren olhou para ela, ainda ajoelhado.

– Longe de mim querer apressá-la – disse ele –, mas nós temos sessenta segundos antes que essa porta se feche. O que você quer fazer?

Capítulo 14

PEREGRINE

Mantendo-se perto das paredes, Perry se apressava em direção ao som das vozes que se aproximavam, com Roar a meio passo à frente.

Com alguma sorte, as pessoas que eles tentavam localizar dariam meia-volta ou seguiriam para uma das câmaras que dividiam o corredor. Porém, conforme ele e Roar seguiam apressadamente pelo corredor, eles não passaram por nenhuma outra porta; isso significava que naquele trecho não havia outra saída.

Roar olhou para trás, e balançou a cabeça. Ele deve ter percebido a mesma coisa que Perry: eles estavam numa rota de colisão.

As vozes ficaram mais claras: uma voz masculina dizendo algo sarcástico sobre comida de Ocupante. Uma voz feminina rindo em resposta.

Ele conhecia aquela risada. E o reconhecimento fez seu sangue virar gelo.

Roar avançou com mais velocidade, cobrindo dez passos em silêncio absoluto. Ele se apoiou num dos joelhos junto à curva do corredor. Perry assumiu uma pose defensiva, alguns passos atrás dele, com a arma apontada e pronta. Meio segundo depois, um homem virou o corredor, ainda conversando.

Ele vestia uma roupa habitual da tribo dos Galhadas; um uniforme preto com uma galhada vermelha no peito. Roar esticou a perna, dando uma rasteira no homem. Roar não perdeu um instante. Ele pulou sobre o homem e bateu com a cabeça do soldado no chão.

A garota, que vinha logo atrás dele, usava o mesmo uniforme; o preto do tecido destacando cabelos vermelhos como o sol poente.

Kirra.

Perry a agarrou antes que ela pudesse reagir, prendendo-a contra a parede. Ele pôs uma das mãos sobre sua boca e a outra em volta de seu pescoço. Ela não lutou, mas seus olhos se arregalaram, seu temperamento entrecortado e azul de medo.

– Se der um pio, eu vou esmagar seu pescoço. Entendeu?

Perry nunca tinha machucado uma mulher, jamais, mas ela o traíra. Ela o usara e levara Cinder embora.

Kirra anuiu. Perry a soltou, tentando não olhar as marcas vermelhas que seus dedos deixaram no pescoço dela. Atrás dele, Roar arrastava de volta o homem desacordado pelos braços.

De volta... de volta para onde? Não havia lugar para escondê-lo.

– Oi, Peregrine – disse Kirra, meio sem fôlego. Ela lambeu os lábios, esforçando-se para recuperar a compostura.

Duas semanas antes, por uma fração de segundo, ele chegou a cogitar beijar aqueles lábios. Ele estava enlouquecido, rejeitado por sua tribo e porÁria. Sentindo a falta de Liv e Talon. Kirra se aproveitara dele no momento mais baixo de sua vida. Ela quase o destruiu.

– Você nos poupou trabalho – disse ela. – Nós íamos buscá-lo.

Perry não entendeu. O que poderiam querer com ele? Ele afastou a curiosidade.

– Você vai me ajudar a encontrar Cinder e Sable.

– Por que Sable?

– O Azul Sereno, Kirra. Eu preciso saber como chegar lá.

– Eu conheço as coordenadas. Poderia levá-lo até lá. – Ela estreitou os olhos. – Mas, por que eu deveria ajudá-lo?

– Você dá valor a sua vida?

Ela deu um sorriso malicioso.

– Você não vai me machucar, Perry. Você não seria capaz.

– Eu não tenho problema nenhum em fazer isso – disse Ária.

Perry se virou e a viu correndo na direção deles, com uma pistola na mão esquerda.

– Tragam a garota e venham rápido – disse, cruzando com o olhar dele. – Soren conseguiu abrir a porta.

Ele conduziu Kirra pela entrada de acesso ao corredor central. Roar ergueu o homem inconsciente e o jogou em seu ombro. Ele passou correndo pela porta bem na hora em que ela estava se fechando.

Eles conseguiram. Estavam outro passo mais perto.

– Quem é *essa*? – perguntou Soren.

– Eu sou a Kirra.

Ária ergueu a pistola.

– Oi, Kirra. – Ela apontou com a cabeça para o homem por cima do ombro de Roar. – Onde podemos deixá-lo.

As bochechas de Kirra estavam vermelhas, seu temperamento estava se aquecendo.

– Ali dentro. É uma sala de serviços. Ele só deve ser encontrado amanhã.

Rapidamente, Roar colocou o homem de Sable dentro da sala.

– Agora, Cinder – ordenou Perry.

– Por aqui. – Ela os levou por um corredor feito de painéis pretos de borracha, mais um tubo do que um corredor.

– Quanto tempo, Soren? – indagou Perry.

– Uma hora.

Eles estavam na metade do tempo. Uma hora atrás, Soren se fez passar por Hess e mandou uma mensagem falsa para a Asa de Dragão. Em mais uma hora, aquela brecha na segurança seria descoberta.

— O Cinder está aqui — disse Kirra, parando junto a uma porta. — Deve ter outras quatro pessoas aí dentro. Um Guardião perto da sala de observação, na outra ponta. Três médicos.

Soren fez uma careta, desviando o olhar de Ária para Perry.

— Eu sou o único sem entender por que ela está nos ajudando?

— Ela está dizendo a verdade — disse Perry. Ele sentia, e isso era tudo que interessava. Eles tinham que encontrar Cinder e dar o fora dali.

Roar seguiu até a porta, posicionando-se para entrar na frente. Apesar do desentendimento deles, tudo o que Roar fazia era exatamente o que Perry queria — exatamente como eles sempre lutaram ou caçaram. Lendo a mente um do outro, sem necessidade de palavras.

Perry empurrou Kirra para Soren. Depois acenou para Roar, que entrou sorrateiramente. Perry entrou em seguida. Eles rapidamente assumiram o controle da sala. Roar dominou o Guardião com uma explosão de velocidade, desarmando-o e prendendo-o ao chão.

Uma parede de vidro dividia o cômodo em dois. Diante das janelas havia uma fileira de mesas e alguns equipamentos médicos com telas de monitoramento. Ali estavam três médicos de jalecos brancos — todos ficaram paralisados de choque.

Procurando câmeras ou alarmes de segurança, Perry não diminuiu o passo, ao atravessar rumo às janelas da sala de observação. Cinder estava deitado no outro cômodo, numa cama de hospital, com os olhos meio abertos, a pele tão pálida quanto o lençol que o cobria.

Perry atirou nas dobradiças até que a porta soltou; então, ele a arrancou do lugar e correu até a cama.

— Cinder.

Um cheiro forte de química emanava dos vários tubos e bolsas presos ao braço de Cinder. Perry mal havia respirado, mas sua garganta já estava irritada pelos odores fortes.

— Perry? — disse Cinder, com a voz rouca. Quando ele piscou, Perry só viu o branco de seus olhos.

– Sou eu. Eu vou tirar você daqui.

Perry tirou os tubos e fios presos a Cinder. Ele tentou ser delicado, mas suas mãos – geralmente firmes – estavam tremendo. Quando Cinder estava, finalmente, livre, Perry o ergueu, sentindo um embrulho no estômago pelo peso em seus braços – tão pequeno, tão leve. Não era o suficiente para um menino de treze anos.

Na outra sala, Soren e Roar terminavam de amarrar os médicos às cadeiras, usando a corda que Perry levara. Perto da porta, Ária estava com uma pistola apontada para Kirra.

Eles saíram depressa pelo corredor central, refazendo o caminho que fizeram antes enquanto voltavam para o lado sul do Komodo. Perry carregava Cinder, e Roar conduzia Kirra pelo caminho.

– Soren, nós precisamos de pilotos – disse Ária.

Era a única coisa que faltava, mas a intuição de Perry lhe dizia para abandonar aquela parte do plano.

– Sério? Você acha que eu consigo encontrar quatro pilotos agora? – perguntou Soren, incrédulo.

Perry olhou para Ária.

– Vamos ter que resolver isso depois.

– Eu vou disparar os alarmes – disse Soren, quando eles passaram pela sala de equipamentos de antes.

Em segundos, um uivo das sirenes explodiu no ar. Isso era parte da estratégia deles para conseguir fugir. Os alarmes significariam que havia uma brecha no lado norte do Komodo, onde eles tinham acabado de estar. A esperança deles era que a distração desviasse a atenção da aeronave que estavam prestes a roubar, no lado sul do Komodo.

Quando chegaram às portas duplas pesadas que conduziam ao lado externo, Soren parou subitamente. Ele lançou um olhar ansioso para trás.

– Meu pai está aqui, em algum lugar.

– Soren, você não pode voltar – disse Ária. – Você tem que pilotar a nave e nos tirar daqui.

— Eu, por acaso, disse que não iria com vocês? Só pensei em vê-lo. Pensei...

— Pense depois. — Perry entregou Cinder a Soren e assumiu a dianteira. Incerto quanto ao que encontrariam do lado de fora, ele sacou a arma e sinalizou para Roar. — Vá. Eu lhe dou cobertura.

Roar soltou Kirra.

— Não. Eu vou ficar aqui.

Por um momento, Perry não conseguiu entender o que Roar disse. Então, ele sentiu o humor de Roar, vermelho-escarlate, ardendo em fogo, sedento de sangue, e soube que não tinha entendido errado.

— Eu não vou embora — disse Roar. — Não vou, até que eu encontre Sable e o veja morrer. Se eu não acabar com isso, ele virá novamente atrás de Cinder. Ele virá atrás de você e de mim, até que o façamos parar. É preciso cortar a cabeça da serpente, Perry. — Ele apontou para o fim do corredor. — A serpente está ali dentro.

Perry não podia acreditar no que estava ouvindo. Eles estavam a poucos segundos de escapar. A dois *passos* de uma fuga limpa.

— Isso tem a ver com vingança e nada mais. Não aja como se tivesse outros motivos.

Roar espalmou as mãos no ar. Suas pupilas estavam imensas, faiscando com uma energia feroz.

— Você está certo.

— Você não mudará nada entrando ali. Só vai arrumar um jeito de ser morto. Eu estou lhe dando uma ordem, Roar. Eu o *comando*, como seu soberano, e estou lhe pedindo como seu amigo: não faça isso.

Roar respondeu enquanto andava de costas, voltando pelo corredor:

— Não posso deixar que Sable fique impune. Ele tem que pagar. E eu já estou morto, Perry.

Então, ele girou e saiu correndo pelo Komodo.

Capítulo 15

ÁRIA

Ária saiu em disparada atrás de Roar.

Ela não sabia como planejava detê-lo. Falando com ele? Ele não ouviria. À força? Ele era mais forte. Ela só sabia que não podia deixá-lo. Ela não deixaria que ele enfrentasse Sable sozinho.

Perry esbarrou no ombro dela ao passar feito uma bala. Ele partiu pelo corredor, alcançando Roar a cada passo. Ele, provavelmente, o deixaria inconsciente e ela ficaria arrasada em ajudá-lo, mas ela o faria. Não importava o custo, eles não poderiam deixar Roar naquele lugar.

Perry tinha quase chegado a Roar, quando ele parou de repente. Um instinto transpassou-lhe o corpo. Seus músculos travaram e ela parou trêmula, confusa, até que viu o corredor além deles se encher de Guardiões.

Eles apontavam armas para Perry e Roar, gritando, ameaçando, berrando exigências.

– No chão, no chão, no chão! Armas no chão, agora!

Ária ergueu sua arma quando viu cinco, seis Guardiões, e outros mais, entrando em seu campo de visão. Eram muitos. Eles estavam encurralados. Reconhecer isso foi como uma bomba.

Então, ela viu Roar avançar sobre o homem que estava mais próximo dele.

Perry fez o mesmo no instante seguinte, e tudo se transformou em caos, uma massa disforme de braços e pernas, socos e chutes.

Ela ergueu a pistola, procurando um modo de dar um tiro para o alto, mas o corredor era estreito demais e ela estava usando a mão esquerda. Ela não podia arriscar acertar Perry ou Roar.

Três homens prenderam Perry no chão. Ela não conseguia vê-lo, mas ela o ouvia.

– Fuja, Ária! Saia daqui! – gritou ele.

Então, Roar explodiu do bolo, com dois homens às suas costas. Eles puxaram Roar pelos braços e o empurraram contra a parede. A testa de Roar bateu no aço com um estalo assustador.

Um dos Guardiões forçava uma arma embaixo de seu queixo, gritando para Ária.

– Se você atirar, eu atiro!

Perry ainda estava gritando para que ela fugisse, mas ela jamais faria isso. Mesmo que quisesse, não poderia.

Atrás dela, a garota ruiva, Kirra, estava em pé, junto à saída. Ela empunhava o lançador de granadas que Soren surrupiara mais cedo. Sorrindo, ela pressionava a arma contra a têmpora dele, que, impotente, segurava Cinder nos braços.

Um estalido de estática fez Ária voltar a olhar na direção onde estavam Perry e Roar. Um Guardião segurava Perry de joelhos, torcendo seu braço atrás das costas. Outro homem cutucava suas costelas com um bastão de choque.

Os olhos de Perry reviraram e ele despencou no chão. O homem virou o bastão para Roar, que convulsionou, batendo contra a parede, e, depois, despencou ao lado de Perry.

Todos os gritos cessaram. Ária não ouvia nada ao olhar para Roar e Perry, ambos estavam imóveis. Mortalmente imóveis. Ela foi tomada pelo ímpeto de se fracionar. De mergulhar nas águas gélidas e escuras do rio Cobra. Qualquer coisa que a levasse a outro lugar que não fosse *aquele*.

– Acabou, Ária – disse Soren. – Eles nos pegaram. Acabou.

A voz dele tirou Ária do devaneio. Ela logo se recobrou, ciente de que ainda estava ali, com a pistola apontada para o homem com o bastão.

Havia quanto tempo ela estava daquele jeito? Bastante tempo, ela percebeu. Tempo suficiente para que os Guardiões se posicionassem lado a lado, ao logo do corredor, com todas as armas apontadas para ela.

Esperando.

Ela estendeu os dedos e deixou a arma cair.

Capítulo 16

PEREGRINE

Perry despertou ao som da voz de Kirra.

– Pere-griiiii-ne... – Ela pronunciou o nome dele cantarolando.

Ele se esforçou para endireitar a vista. Para distinguir onde estava.

– Você consegue me ver? – Kirra debruçou-se sobre ele. Mais. E mais até que o rosto dela era a única coisa que Perry via. Ela sorriu. – Estou tão feliz por você estar aqui. Detestei o jeito como nos separamos.

Ele tinha detestado tudo que aconteceu entre eles mesmo antes daquele maldito momento, cada segundo que passara com ela. Queria dizer isso a ela, mas não conseguia falar.

Tudo parecia lento e ensurdecedor, e ele parecia estar olhando através de um vidro rachado. Os lábios de Kirra pareciam finos demais. Seu rosto estava comprido demais. As sardas em suas bochechas e nariz flutuavam acima da pele. Elas se espalhavam em seu rosto e pelo couro cabeludo, escurecendo, ficando vermelho-escuro, e subitamente ela não era mais Kirra.

Ela era uma raposa com olhos negros brilhosos e dentes afiados como agulhas.

O pânico o invadiu. Ele tentou erguer a cabeça, os braços, mas o corpo não respondia. Seus membros estavam pesados como ferro. Ele não conseguia nem piscar.

– Você sabia que eu estava nos Marés seguindo ordens, não é?

Era a voz de Kirra, da raposa. Do animal com os olhos cintilantes.

– Sable me mandou para pegar o Cinder, mas eu não esperava que você se tornasse uma distração tão grande. Nós estávamos apenas nos conhecendo. Mas eu sempre faço o que o Sable diz. Aliás, você também deveria fazer. Estou falando sério. Não quero ver você se machucar, Perry.

A raposa tirou os olhos dele por alguns segundos.

– Ele consegue me ouvir, Loran? Ele parece tão *distante*.

– Não consigo ouvir se ele está ouvindo, Kirra – respondeu uma voz grave. – Isso está além até dos meus ouvidos.

– As drogas são necessárias? Ele já está amarrado à cama. Nem consigo farejar seu humor. – A raposa desapareceu, saindo da linha de visão de Perry. – Onde estão os médicos Tatus? Sable também não vai gostar disso.

Perry ouviu uma porta se abrir e fechar, depois o som da voz de Kirra desaparecendo.

Acima, fios e canos expostos riscavam o teto de metal. Eles oscilavam, como se ele estivesse vendo tudo embaixo d'água.

Ele não podia fazer mais nada, então começou pelo canto esquerdo e foi indo para a direita, memorizando cada volta e cada curva.

O tempo passou. Ele sabia porque Kirra voltara.

– Assim está melhor – disse ela, sorrindo.

Ela se sentou na beirada da cama, com o quadril junto ao antebraço dele. Voltara a ser ela mesma, não era mais a raposa.

– Eu mandei os Ocupantes diminuírem a dosagem – continuou ela. – De nada.

Perry agora conseguia piscar. Sua mente parecia menos enevoada que antes, e ele podia seguir melhor os movimentos de Kirra com os olhos. Ainda assim, ele não conseguia mexer o corpo, e queria muito afastar o braço do quadril de Kirra.

Ela deu uma olhada por cima do ombro.

– Ele parece melhor, não é, Loran?

O homem que estava perto da porta era esguio, com nariz e olhos finos, como os de um falcão. Seus cabelos pretos não tinham nada de grisalho, mas ele tinha um ar competente e experiente. Perry imaginou que o soldado deveria ter uns 40 anos. A galhada em seu peito estava bordada com linha prateada em lugar da linha vermelha habitual, provavelmente indicando a alta patente no exército de Sable.

– Muito – respondeu o homem.

Uma palavra, mas repleta de sarcasmo.

Kirra se virou de volta para Perry.

– Você chegou tão perto de fugir, essa manhã. Achei que você conseguiria. E eu estava na maior expectativa de ser sua prisioneira. – Ela sorriu, aproximando-se. – Ah, sabe o seu amigo? O Audi que foi embora com Ária, não é? Você não me disse que ele era tão bonito. Embora não se compare a você. – O olhar dela percorria o corpo dele. – Caso você esteja preocupado com ele, não deveria ficar. Ele está trancado numa cela. Com Ária.

Perry conhecia os joguinhos dela. Ela pegava todas as inseguranças dele e as pendurava num varal, expondo cada uma delas.

– Aposto que você agora gostaria de ter contado com as pessoas certas. Esse parece um problema recorrente em sua vida.

Perry engoliu, com a garganta áspera e seca como um casco de árvore.

– Nunca confiei em você, Kirra.

Ela piscou para ele, abrindo um sorriso ainda maior por ouvi-lo falar.

– Eu sei. Você me vê como eu sou. Por isso que eu gosto tanto de você. Você sabe a verdade, mas não me odeia. Bem, por isso e porque você é delicioso. Bem mais quando está se mexendo, mas...

Quando a porta foi aberta, ela pulou da cama num sobressalto.

O homem que entrou tinha um porte mediano, cabelos escuros raspados rente à cabeça e olhos cor de água. Um cordão brilhante de Soberano de Sangue cintilava em seu pescoço, as safiras e diamantes brilhavam sobre um casaco escuro.

Sable.

A fúria irrompeu em Perry, como uma onda gigante. Ele não estava preparado para ver o assassino de sua irmã. Não esperava a raiva que sentiu. Queria arrancar os olhos de Sable da cara dele. Quebrar seus dedos e partir todos os ossos em pedaços. Mas preso naquele corpo, paralisado, o ímpeto não tinha para onde ir. Aquilo latejava em seu crânio, agitando as lembranças de Liv.

Sua irmã ganhou vida em sua mente. Jogando os cabelos por cima do ombro, rindo. Fazendo cócegas em Talon até lágrimas começarem a escorrer pelo rosto do menino. Batendo em Roar, por conta de alguma brincadeira que eles tivessem compartilhado.

Sua mente estava muito fraca; ele não conseguia afastar as lembranças. Para seu horror, a pressão das lágrimas aumentava em seus olhos.

– Kirra, você pode sair agora, por favor – disse Sable, calmamente. – Loran, traga-me uma cadeira, depois pode sair também.

Eles fizeram como ordenado. Perry esperou que Sable viesse até a cadeira junto à cama, para começar o que quer que ele tivesse planejado.

Ele não veio.

A cada momento que passava, a ansiedade de Perry aumentava. As drogas ainda estavam fazendo efeito, deixando seus pensamentos lentos e fazendo seu sangue parecer espesso. Ele não conseguia lutar contra suas emoções. Sentia que seu controle da realidade lhe escapava, enquanto imagens horríveis passavam em sua mente. Ferimentos sangrando. Carne queimada e veias envenenadas, uma pior que a outra.

Ele tinha quase esquecido de Sable, até que o Soberano de Sangue voltou a falar:

– Seu temperamento está fraco, mas o que eu posso farejar é realmente extraordinário. Infelizmente, acho que não sou inteiramente responsável. A droga que você recebeu tem alguns efeitos psicotrópicos leves. Não consigo imaginá-lo gostando muito disso. Foi ideia do Hess, não minha. A intenção era desmoralizá-lo. Eu disse que não seria necessário, mas seu quase sucesso nessa missão o deixou constrangido. Pessoalmente, eu fiquei impressionado com o que você quase realizou. Andei investigando. Sei que não foi fácil.

Perry se forçou para não responder. Ele não faria a cortesia de dirigir suas palavras ao assassino de Liv.

Sable veio até a cama e ficou olhando para ele. Mais uma vez, seus olhos captaram a atenção de Perry. Claros, mas circulados de azul-escuro, eles estudavam Perry com uma mistura de puro cálculo e diversão.

– Aliás, eu sou o Sable.

Ele aproximou mais a cadeira e se sentou, cruzando uma perna sobre a outra.

– Era inevitável que um dia iríamos nos encontrar, não é mesmo? – perguntou ele. – Eu conheci seu pai, seu irmão e sua irmã. Sinto que tudo levou a este momento. A nós.

"Mas eu acho que seu pai não gostava muito de mim – prosseguiu Sable, casualmente, como se eles fossem velhos amigos. – Nós nos conhecemos anos atrás, quando ainda existiam as reuniões das tribos. Jodan era reservado e calado perto de estranhos, assim como você, mas Vale e eu nos dávamos bem melhor.

"Seu irmão mais velho era astuto e ambicioso. Eu gostei de quando passamos um tempo juntos, quando ele veio negociar a mão de sua irmã. Tivemos longas conversas durante a estadia dele em Rim... Muitas delas foram sobre você."

Perry cerrou os dentes até doerem. Ele não queria ouvir nada daquilo.

– Vale expressou sérias preocupações em relação a você. Ele temia que você tentasse roubar o cordão dos Marés, então me pediu para acolher você em minha casa, como parte do arranjo que estávamos fazendo pela Olivia. Ele queria se livrar de você, Peregrine. E eu aceitei. As pessoas que inspiram medo são as minhas prediletas. Eu estava ansioso para conhecê-lo. Mas, depois, Vale me escreveu dizendo que ele tinha outros planos para você. Nós dois sabemos no que deu.

Sable ergueu os olhos para o teto, e respirou fundo, pelo nariz. O cordão em seu pescoço cintilava com as pedras preciosas, ele em nada lembrava o metal rude do cordão dos Marés. Do cordão de Perry.

– Eu teria feito o mesmo com Vale, se estivesse no seu lugar – prosseguiu Sable. – Traição é algo inaceitável. Na verdade, eu *fiz* a mesma coisa que você, só que com a sua irmã. Olivia.

Antes que ele pudesse se conter, um murmúrio escapou da garganta de Perry.

Sable ergueu as sobrancelhas.

– É doloroso falar dela? Para mim também. – Ele ficou quieto por um momento, enquanto seus olhos assumiram uma expressão distante. – Liv era sublime. Feroz. Estar perto dela era como respirar fogo. Eu quero que você saiba que eu a tratei bem. Eu só queria o melhor pra ela...

Ele se remexeu na cadeira e se aproximou.

– É muito fácil falar com você. E não só porque você é um bom ouvinte.

Em princípio, Perry achou que ele estivesse brincando, mas a expressão de Sable era pensativa e tranquila.

– Você é um Olfativo e um Soberano de Sangue – continuou ele. – Compreende a minha posição como ninguém mais consegue. Você sabe como é difícil encontrar gente de confiança. Como é *im-*

possível. As pessoas se voltam umas contra as outras por qualquer motivo. Por um prato de comida, elas são capazes de jogar fora uma amizade. Por um casaco quente, apunhalam as costas umas das outras. Elas roubam. Mentem e traem. Cobiçam o que não podem ter. O que possuem nunca é o bastante. Nós somos criaturas fracas e carentes. Nunca estamos satisfeitos.

Sable estreitou o olhar.

– Você fareja com a mesma frequência que eu? A hipocrisia? A falta de decência? É insuportável. Eu fico muito cansado disso. Sei que você concorda.

– Eu não concordo – retrucou Perry. Ele não conseguia mais ficar calado. – As pessoas são imperfeitas, mas isso não significa que azedam como leite. – A voz dele saiu rouca e baixa, quase inaudível.

Sable observou-o por algum tempo.

– Você ainda é um fedelho, Peregrine. Com o tempo irá concordar comigo. – Ele pousou a mão sobre a galhada dourada em seu peito. – *Eu* não minto. Quando eu disse à Liv que daria o mundo a ela, era verdade. Era exatamente o que eu tinha planejado fazer. Então, quando passei a conhecê-la melhor, era tudo que eu *queria* fazer. Eu teria dado a ela qualquer coisa que ela me pedisse, se ao menos ela tivesse sido leal.

"Eu sabia sobre seu amigo. Roar. Seu irmão me contou sobre eles quando nós fizemos o acordo. Quando Olivia finalmente chegou, com meses de atraso, meses depois que Vale e eu tínhamos combinado, eu sabia o motivo. Tenho Audis escutando para mim em todo canto. Eu tenho Videntes em cada trecho da floresta, agindo como meus olhos. Mas Liv veio para mim, ainda assim. Ela *me* escolheu e me disse isso. Eu disse a ela que ela precisava ter certeza absoluta. Disse que ela não poderia voltar atrás, uma vez que decidisse ficar comigo. Ela jurou que não voltaria atrás. E se prometeu para mim."

Sable se curvou, chegando mais perto de Perry, baixando o tom de voz:

– Sou um homem honesto. Soube que você também é. Eu espero o mesmo dos outros. Você não? Isso é pedir demais?

Não responda, disse Perry a si mesmo. *Não discuta. Não fale. Não dê a ele o que quer.*

Sable voltou a se endireitar e descruzou as pernas, com um sorriso satisfeito se abrindo no rosto.

– Eu gostei muito de conversar com você. Já estou na expectativa pela próxima conversa, que teremos em breve.

Ao se levantar, ele seguiu até a porta e o sorriso sumiu de seu rosto, substituído pelos olhos gélidos como a morte.

– Sabe, Peregrine, você não foi o único enganado por Vale. Seu irmão me prometeu uma noiva, mas me vendeu uma prostituta.

Capítulo 17

ÁRIA

– Eu quero ver meu pai! – gritou Soren na porta. – Diga a ele que eu quero vê-lo!

Ele vinha repetindo a mesma coisa, há mais de uma hora.

Eles foram trancados num pequeno cômodo com dois beliches de ferro chumbados ao chão, com nada além de finos colchonetes. Nos fundos, havia um compartimento em que mal cabia um vaso sanitário e uma pia.

Sentado ao lado dela, Roar parecia prestes a atacar Soren. Um vergão roxo surgira acima de seu olho no lugar onde ele havia batido na parede.

Soren finalmente virou de frente para eles.

– Ninguém está ouvindo – reclamou ele.

– Ele só notou isso agora? – murmurou Roar.

– Quem é você para falar, Forasteiro? Foi você que...

– Cale essa boca – ordenou Roar por entre os dentes cerrados.

– *Eu* é que tenho que ficar quieto? Estamos aqui por sua causa.

– Soren, esquece isso – pediu Ária.

– Você está defendendo esse cara?

– A gente precisa arranjar um jeito de sair daqui – disse ela. – Seu pai vai falar com você. Quando ele fizer, você precisa negociar com ele. Descubra onde estão Cinder e Perry...

A voz dela falhou quando disse o nome de Perry, então ela se calou e fingiu ter concluído seu raciocínio.

Soren esparramou-se no beliche oposto, dando um suspiro de frustração. Os Guardiões haviam confiscado seu olho mágico e a roupa dele estava toda suja de lama por conta da confusão com os pilotos da Asa de Dragão.

Ária esticou as pernas, olhando as próprias calças imundas. O material leve da roupa não estava mais molhado, mas ela ainda sentia um frio desconfortável e debilitante. Várias horas haviam passado desde que Perry havia sido levado embora inconsciente. Ela sentia a ausência dele em cada pedaço do corpo, em sua pele e mais profundamente em seus músculos e ossos.

– Você quer que eu negocie com meu pai. – Soren assentiu exageradamente com acenos de cabeça. – Claro. É uma ótima ideia. Você se lembra de suas reuniõezinhas com ele? Café em Veneza? Chá no Japão? Você o via muito mais que eu. E ele não está exatamente com pressa de me ver, está, Ária?

– Ele é seu pai. Ele queria que você deixasse Quimera com ele.

Ele fungou.

– Ele também queria deixar meus amigos para morrer. E o que você quer que eu diga a ele, afinal? Mil desculpas por termos invadido seu sistema de segurança, por nos fazer passar por você, por levar sua aeronave e por termos matado alguns de seus soldados, mas, por favor, será que pode nos soltar?

– Mais uma palavra, Ocupante, e eu vou machucá-lo de verdade. – A voz de Roar saiu baixa e cheia de promessas mortais.

Soren ficou imóvel e o sorriso presunçoso sumira de seu rosto. Ele balançou a cabeça negativamente e recostou no colchonete.

– Milagroso – disse Roar baixinho. Ele ergueu os joelhos e apoiou a cabeça nas mãos, puxando os cabelos.

Olhando para ele, Ária via sua própria frustração. Por quanto tempo mais eles ficariam naquele lugar? O que Hess e Sable tinham planejado para eles? Marron havia dito que, em alguns dias, as tempestades de Éter talvez passassem a ser constantes em todo lugar. O que estaria acontecendo agora lá fora? Cada segundo que eles passavam presos naquela pequena cela roubava deles a chance de sobrevivência.

O olhar dela recaiu sobre seu braço ferido, pousado em sua coxa. Tinha de haver uma maneira de sair daquela situação. Ela só precisava descobrir qual era.

– Soren – disse ela, depois de um tempinho.

– O quê? – respondeu ele, cauteloso.

– Quando Hess vier atrás de você, diga a ele que eu também quero vê-lo.

Algum tempo depois, ela acordou encolhida sobre o colchão duro. Roar estava em pé no meio da cela, olhando vagamente para o vazio, enquanto a mão manejava uma lâmina invisível. Ária o vira fazer isso centenas de vezes com uma faca de aço reluzindo na ponta de seus dedos; era um hábito que ele tinha quando estava inquieto. Agora não tinha nada além do ar.

Soren não estava mais lá.

Roar ficou imóvel ao vê-la, com o belo rosto tomado pelo constrangimento. Ele sentou de frente para ela e cruzou os braços.

– Você estava certa. Uma hora atrás, os Guardiões vieram para levar Soren até Hess. – Roar apontou na direção da porta com a cabeça. Havia uma garrafa de água e duas bandejas no chão. – Eles trouxeram comida. Eu ia acordá-la, mas você parecia precisar do descanso. Além disso, ela parece terrível.

Ária sentou, sentindo os músculos rijos, a mente grogue.

– Quanto tempo eu dormi?

– Algumas horas.

Ela não tivera a intenção de dormir, mas a dor em seu braço era exaustiva e fazia mais de um dia que ela não descansava. Seus olhos se fecharam assim que ela deitou a cabeça.

– Você comeu?

As duas bandejas pareciam intocadas.

Roar encolheu os ombros.

— Neste momento, eu aceitaria uma garrafa de Luster. Mais nada.

Ela o observou, mordendo o lábio. Roar sempre fora esguio, mas, ultimamente, as maçãs de seu rosto pareciam mais saltadas e olheiras profundas surgiram sob seus olhos.

Ela também não tinha apetite, mas pegou a água e sentou ao lado dele, no beliche. Depois de dar um longo gole, ela lhe deu a água.

— Isso não é Luster.

— Apenas beba.

Roar obedeceu.

— Por que eles o levaram? Por que Perry e não nós?

— Você sabe o motivo, Ária.

Ela não gostou do tom de repúdio na voz dele. Pior, ela não gostou de ouvir a confirmação de seus temores.

Hess e Sable tinham levado Perry pela ligação dele com Cinder. Eles pretendiam usá-lo de alguma forma.

Roar não disse mais nada. À medida que o tempo passava, ela sentia que ele ia se retraindo cada vez mais. Ária cutucava a casca de lama seca em seu uniforme, detestando o silêncio que se alongava entre eles, só se ouvia o som da respiração dos dois.

O silêncio era bom com Perry. Não com Roar.

Mas ela também não rompeu o silêncio. Ela não queria culpá-lo pela captura deles e, se falasse, isso talvez acontecesse.

Roar colocou o jarro de água no chão.

— Eu já lhe contei sobre a vez em que Liv, Perry e eu fomos olhar uns cavalos para o Vale? — perguntou ele, voltando a se sentar.

— Não — respondeu ela, com um bolo se formando na garganta. Ele estava falando. Compartilhando uma história sobre Liv e Perry, como fizera inúmeras outras vezes. Porém, naquelas vezes, Liv estava viva. — Você não me contou essa história.

Roar assentiu.

– Foi alguns anos atrás. Alguns comerciantes vieram até o Vale do Escudo, trazendo cavalos do Norte. Vale mandou que a gente fosse dar uma olhada. Liv e eu tínhamos dezessete anos, Perry era um ano mais novo.

Ele parou, coçando o queixo com a barba por fazer. Ária não sabia como ele conseguia soar tão normal. Nada naquela história, ou naquele lugar, ou na situação deles parecia normal.

– Na verdade, nós nem chegamos a ver os cavalos. Não fazia nem uma hora que estávamos no acampamento dos comerciantes, quando um bando de vagantes apareceu. Um grupo como os Seis. Homens rudes que podem fazer alguém em pedaços só por ter olhado atravessado para eles. Nós tentamos manter distância, mas, no fim das contas, estávamos todos esperando para ver o dono dos cavalos.

"Esses homens reconheceram a Liv na hora. Eles sabiam que ela era irmã do Vale e começaram a provocá-la e dizer um monte de coisas indecentes... coisas horríveis. Ficar quieta não era o estilo de Liv, nem de Perry, na verdade. E, principalmente, não era o meu. Só que eles estavam em maior número, eram três deles para cada um de nós. Perry e Liv ficaram quietos, mas, depois de uns dez segundos, eu já não aguentava mais. Parecia que ia me dar um troço se eu não fizesse alguma coisa.

"Então, fui para cima de um deles e não demorou pra que fosse eu contra nove. Perry e Liv vieram me ajudar, claro, e por um tempo, nós estávamos todos num grande nó, até que ele foi desfeito. Liv e eu saímos com alguns arranhões, mas o nariz do Perry estava sangrando muito e ele tinha quebrado um ou dois dedos. Foi o que nós achamos. Os dedos estavam inchados demais pra afirmar com certeza. Ele também tinha torcido um tornozelo e teve um corte no antebraço."

Os músculos no pescoço de Roar se movimentaram quando ele engoliu.

– Vê-lo machucado daquele jeito foi tão ruim quanto ouvir aquelas coisas sobre Liv. Pior, porque foi culpa minha. Ele se machucou por minha causa.

Finalmente, Ária via o sentido da história. Roar estava com medo. Ele temia que Perry fosse ferido por cauda dele. Porque ele tinha preferido ir atrás de Sable, em vez de fugir quando eles tiveram a chance.

Ela queria dizer a ele que Perry ficaria bem, mas não conseguia. Estava nervosa demais. Ela própria temia que ele *não* estivesse bem.

Em vez disso, ela escolheu outro caminho.

– Eu tenho a impressão de que em todas as histórias que você me conta, Perry acaba com o nariz quebrado.

Roar ergueu uma sobrancelha.

– Você viu o nariz dele, não viu?

– Vi. – Ária abraçou as pernas, ignorando a dor que pulsava em seu braço direito. Ela pensou na expressão de Perry quando ele pousou a mão no coração.

– Eu deveria agradecer a você. Eu gosto do nariz dele do jeito que é.

Na verdade, ela adorava.

– Você pode me agradecer, se nós sairmos dessa.

– *Quando* nós sairmos dessa.

Roar franziu o rosto.

– Certo... quando.

A porta rangeu ao ser aberta. Os dois pularam de pé.

Três dos homens de Sable entraram. Dois tinham o símbolo dos Galhadas adornando seus uniformes pretos, mas o terceiro homem, que se impunha como o líder deles, usava um uniforme com uma galhada prateada. Todos os três portavam pistolas de Ocupantes em coldres nos cintos.

– Virem de costas e coloquem as mãos atrás da cabeça – ordenou um deles.

Ária não se moveu. Ela não conseguia tirar os olhos do soldado mais velho, com a galhada prateada. Ela o reconheceu como o homem que estava treinando com Liv no pátio, logo que Roar e ela chegaram em Rim.

Ela afastou a lembrança.

– Para onde vocês estão nos levando? Onde estão Peregrine e Cinder?

Os olhos do soldado se estreitaram pensativos, como se ele estivesse tentando se lembrar de onde a conhecia. Então, o olhar dele desceu para o braço ferido dela, junto à lateral do corpo. A apreciação dele era intensa e a deixou nervosa, fazendo a pulsação martelar em seus ouvidos. Ela sentia a tensão de Roar do seu lado. Ele estava apreensivo e ela imaginou se ele também se lembrava do soldado dos Galhadas.

– Tenho ordens para levar vocês dois até Sable – disse o mais velho, finalmente. – Estou autorizado a usar qualquer força necessária para cumprir esta determinação. Fui claro?

– Não consigo colocar as mãos para trás – disse Ária. – Eu levei um tiro há uma semana. – Ela ficou tonta só de imaginar a dor que sentiria.

– O que você quer fazer, Loran? – perguntou um dos soldados.

– Vou ficar de olho nela – respondeu o soldado mais velho.

Loran. Ária reconheceu aquele nome. Naquele dia, no pátio, Liv tinha gritado esse nome, logo depois de tê-lo derrotado.

As mãos de Roar foram presas na frente, com algemas plásticas. Então, Loran a pegou pelo braço esquerdo e a levou pelo corredor.

Capítulo 18

PEREGRINE

O teto era diferente. Não havia mais canos e fios.

Foi a primeira coisa que Perry notou quando abriu os olhos. A segunda, foi a sensação do Éter pinicando no fundo do seu nariz.

Cinder.

Perry virou e o viu na cama ao lado. Cinder estava deitado e preso por algemas plásticas grossas, as sobrancelhas franzidas de concentração, como se ele estivesse desejando que Perry despertasse. O menino estava usando camisa e calças cinzas e folgadas, e tubos injetavam líquidos em seus braços.

Perry queria correr até ele, mas ele também estava preso à cama; não podia nem se mexer.

Cinder lambeu os lábios rachados.

– Você veio até aqui por minha causa?

Perry engoliu. Sua garganta doía muito.

– Sim.

Cinder se retraiu.

– Desculpa.

– Não... não se desculpe. Eu que peço desculpas por não ter tirado você daqui.

Cada palavra exigia esforço. O cheiro dos remédios pairava pesadamente no ambiente. Perry sentia o gosto químico na língua.

Ele se sentia lento e ligeiramente tonto, mas o ímpeto de se mexer, de sair da cama e esticar os músculos tomava conta dele.

Cinder caiu em silêncio, a respiração dele chiava, e as pálpebras se fecharam por alguns segundos.

– Eu também tentei – disse ele, finalmente. – Sair daqui, eu digo. Mas estão me dando esse remédio. Ele me deixa tão fraco e eu não consigo evocar o Éter. Não consigo chegar até ele... Não estou me sentindo muito bem.

Perry deu uma olhada na longa parede envidraçada que dividia a sala em duas. Era parecida com a sala onde ele encontrara Cinder mais cedo, só que maior. O outro lado estava vazio, havia somente uma mesa comprida e algumas cadeiras.

– Nós vamos encontrar outro meio de sair daqui.

– Como? Eles estão fazendo a mesma coisa com você.

Ele estava certo. Perry não podia ajudar ninguém naquelas condições.

– A Willow... ela ficou... Ela disse alguma coisa depois que eles me levaram? – perguntou Cinder. – Esqueça. Essa pergunta não tem nada a ver. Não quero saber – rapidamente acrescentou.

– Ela falou muita coisa, Cinder. Na verdade, coisa demais. Ela passou a xingar, no dia em que você foi levado. Ninguém consegue fazer a menina parar de falar palavrão. Ela também fez o Talon começar a xingar... Eu acho que até o Flea está latindo palavrões. Provavelmente será assim até o dia em que você voltar pra casa.

"A Molly também sente sua falta, assim como o Bear. O Gren não se perdoa por ter deixado os homens da Kirra passarem por ele. Ele me disse isso uma dúzia de vezes, e disse ao Twig e ao resto dos Seis, mais umas cem vezes... É assim que tem sido. Todo mundo sente sua falta. Todos querem que você volte."

O esforço de falar tanto deixou Perry com uma dor de cabeça latejante. Mas ele queria que Cinder sorrisse. Agora que Cinder estava sorrindo, um sorriso trêmulo e choroso, Perry sentia as lágrimas minando em seus próprios olhos.

– Eu gostei de ficar lá, com os Marés.

– Você é um de nós.

– É – disse Cinder. – Eu sou. Obrigado por vir me buscar, mesmo que não tenha dado certo.

Perry sorriu de volta.

– Claro... estou contente por estar aqui.

Isso fez os dois rirem, ou engasgar e tossir, na tentativa de dar uma risada, que provavelmente foi o som mais lamentável que eles já fizeram.

As portas da outra sala se abriram e eles caíram em silêncio.

Hess entrou com Soren e os dois se sentaram à mesa.

Outros entraram atrás deles. Ali, escoltados por guardas, ele viu Roar e Ária.

Capítulo 19

ÁRIA

Ária olhava o vidro preto. Ela não conseguia vê-lo, mas sabia que Perry estava do outro lado.

– O que está havendo, Hess? – perguntou ela.

Hess entrelaçou as mãos sobre a mesa e a ignorou.

Loran, seu captor, arrastou-a até a mesa.

– Sente-se. – Ele a empurrou numa cadeira e ordenou que Roar sentasse ao lado dela. Ária sentiu o foco de Roar sobre ela e percebeu que estava respirando depressa demais. Ela precisava se acalmar. Ela precisava se concentrar.

Do outro lado da mesa, Soren estava sentado ao lado do pai. Ele tinha recebido roupas novas e os cabelos estavam úmidos e penteados. Aparentemente, ele havia tomado um banho, mas ela notou que seus ombros largos estavam curvados, e o rosto trazia marcas de exaustão. Ele podia até ter recebido cuidados, mas parecia mais cansado que nunca.

Quando os olhares dos dois se cruzaram, ele deu uma leve encolhida nos ombros, se desculpando. O que isso significava? Que ele a traíra e havia se aliado a Hess?

Ela desviou o olhar para Hess e a repulsa revolveu em suas veias. As feições marcantes dele pareciam ainda mais severas do que ela se lembrava, os olhos menores e mais fundos. Mas, por outro lado, durante os últimos meses ela só o vira nos Reinos, através do olho mágico.

Durante as reuniões, ele tinha preferido trajes casuais. Belos ternos. Ocasionalmente, trajes militares informais. Agora ele vestia o traje militar completo; um uniforme decorado com fitas no colarinho e nos punhos.

Quatro Guardiões entraram pela porta, armados de rifles, pistolas e o bastão de choque que haviam usado em Perry e Roar.

A visão de tanto armamento fez com que uma pontada de medo atravessasse o corpo dela.

– O Perry está lá dentro? – questionou ela, elevando a voz. – Por que estamos aqui?

Então, Sable entrou na sala e suas cordas vocais travaram.

Hess nem se deu ao trabalho de reconhecer a presença dela, mas Sable, sim. Ele sorriu ao vê-la.

– Olá, Ária, que bom ver você novamente. Sim, Cinder e Peregrine estão lá dentro. Você os verá em breve.

Ela queria voltar a olhar para a parede de vidro, mas o olhar de Sable a mantinha paralisada. Sua mente reviveu aqueles últimos segundos na varanda em Rim; Liv caindo para trás e aterrissando nas pedras, a seta da balestra de Sable cravada no coração dela.

– Creio que estejamos todos aqui – disse Sable. – Vamos começar? – Kirra sentou-se ao lado dele, dando um aceno debochado para Ária.

Os olhos de Roar se fixaram em Sable. As mãos dele, amarradas à frente do corpo, se fecharam em punhos.

– Devemos começar pelo Azul Sereno, já que esse é o motivo que nos trouxe a todos até aqui. Será de grande ajuda se todos vocês souberem os desafios que teremos para chegar até lá.

– Por que eu deveria acreditar que você sabe onde ele fica? – perguntou Ária. – Por que qualquer um de nós deveria acreditar nisso?

Sable sorriu, mas seus olhos claros nem piscaram. Ela não conseguia decifrar se ele estava satisfeito ou furioso com a interrupção dela.

Hess parecia tão brando, tão manso ao lado dele. Com um casaco preto alinhado com um cordão reluzente de Soberano de Sangue pendurado no pescoço, Sable parecia eletrizado e no controle.

– Então eu vou começar contando como foi que eu o descobri, e deixarei que você decida se deve ou não acreditar em mim. Três anos atrás, um dos meus barcos mercantes, o *Colossus*, ficou preso numa tempestade e foi arrastado para alto-mar. Foi uma perda trágica dos membros da tripulação. Somente dois jovens taifeiros sobreviveram. Marinheiros inexperientes, coincidentemente ambos Videntes, eles estavam à deriva havia semanas, quando se depararam com algo um tanto inacreditável.

"Todos nós já vimos os espirais de Éter, mas o que aqueles homens descreveram foi muito diferente. Uma muralha de Éter. Ou, talvez eu deva dizer, uma *cachoeira* de Éter. Uma barreira que fluía do céu, estendendo-se infinitamente ao alto e atravessando o horizonte até onde a vista alcançava. Uma visão espantosa, mas nada comparada ao que havia além. Do outro lado, através de pequenos vãos nos fluxos de Éter, esses jovens vislumbraram o céu claro. O céu limpo e de azul sereno. Sem Éter."

– Onde estão estes homens? – perguntou ela.

– Já não estão mais disponíveis. – Sable abriu as mãos, num gesto casual. – Eu tive que resguardar o conhecimento.

Ele era cruel. Admitindo ter matado os marinheiros tão francamente e sem qualquer remorso. Ária olhou ao redor da mesa. Ninguém parecia surpreso.

– Você acredita nessa história, sem provas? – Ária agora dirigia-se a Hess.

– Ela corrobora nossas teorias.

– Que teorias? – perguntou ela. Finalmente, as respostas estavam chegando. Ela queria saber tudo.

Sable assentiu para Hess, que respondeu:

— Era uma teoria inicial que ligava a ruptura do magnetismo da Terra com a chegada do Éter. Os polos magnéticos norte e sul trocaram de lugar, um processo que ainda estamos vivenciando. Mas surgiu a teoria de que bolsões de magnetismo se formariam... se aglutinando como acontece com as gotas de chuva. Nós achamos que o Azul Sereno é um desses bolsões. Um campo magnético que está mantendo o Éter contido. O que aqueles dois homens viram era a fronteira; o Éter empurrando esse campo ao máximo e formando uma parede ali.

— E por que não soubemos disso antes?

— Os que precisavam saber, sabiam — disse Hess. — E o conhecimento não levou a lugar nenhum. Nós conduzimos pesquisas extensas, mas nada foi descoberto. A teoria foi abandonada.

Era bastante coisa a ser assimilada. O corpo inteiro de Ária parecia dormente.

— E qual é o plano para atravessar a barreira?

Hess relanceou a parede de vidro.

— Nós tivemos pouco sucesso controlando o Éter através de meios tecnológicos. Outras abordagens, as biológicas, talvez funcionassem. O CCG, grupo de pesquisa ao qual sua mãe pertencia, tinha como foco primordial a manipulação genética para tornar sustentável a vida nos núcleos. Mas eles também conduziam alguns programas experimentais. Alguns deles, como o impulso imunológico, visavam nos levar para fora dos núcleos. Outro enfocava a aceleração evolutiva.

A mãe de Ária era uma geneticista. Ela já sabia o rumo que aquela conversa estava tomando. Hess prosseguiu, explicando aos outros:

— Ao criar pessoas com um alto grau de plasticidade genética, um DNA extremamente maleável, eles esperavam criar humanos que pudessem rapidamente se adaptar a qualquer ambiente que encontrassem: camaleões que pudessem se modificar em nível celular, moldando-se a uma atmosfera alienígena, diferente da qual estavam habituados, ou a quaisquer condições encontradas.

Enquanto Hess falava, Sable sinalizou para um de seus homens, junto à porta. Soldados dos Galhadas vieram do corredor e ficaram perfilados junto à parede. Os Guardiões de Hess também entraram. Os dois grupos pareciam inquietos por estar ali.

– O CCG já havia visto Forasteiros que exibiam esse tipo de evolução veloz, assumindo habilidades sensoriais intensificadas. – Hess relanceou Roar. – Mas o programa foi muito além do que qualquer um esperava. As cobaias não somente se adaptaram ao Éter, como o Éter se adaptou a *elas*.

Ele parou de falar, dando ao ambiente um breve momento de silêncio. Naquela hora, Ária começou a contar os Guardiões. Os soldados Galhadas. As armas.

– No entanto, não tardou para que o projeto fosse considerado um fracasso – prosseguiu Hess. – Ocorreram instabilidades com as quais não contávamos. Como acontece com qualquer coisa, ao resolver um problema há sempre a possibilidade de se criar problemas secundários, consequentes. Embora os cientistas tivessem descoberto como criar um humano com genética dinâmica, eles não conseguiam descobrir como desligar essa dinâmica. As cobaias expiravam depois de alguns anos de sua criação. Eram inviáveis. Elas... se autodestruíram.

Hess olhou novamente para a parede envidraçada.

– Todas, exceto uma.

Capítulo 20

PEREGRINE

Alto-falantes no teto transmitiam cada palavra.

– Eu... eu sou um *alienígena*? – O odor de medo de Cinder inundava o quarto.

– Não. Não foi isso que ele disse. – Perry fazia força em suas amarras, embora soubesse que era inútil. Ele queria quebrar o vidro que separava as duas salas e chegar até Ária.

Chegar até *Sable*.

Eles conseguiam ver tudo também, mas Perry sabia que o mesmo não acontecia do outro lado. Sempre que Ária ou Roar olhavam na direção dos dois, os olhos deles percorriam o vidro sem jamais se fixar nele ou em Cinder.

Cinder franziu as sobrancelhas, com uma expressão desesperada.

– Mas eu ouvi aquele homem. Ele disse a palavra *alienígena*.

– Ele também disse a palavra *camaleão*, mas você não é um, é?

– Não. Mas eles me criaram como um experimento, essa parte é verdade.

– Você é que se transformou em quem você é, não eles.

– Ele disse que eu iria me autodestruir. Disse que eu ia morrer. Ele disse...

Cinder caiu em silêncio quando a voz de Sable entrou pelos alto-falantes:

– Nós precisamos que Cinder nos atravesse pela muralha de Éter. Ele é o único que pode fazer isso.

Ária sacudiu a cabeça.

– Não. Isso iria matá-lo. E ele não fará isso por você.

Sable e Hess trocaram um olhar, mas foi Sable quem respondeu:

– Acho que falo por nós dois quando digo que só estamos preocupados com sua segunda afirmação, e é por isso que a chegada de vocês aqui não poderia ter sido em melhor hora.

Ele se levantou da mesa e caminhou até a vidraça.

– Hess, torne isso transparente, por favor.

O vidro perdeu o tom enfumaçado, que, até aquele momento, Perry não havia notado. Na outra sala, dezenas de cabeças se viraram na direção deles ao mesmo tempo.

Ária levantou-se da cadeira como um raio. O medo cintilou nos olhos dela; Perry detestou testemunhar aquela cena.

– Hess! – gritou Ária. – O que você fez?

– Foi uma medida necessária. – Hess se levantou da cadeira e parou ao lado de Sable. – Eles estão sob efeito de sedativos, para se manterem submissos. Nós não conseguiríamos controlar o menino sem eles.

– Isso vai mudar – afirmou Sable. Ele caminhou ao longo da parede de vidro até ficar de frente para Cinder. – Vocês conseguem nos ouvir, correto?

– Sim – rosnou Perry, respondendo por Cinder. – Nós conseguimos ouvir vocês.

Sable sorriu, como se a reação de Perry o tivesse agradado.

– Que bom. Cinder, como você acabou de ouvir, você é a chave para nossa sobrevivência. É o único que pode destrancar a porta para o Azul Sereno. Nós precisamos de você. Mas para que você possa nos ajudar, você terá que ser retirado desse inibidor, para recuperar sua força e ter total acesso ao seu dom. O que não pode acontecer, Cinder, é você usar sua habilidade para nos ferir.

Ele, então, virou-se para Perry.

– Aí que você entra. Pelo que me contaram, Cinder já arriscou a vida por você. Ele se espelha em você. Escuta você.

Perry olhou para Kirra. Duas semanas antes, Cinder havia desviado o Éter, em meio a uma tempestade, para que os Marés conseguissem chegar à caverna em segurança. Ela estava lá e deve ter contado tudo a Sable.

– O Cinder precisa fazer por nós o que fez por você – continuou Sable. – Nisso precisamos da sua ajuda. Mantenha o garoto na linha, enquanto a medicação estiver sendo retirada dele. Incentive o Cinder a colaborar. Ele tem a oportunidade de salvar vidas. Pode se tornar um salvador, Peregrine. Um mártir.

– Um mártir? – sussurrou Cinder ao lado dele, o terror fazendo sua voz falhar.

– Ele é só uma *criança*! – As palavras escaparam da boca de Perry, antes que ele pudesse contê-las.

– Ele tem treze anos – debochou Kirra. – Não é mais uma *criança*.

– Você não tem escolha – decretou Hess. – Nós temos todas as vantagens.

Tinham mesmo. Eles tinham Roar e Ária – poderia pressioná-lo a concordar –, mas ele ainda não podia ceder.

Cinder começou a chorar ao lado dele.

– Não posso! – Ele olhou para Perry. – Você sabe o que vai acontecer comigo.

Perry sabia. Na última vez em que Cinder tinha evocado o Éter, ele quase morreu. A dimensão de Éter que Sable descreveu tornaria isso certo.

Como Soberano de Sangue, ele precisou colocar pessoas de quem gostava em perigo para ajudar a tribo, mas aquilo... um *sacrifício*? Ele não podia pedir isso de Cinder.

— Ele não vai fazer nada por nenhum de vocês — disse Perry, olhando de Hess para Sable. — Nem eu.

A voz de Sable voltou a entrar pelos alto-falantes. Ele agora se dirigia a Hess e soava ligeiramente presunçoso.

— Bem, nós teremos que usar a minha abordagem.

Ele voltou a encarar Cinder, erguendo a mão no ar.

— Cinder, eu quero que pense nessas cinco palavras: *Será que vale a pena?* — disse ele, contando com os dedos no ar cada uma delas. — Se você tentar escapar ou usar suas habilidades contra nós, essa é a pergunta que você deve fazer a si mesmo. Depois, você deve pensar em Peregrine, ou o Perry, aí, e avaliar o quanto ele significa para você. Pense em como você se sentiria se ele sofresse por sua causa. Isso *vai* acontecer, se você não fizer exatamente o que eu disser, e não para por aí.

"Ária. Roar. Até a menina lá dos Marés de quem você tanto gosta, segundo Kirra me disse. Eles estão todos em minhas mãos. E eu não acho que você quer a dor deles, nem o sangue, em sua consciência. Por outro lado, se você nos ajudar, seus amigos estarão seguros. Eu levarei todos eles na jornada ao Azul Sereno, onde viverão sob minha proteção. Tudo bem simples, em minha opinião. Isso tudo faz sentido pra você?"

Cinder gemeu.

— Sim.

— Excelente. — Os olhos de Sable cintilaram com intensidade. — Então, eu vou perguntar mais uma vez: quando você recuperar as energias, vai fazer *exatamente* conforme eu lhe disser? Posso confiar em você para me obedecer, Cinder? Você irá submeter seus poderes a mim?

Capítulo 21

ÁRIA

– *Não!*

A resposta de Cinder foi como um grito de guerra. Um som de puro desafio.

O eco de sua voz pairou no ar, enquanto suas veias acenderam com Éter, que cobriu seu rosto e se espalhou por sua cabeça calva.

As luzes da sala tremularam. Guardiões e soldados Galhadas deram berros de espanto. As armas voaram de seus coldres, todas apontadas para Cinder.

– Parem! – gritou Hess. – Guardem suas armas! Ele não pode feri-los!

Ária olhou para Roar, cujo rosto acendeu no lampejo das luzes piscantes, pensando *agora*.

Roar afastou-se da mesa. Ele agarrou sua cadeira com as mãos algemadas e bateu com toda força no vidro.

A cadeira atingiu a superfície com um estalo, e quicou. O vidro rachou, ranhuras que pareciam teias de aranha cobriam toda sua extensão, mas não quebrou.

Ária se abaixou e rolou por debaixo da mesa.

Ela ficou de joelhos quando se aproximou da porta que abria para a sala onde estavam Perry e Cinder. Logo atrás, gritos, passos e pânico se espalhavam. Ela deu um soco no painel de segurança.

Uma mensagem luminosa em vermelho avisava o que ela já sabia. Só um código especial de acesso permitiria sua entrada.

– Soren! – gritou, sem fazer ideia se ele a ajudaria.

O retumbar dos tiros explodiu ao seu redor. Ela cobriu os ouvidos, se encolhendo numa bola. Os tiros batiam na porta à sua frente e o cheiro forte de metal quente penetrava em seu nariz. Ela se preparou para outra pancada como a que sentiu quando tomou um tiro, em Quimera. Mas não aconteceu.

– Pare! Não machuque o menino! – gritava Hess, acima do barulho. Ária olhou para atrás e o viu empurrar um Guardião, que deixou cair a arma. Um dos Galhadas segurava Roar pelos braços e Soren estava rastejando na direção dela.

Ela não via Sable.

– Fora! Todos para fora! – gritava Hess.

Subitamente, os tiros cessaram e os homens correram porta afora. Guardiões e Galhadas se aglomeravam na saída, empurrando, forçando passagem, na pressa de fugir. No meio da confusão, a pistola caída deslizou pelo chão polido, parando a alguns palmos de Ária.

Ela pegou a arma e a apontou para o homem que estava arrastando Roar lá para fora.

– Solte-o!

O homem soltou Roar, sem lutar, e voou para o corredor. A porta deslizou fechando atrás dele.

Sable e Hess. Guardiões e Galhadas. Todos tinham saído.

Roar correu até o lado dela, Soren veio um segundo depois. Um alarme agudo irrompeu nos alto-falantes da sala.

– Temos que sair daqui – gritou Soren. – Eles vão acionar o gás da sala.

Ária olhou acima, aguçando os ouvidos, tentando ouvir além do estrondo das sirenes. Um chiado baixinho entrava pelas saídas de ar. Já estava acontecendo.

– Encontre alguma coisa para me soltar, Soren – disse Roar.

Ária olhava a sala fechada pelo vidro. A única coisa que pensava era chegar até Perry. Ela segurou a arma com firmeza, encontrando o gatilho com o dedo indicador esquerdo, e disparou contra o vidro. A arma quicou pra trás em sua mão cinco, seis vezes, antes que a vidraça se soltasse e caísse como um lençol pesado.

Ela pulou pela moldura da janela, entrando na outra sala, correndo até a lateral de Perry. Ela apoiou a arma no chão e começou a soltar as amarras. Ela se sentia lenta e desajeitada com a mão ruim, mas se forçava a acalmar seus movimentos. Entrar em pânico não ajudaria em nada.

Ela deu uma olhada para o rosto de Perry e viu seus olhos verdes fixos nela.

– Você está ferido?

Ele parecia cansado, sua pele estava totalmente empalidecida. Cinder estava quase inconsciente. O breve uso de sua força o deixara totalmente extenuado. Perry deu um pequeno sorriso.

– Estou zangado demais para sentir dor.

Roar soltou as amarras de Cinder. Soren se aproximou e soltou as que prendiam os pés de Perry. Ária viu as mãos de Soren hesitarem por um momento, enquanto ele oscilava, meio desequilibrado. O gás já estava fazendo efeito.

Ela também sentia. O alarme parecia mais distante e num tom mais grave, como se estivesse desaparecendo num túnel escuro.

Assim que soltou as mãos de Perry, ela pegou a arma e correu até a porta e a encontrou trancada.

– Ária... – chamou Soren, atrás dela. – É tarde demais. Não vou conseguir invadir o sistema... O gás está... – Ele já estava começando a perder os sentindos.

– *Não* é tarde demais! – Ela recuou da porta e mirou o mecanismo de tranca. Sua cabeça estava girando. A sala estava girando. Ela não conseguia manter firme a mira. Um gosto amargo surgiu em sua língua e seus olhos começaram a arder.

A mão de Roar pousou sobre a dela. Ele pegou a pistola. Ela notou que ele estava respirando de maneira ofegante.

– Vai ricochetear... o Soren está certo.

Ela foi tomada pela decepção, arrasada por sentir que eles haviam piorado ainda mais as coisas.

Ária se virou. Perry apoiava-se na cama, os ombros largos caídos.

– *Ária* – chamou ele.

Soren sentou pesadamente junto à parede. Então, o corpo dele tombou para o lado, as pálpebras tremulando e se fechando. O gosto horrível descia queimando pela garganta de Ária e as paredes começaram a balançar, ondulando como velas ao vento.

Ela não conseguia se mexer.

A cabeça de Perry se inclinou para o lado, pesada e resignada. Não a inclinação brincalhona que ela conhecia.

– Vem cá.

A voz dele a fez seguir em frente. Ela caminhou até ele, atravessando o chão também inclinado. Seu rosto bateu no peito de Perry. Ele a pegou pelos braços. Ela só registrou vagamente que o bíceps não doía nada antes de se ver no chão, sem lembrança de ter sentado.

Perry passou o braço sobre os ombros dela, puxando-a. Soren tinha desmaiado. Cinder estava imóvel em sua cama. Roar estava sentado junto à porta, os olhos perdidos no espaço.

Ele parecia estar a muitos metros de distância. A sala parecia se esticar eternamente.

– O bom é que, pelo menos... – Perry se virou para olhar para ela e seu joelho bateu na coxa dela. – Desculpa.

– Nem senti – conseguiu dizer ela, com a boca dormente. – O que é bom?

– Nós estamos juntos. – Ela viu uma centelha de sorriso antes de os olhos dele se fecharem.

Perry caiu para frente, apoiando a testa no ombro dela.

Ária o envolveu nos braços enquanto os dois perdiam os sentidos.

Capítulo 22

PEREGRINE

— Isso. Muito bem. Aí está você — falou Sable.

Perry abriu os olhos, piscando diante da claridade. A primeira coisa que lhe veio à cabeça foi Ária. Depois Roar e Cinder.

Ele exigiria vê-los. Saber como estavam – *onde* estavam. Então, ele viu a mesa ao lado de sua cama.

Havia um punhado de instrumentos numa bandeja. Uma chave inglesa e um martelo. Um bastão emborrachado na ponta. Braçadeiras e facas de todos os tamanhos. Ferramentas mais finas e com pontas de agulha. Ferramentas de Ocupantes, que reluziam como pingentes de gelo.

Ele não tinha a menor dúvida do que estava prestes a acontecer. Mas estava preparado para algo do tipo. No instante em que conheceu Sable, ele soube que aquilo era uma possibilidade.

O homem de cabelos escuros com as galhadas prateadas estava perto da porta. Kirra e alguns Guardiões também.

Hess estava ao lado de Sable, e ficava alternando o peso do corpo de uma perna para outra.

— Eu preciso ficar? — perguntou Kirra. Ela estava de cabeça baixa, com os cabelos ruivos ocultando parte de seu rosto.

— Sim, Kirra — disse Sable. — Até que eu diga que você pode sair.

Sable fixou os olhos azuis em Perry, piscando algumas vezes, olhando silenciosamente. Farejando o temperamento de Perry.

– Você sabe por que estamos aqui, não sabe? Eu alertei o Cinder. Disse a ele o que eu queria. Ele se recusou a me atender. Infelizmente, o preço dessa transgressão recai sobre seus ombros.

Perry olhou para o teto, mantendo a respiração estável. Mais que tudo, ele queria suportar o que vinha pela frente, sem ter que implorar. Mesmo quando seu pai o surrava quando era menino, ele nunca implorou. E não ia começar agora.

– Não posso ferir Cinder fisicamente – disse Sable. – Isso seria contraproducente. Mas posso fazê-lo entender que, enquanto ele não ceder, ele irá sofrer; através de você.

Sable voltou a atenção para a mesa; sua mão pairou acima dos alicates, antes que ele pegasse a marreta. Ele testou o peso da ferramenta na mão.

Perry pôde notar que era substancial.

– Estou pensando em hematomas. São bem chamativos. Não fazem muita sujeira e...

– Ande logo com isso – bradou Perry, furioso.

Sable bateu com a marreta no braço dele. O golpe atingiu o bíceps de Perry, bem em cima de suas Marcas. Uma explosão de pontos vermelhos surgiu em seus olhos. Um som escapou dele, como se tivesse erguido algo muito pesado. Ele aguentou firme, esperando a dor começar a passar.

– Tem de haver uma alternativa para isso – argumentou Hess.

– Ele é nossa moeda de troca, Hess, como você bem sabe. Nosso único meio de dobrar o garoto. E a alternativa é morrermos. Que tal para você?

Hess olhou para a porta atrás dele e caiu em silêncio.

– Relaxe – disse Sable. – Eu bati nele com mais força do que pretendia. – Ele olhou de volta para Perry. – Você sabe que estou sendo piedoso, não sabe? Eu poderia encontrar a menina que ele gosta... Qual é mesmo o nome dela? – perguntou ele, voltando-se para Kirra.

– Willow.

– Eu poderia estar com a Willow nesta mesa. Você não ia preferir isso, ia?

Perry sacudiu a cabeça. Sua garganta ficara seca e seu braço tinha uma pulsação própria.

– Há algo que você precisa saber.

Os olhos de Sable se estreitaram.

– E o que é?

– Não fico roxo com facilidade.

Foi algo tolo a dizer, mas isso deu a ele uma ligeira sensação de controle sobre a situação. E a expressão no rosto de Sable, totalmente surpreso e enfurecido, fez valer a pena.

– Vamos descobrir se é verdade – disse ele, tenso. E a marreta desceu sobre Perry novamente.

Esse golpe foi mais fácil de suportar que o primeiro. Cada um dos que vieram na sequência também, à medida que Perry se retraía na própria mente. O pai dele o havia preparado para aquele tipo de coisa, e ele foi tomado por uma estranha sensação de gratidão. Uma proximidade eufórica com tempos passados, que foram terríveis, mas que incluíam Vale e Liv. As surras fizeram dele um especialista em encontrar a quietude, até a paz, diante da dor.

Quando Sable passou às mãos de Perry, as lágrimas brotaram em seus olhos. Foi o que mais doeu, talvez porque elas já tivessem se quebrado muitas vezes antes.

Hess ficou verde e foi o primeiro a sair. Kirra foi logo atrás, junto com o guarda de cabelos escuros.

Só os homens posicionados junto à porta ficaram; eles tinham medo demais de Sable para sair.

Capítulo 23

ÁRIA

Algo terrível estava acontecendo com Perry. Ária *sentia*.

– Sable! Hess! Onde estão vocês? – Ária batia com força na porta de aço. Os gritos lhe rasgavam a garganta. – Eu vou matar vocês!

– Ária, pare com isso. – Roar veio por trás dela. Ele a envolveu, segurando seus braços.

– Não me toque! – Ela lutou contra ele. – Me solta! Isso é culpa sua! – Ela não queria se voltar contra ele, mas não conseguiu se conter. – É tudo culpa sua, Roar!

Ele continuou a segurá-la. Ele era muito mais forte e ela não conseguia se livrar dele. Ela parou de lutar. Presa junto a ele, os músculos de Ária tremiam.

– Eu sei – disse ele, quando ela parou. – Eu sinto muito. Sei que eu fiz isso.

Ela não esperava que ele dissesse aquilo. Não esperasse ouvir a culpa na voz dele.

– Apenas me solte.

Roar a soltou e ela ficou de frente para ele. Desviando o olhar para o rosto de Soren, ela conseguia ver nos dois preocupação e medo, e subitamente lágrimas começaram a escorrer de seus olhos.

Seus olhos percorreram o pequeno cômodo. Ela precisava se afastar deles. Sem opção melhor, subiu na cama superior do beliche e se encolheu, ficando o mais perto possível da parede, tentando conter o choro que irrompia.

– Faça alguma coisa, Forasteiro.

– Você é cego? – retrucou Roar. – Eu *tentei*.

– Bem, então, continue tentando! Eu não vou aguentar isso.

Ela sentiu o colchão se mexer.

– Ária... – A mão de Roar pousou no ombro dela, mas ela se retesou e se afastou.

Ela estava chorando demais para falar, e, se ele a tocasse, ele saberia o quanto ela o odiava naquele momento. Ela detestava todos eles. Cinder, por ter sido capturado. Sua mãe, por ter morrido. Seu pai, por não ser nada além de um fruto de sua imaginação. E Liv, porque pensar nela fazia Ária sofrer ainda mais.

Por que era tão difícil unir as pessoas que ela amava e mantê--las em segurança? Por que ela não podia simplesmente passar um dia, um *único* dia, sem fugir, ou brigar, ou perder alguém?

Acima de tudo, ela se odiava por sua fraqueza.

Chorar não ajudava em nada, mas ela não conseguia parar. Seus olhos ainda estavam cheios de lágrimas. Sua manga estava encharcada. Seus cabelos. O colchonete. Ela esperava se exaurir, mas as lágrimas continuavam a brotar.

Ela não sabia quanto tempo havia se passado quando ouviu a voz de Soren.

– Aquilo quase me matou – disse ele.

Ela tinha ficado tão quieta que eles devem ter achado que ela estava dormindo.

Roar não respondeu nada.

– Você vai comer? – perguntou Soren.

Alguém devia ter trazido comida. Ela nem notara.

– Não. Eu não vou comer. – A resposta de Roar foi gélida, como um soco em forma de palavras.

– Nem eu – disse Soren. – Mas não parece ruim.

– Seu pai *é o* mandachuva desse negócio todo. Você não deveria ter um quarto particular, em algum lugar?

– Não perturba, Forasteiro.

Quando o silêncio se alongou, Ária fechou os olhos inchados. Qual o sentido de tanto sacrifício e tanta luta? Por que se dar ao trabalho de lutar pelo Azul Sereno, se Ocupantes e Forasteiros simplesmente acabariam arrancando a cabeça uns dos outros?

Ela pensou nos Marés e no grupo de Quimera, na caverna. Será que Willow estava vendo Caleb fazer seus desenhos? Reef e os Seis estariam perguntando os detalhes da missão ao Júpiter? Ou estariam se estranhando como Soren e Roar?

Ela não queria lutar para que simplesmente houvesse mais luta. Ela queria acreditar, *precisava* acreditar, que as coisas podiam melhorar.

– Então... aquela garota, a Brooke – disse Soren, interrompendo os pensamentos dela –, como ela é?

– Pode tirá-la da cabeça agora mesmo – vociferou Roar.

Soren bufou.

– Eu vi que ela ficou me olhando quando nós trocamos de roupa.

– Ela estava olhando pra você, porque você parece um touro.

A risada de Soren saiu nervosa, falhada.

– Isso é bom?

– Seria se ela fosse uma vaca.

– Qual é o seu problema, Selvagem?

Ária ficou na expectativa, sentindo que o futuro de tudo pendia na resposta de Roar. *Vamos*, pediu ela, em silêncio. *Diga alguma coisa, Roar. Diga qualquer coisa pra ele.*

Roar deu um longo suspiro de resignação.

– A Brooke é uma Vidente e é letal com um arco. Ela não tem o mesmo alcance de Perry, mas a pontaria dela é tão boa quanto a dele. Talvez até melhor... Mas nunca diga a ele que eu falei isso.

Ela é bem intratável à primeira vista, mas depois que você passa a conhecê-la melhor, ela fica... menos intratável. Ela é muito competitiva, e igualmente leal. Você já sabe como ela é fisicamente, então... essa é a Brooke.

– Obrigado – disse Soren.

Ao ouvir o sorriso na voz dele, ela sorriu também.

– Ah, tem mais uma coisa que você deve saber. Ela e Perry já ficaram juntos, por um tempo.

– Nãããão! – gemeu Soren. – Você acabou de estragar tudo.

Concordo, pensou Ária. *Estragou pra mim também*.

– Então, ele ficou com a Brooke *e* com ela – continuou Soren, indignado. – Como isso é possível? Ele mal fala!

Roar respondeu suavemente, como se tivesse pensado antes.

– Ele ignora as garotas e isso as deixa malucas.

– Não dá pra saber se você está falando sério – disse Soren.

– Ah, mas eu estou. Eu podia ter dado o maior show, podia ter feito *todo mundo* rir, mas no dia seguinte tinha que ficar ouvindo: "Por que o Perry estava tão quieto?" "Ele estava chateado com alguma coisa?" "Ele tava triste?" "No que você acha que ele estava pensando, Roar?"

Ária mordeu o lábio, oscilando entre a vontade de rir e chorar. Ela tinha sido educada para ser uma artista, mas ele era natural. Ouvi-lo imitando vozes de mulheres era demais.

Ele continuou:

– As garotas não entendem que ele *estava* quieto porque ele *é* quieto. Isso as deixa malucas. Elas não conseguem resistir à tentação de fazê-lo se abrir. Querem *consertar* sua quietude.

– Então, você está dizendo que eu devo ignorar a Brooke? – perguntou Soren.

– Olha, eu acho que você não tem a menor chance, não importa o que fizer, principalmente agora que eu o conheço melhor, mas, sim: ignorá-la é sua melhor opção.

— Valeu, cara – disse Soren, com um tom sincero. – Se eu a vir novamente, farei isso.

Se.

Parecia que esse "se" estava sempre rondando. Junto com o tique-taque de cada segundo que passava.

Se eles saíssem do Komodo...

Se eles chegassem ao Azul Sereno...

Se ela voltasse a ver Perry...

Ela queria continuar a escutar aquela conversa leve, as histórias de Roar, o sarcasmo de Soren, mas o momento havia passado.

Ária limpou o rosto, como se isso fosse capaz apagar algumas horas de choro. Ela se sentou na beirada da cama.

Soren estava sentado no beliche em frente ao dela, na cama de baixo, com seu porte grandalhão debruçado sobre os joelhos. Ele estava remexendo as mãos. Roar estava recostado na moldura da cama, com os pés cruzados, balançando ansiosamente. Ao vê-la, os dois pararam.

Ela sabia que devia estar horrível. Ela sentia a pele pegajosa, com uma camada salgada. Seus olhos estavam quase fechados, de tão inchados, ela tinha ficado com dor de cabeça, de tanto chorar, e seu braço machucado, seu "apêndice vestigial", estava apoiado firmemente na lateral de seu corpo.

Era um momento ridículo para vaidade, considerando tudo que estava acontecendo, mas ela não se lembrava de ter se sentido tão patética.

Roar subiu no beliche e se sentou ao lado dela. Ele afastou os cabelos úmidos da testa dela e ficou olhando com tanta preocupação em seus olhos castanhos que ela teve que lutar para conter uma nova onda de lágrimas.

— Espero que você ainda esteja zangada comigo – disse ele. – Eu mereço.

Ela sorriu.

– Lamento desapontá-lo.

– Droga – brincou ele.

Ária olhou para Soren, ansiosa para voltar a se focar em sair dali.

– Você falou com seu pai, quando eles o levaram mais cedo?

Ele assentiu.

– Falei. Ele disse que está de mãos amarradas. Ele não usou essas palavras, mas disse apenas que "Sable e eu temos um contrato", e "Sable não é de subestimar os outros", esse tipo de coisa.

Ela olhou para Roar e soube que ele estava pensando a mesma coisa: Hess tinha medo de Sable. Isso não a surpreendia. Será que havia *alguém* que não tivesse medo de Sable?

– Meu pai disse que aceitaria você e eu de volta – disse Soren a ela. – Ele nos levará até o Azul Sereno. Mas ninguém mais. As aeronaves lá fora são tudo que sobrou e eles estão contando que a travessia será um verdadeiro inferno de Éter. Ele disse que não pode levar ninguém que possa dificultar as coisas.

O olhar dele se desviou para Roar, mas não era hostil. Era, no mínimo, lamentoso.

– Você deveria ir com ele, Soren – disse Ária. – Você fez tudo que podia. Você deveria se salvar.

Ele sacudiu a cabeça.

– Eu termino o que começo. – Ele passou a mão nos cabelos e ergueu os braços. – De qualquer forma, não vou simplesmente deixar vocês dois aqui.

Vocês dois.

Foi um sinal sutil para Roar, que ficou imóvel ao seu lado, assimilando a coisa. Então, ele ergueu a cabeça para Soren, como se eles tivessem chegado a um entendimento silencioso.

Progresso, pensou ela, sentindo uma pequena onda de otimismo.

Ao menos ali, entre aqueles dois, as barreiras estavam sendo derrubadas.

* * *

Pouco tempo depois, a porta deslizou, se abrindo.

Loran estava ali, com seu olhar intenso sobre ela.

– Venha comigo. Rápido.

Ária não hesitou; seu instinto lhe disse para ir. Ela desceu do beliche e o seguiu pelo corredor.

Ela notou que ele estava sozinho. Mais cedo, ele trouxera dois outros homens para acompanhá-la até a reunião, mas antes ela estava com Roar.

Em seguida, ela notou o vazio silencioso dos corredores. Ela aguçou os ouvidos, meio nervosa. Os sons que ecoavam pelo corredor eram estranhos: um leve rangido metálico, um som agudo que arrepiou os pelos de sua nuca. Ela conhecia aquele som.

– Há uma tempestade lá fora – disse Loran baixinho. Ele caminhava atrás dela, de onde podia antever qualquer movimento que ela fizesse. Sem olhar, ela sabia que ele estava com a mão pousada na arma que trazia no cinto. – O Éter está próximo. A menos de dois quilômetros de distância. A frota de aeronaves precisou ser deslocada para um lugar seguro; portanto, estamos com metade da lotação.

Ela percebeu que ele era um Audi. Loran tinha notado quando ela focou sua audição. Ele *reconheceu* o ato.

– E quanto ao Komodo? – perguntou ela. – Vamos nos deslocar?

– O Komodo não tem velocidade suficiente para fugir da tempestade. Hess disse que é melhor ficarmos onde estamos.

Ela diminuiu o passo, se colocando ao lado dele, surpresa por ele estar lhe dizendo tanta coisa. Loran fez uma cara feia, mas ela se lembrou do sorriso afável dele enquanto treinava com Liv.

– Eu lembro de você, em Rim – disse ela. – A Liv gostava de você.

Os olhos dele se abrandaram.

— Eu tive sorte de conhecê-la.

O comentário foi sincero e quase carinhoso. Ela o observou, e sua curiosidade aumentou. Os cabelos dele eram negros e compridos o suficiente a ponto de bater na gola do uniforme. Um nariz comprido e pontudo e as sobrancelhas altas lhe davam um ar natural de superioridade. Ele parecia uns dez anos mais velho que Sable.

Ele fechou os lábios, quando percebeu que ela o olhava.

— Desse jeito, você vai trombar numa parede. Vire à direita, ali na frente.

— Para onde você está me levando?

— Para algum lugar. Tomara que ainda nesta vida, mas, no ritmo que você está andando, isso é incerto.

Eles chegaram a uma porta ladeada por soldados dos Galhadas.

— Dez minutos — disse Loran a eles. — *Ninguém* entra nessa sala.

Um dos homens junto à porta assentiu.

— Sim, senhor.

O olhar de Loran se desviou para Ária, e ele franziu as sobrancelhas. Ela viu o pavor e a expectativa em sua expressão, e pensamentos terríveis surgiram em sua cabeça.

Até aquele momento, ela não tivera medo dele. Agora, ela percebia o quanto havia sido ingênua. Loran tinha demonstrado um interesse incomum por ela, desde a primeira vez que a viu. Ela tinha prestado atenção *nele*, porque sentira a atenção dele por *ela*. Ela desviou o olhar da porta para ele, com o medo deixando-a petrificada e muda.

Loran xingou diante da reação dela.

— Pelos céus! *Não*. — Ele segurou o braço dela e baixou o tom de voz. — Fique de boca fechada e não diga uma palavra sobre isso a ninguém. Nem uma palavra, Ária. Entendeu?

Então, ele a empurrou para dentro da sala.

Onde ela encontrou Perry.

Ele estava deitado de lado, numa cama estreita, dormindo ou inconsciente. Nu, exceto por um lençol puxado até a cintura. Havia toalhas brancas empilhadas no chão, ao lado da cama. Mesmo sob a luz fraca, ela notou que estavam manchadas de sangue.

As pernas dela ficavam mais bambas a cada passo que dava na direção dele. Ária se esforçava para superar o choque que a visão dele naquele estado deflagrara.

Os braços dele sempre foram esculpidos de músculos. Agora estavam inchados. Inchados com marcas roxas e vermelhas que cobriam a pele inteira. Marcas que se espalhavam por seu peito e barriga. Sobre quase cada centímetro dele.

Nunca, em toda sua vida, seu coração sentira uma dor como aquela.

Nunca.

Loran falou baixinho ao seu lado:

— Eu pensei em alertá-la. Não consegui decidir se isso teria ajudado ou dificultado ainda mais. O prognóstico é que ele irá se recuperar totalmente. Os médicos assim disseram.

Ela se virou pra ele, a ira incendiava cada célula de seu corpo.

— Você fez isso?

— Não — disse ele, recuando. — Não fiz. — Ele seguiu até a porta. — Você tem dez minutos. Nem um segundo a mais.

Quando ele saiu, Ária ajoelhou-se ao lado da cama. Seu olhar desceu às mãos de Perry e ela precisou engolir a bile que lhe subiu à garganta.

Ela sempre adorou as mãos dele. Do jeito como os nós dos dedos eram moldados, sólidos e fortes, como se fossem estruturados por ferro em vez de ossos. Agora ela só via a carne inchada. Sua pele estava lisa de forma artificial, os contornos das juntas haviam sumido, os traços que o moldavam agora distorcidos, quase irreconhecíveis.

Estranhamente, o rosto dele tinha ficado intocado. Seus lábios estavam ressecados e a barba por fazer em seu queixo parecia mais escura em contraste com a pele clara; marrom, em vez de loura.

O nariz dele era perfeito e lindamente torto.

Ela se aproximou mais, temendo tocá-lo, mas precisando desesperadamente chegar mais perto dele.

– Perry... – sussurrou.

Os olhos dele se abriram. Ele piscou lentamente, olhando para ela.

– É você?

Ela engoliu em seco.

– Sim... sou eu.

Ele olhou para a porta e voltou a olhar para ela, então começou a se levantar.

– Como você... – Ele gelou e deixou escapar um som profundo da garganta, como se estivesse segurando a tosse.

– Fique deitado. – Cuidadosamente, ela se deitou ao lado dele. Havia o espaço exato para os dois na cama estreita. Ela ansiava por abraçá-lo, mas essa proximidade era o máximo que ela poderia se permitir.

Ela olhou longamente nos olhos dele, vendo sombras profundas que nunca estiveram ali. Os olhos dele foram se fechando, como se ele estivesse tentando escondê-los. Os cílios eram escuros na raiz e quase brancos nas pontas.

Olhando somente para o rosto dele, ela quase podia imaginar que ele não estava machucado. Que eles não estavam presos ali. Ela quase podia se transportar de volta ao tempo em que viajaram para Nirvana, em busca da mãe dela.

Eles tinham passado noites assim, juntos, trocando as horas de sono pela conversa e pelos beijos. Sacrificando o descanso de que precisavam por mais um minuto que fosse juntos.

Os olhos dela começaram a embaçar. Ela não sabia como lidar com aquilo.

Perry falou primeiro.

– Eu não quero que você me veja assim... Pode puxar o lençol?

Ela estendeu a mão. A mão dela pousou nas costelas dele, que se retraiu sob os dedos, mas não podia ser de dor, pois ela quase não o tocou.

– Não posso – disse ela.

– Você pode. Eu sei que essa é sua mão boa.

– Eu não quero.

– Isso está fazendo mal a você. Eu sei que está.

Ele estava certo, ela estava sofrendo, mas não deixaria que ele suportasse toda aquela dor sozinho.

– Não posso porque não quero que você se esconda de mim.

Ele pressionou os lábios fechados, contraindo os músculos do maxilar.

Vergonha. Isso que ela via nas sombras dos olhos dele. Nas lágrimas que se acumulavam ali.

Ele os fechou.

– Você é tão teimosa.

– Eu sei.

Ele caiu em silêncio. Conforme os segundos se passaram, ela percebeu que ele estava quieto demais. Ele estava prendendo a respiração.

– Não foi uma briga justa – disse ele. – Do contrário, eu teria ganhado.

– Eu sei – repetiu ela.

– Você sabe muita coisa.

Ele estava se esforçando para deixar as coisas mais leves. Mas, como ele poderia? Ela passou a mão pelas costelas dele. Uma pele linda, toda marcada de hematomas.

– Não sei o suficiente. Eu não sei como melhorar as coisas. – A raiva aumentava dentro dela, a pressão forçava seu peito. Seu coração. Ia se acumulando a cada hematoma por qual ela passava. – Só um monstro poderia fazer isso.

Os olhos de Perry tremularam abrindo.

– Não pense nele.

– Como posso não pensar? Como *você* pode não pensar?

– Você está aqui. Eu só quero pensar em você neste momento.

Ária conteve as palavras que queria falar. *Diga que você está furioso.* Ela queria ouvi-lo extravasar a raiva. Ela queria ver um lampejo do fogo que sempre pareceu arder dentro dele. Será que, algum dia, ele voltaria a ser o mesmo depois daquilo, depois do que havia acabado passar?

– Eu fico pensando em nós – continuou ele. – Lá no Marron, e depois quando éramos só nós dois. Foi tão bom ficar com você. – Ele lambeu os lábios. – Quando sairmos disso, nós vamos pra algum lugar juntos de novo. Eu e você.

A tensão se abrandou no peito dela e o alívio a invadiu. Ele tinha dito "quando". Mesmo naquele estado, ele ainda acreditava em "quando", não em "se". Ela nunca deveria ter duvidado da força dele.

– Para onde você quer ir? – perguntou ela.

O sorriso dele foi fraco e torto.

– Não importa... Eu só quero ficar sozinho com você.

Ária queria exatamente a mesma coisa. E ela queria muito vê-lo sorrir, sorrir *de verdade*, então ela disse:

– E isso aqui não está bom pra você, não?

Capítulo 24
PEREGRINE

– É muita maldade sua me fazer rir agora – brincou Perry, tentando ficar o mais imóvel possível. Qualquer movimento súbito dava a sensação de que suas costelas iriam rachar.

– Sinto muito – disse Ária. Ela estava sorrindo, mordendo o lábio inferior.

– É... dá para ver que você sente muito.

Ele não podia acreditar que ela estava ali. Ária não fazia ideia do que só o aroma dela já estava fazendo por ele para conseguir trazê-lo de volta. Ele se recolhera no fundo da própria mente desde que Sable havia saído. Perry não tinha certeza se era algo voluntário ou se ele tinha simplesmente perdido a consciência, mas isso não importava. Ficar alerta só significava dor – até que ela apareceu.

– Você sabe que eu iria a qualquer lugar com você, Perry – disse Ária. A atenção dela recaiu sobre os lábios dele, e ela exalava um aroma mais quente, doce.

Ele sabia o que ela queria, mas hesitou. Ficar deitado ali, imóvel, já era mais do que ele conseguia suportar, e ele estava com uma aparência lamentável, todo roxo e inchado.

– Eu quero beijar você – disse ele. Que se dane o orgulho. Ele a queria demais. – Posso?

Ela assentiu.

– Você nunca mais precisa me perguntar isso. Eu sempre direi sim.

A mão dela se apoiou levemente sobre as costelas dele à medida que se aproximavam um do outro. Ele esperava que os lábios dela viessem delicados como suas mãos, mas ela pôs a língua fresca e doce por entre os lábios dele, exigente enquanto roçava a dele.

Ele sentiu o coração dar um salto no peito, a pulsação subitamente disparou. Ele se mexeu sem pensar, segurando o rosto dela com as mãos.

A dor irrompeu por seus membros, e ele deve ter emitido algum tipo de som, porque Ária ficou tensa e recuou de repente.

– Desculpe – sussurrou ela. – Será que não é melhor a gente parar?

– Não – respondeu ele, com a voz rouca. – É melhor a gente continuar.

Os lábios deles se uniram novamente, e todo e qualquer pensamento racional sumiu da mente dele. Ele não podia ver, nem sentir nada além dela. Ele estava completamente, inteiramente focado em *mais*.

Mais de seu corpo. Sua boca. Seu gosto.

Ária se conteve, cautelosa para não encostar nele, quando tudo que ele queria era senti-la junto dele. Ele deslizou a mão pela coxa dela e puxou sua perna por cima do quadril dele puxando-a para mais perto. A dor irrompia por suas pernas e braços, mas seu desejo era muito mais profundo. Ela era toda músculos definidos e curvas suaves sob as mãos dele, a pele lisa e macia como seus cabelos. O uniforme justo de Guardião a cobria dos punhos ao pescoço; uma barreira brutalmente injusta. Ele deslizou a mão por baixo da camisa dela, quase aberta, pela forma como ela se arqueava junto a ele.

— Perry — disse Ária, com a respiração quente no rosto dele.

Ele fez um som que torceu para que passasse por algo como um "sim".

— Tem alguma coisa acontecendo entre Hess e Sable.

Ele parou.

Ela recuou, com apreensão nos olhos.

— Você está bem?

Ele exalou o ar, esforçando-se para recuperar a habilidade de raciocinar.

— Estou... quero dizer... não esperava que você dissesse isso.

— Eu gostaria de não precisar, mas o Loran está voltando. Ele estará aqui a qualquer momento e nós precisamos conversar sobre isso, enquanto podemos.

— Certo... tem razão. — Ele puxou a bainha da blusa dela e se concentrou em Hess. Sable e Hess. — Eu notei a mesma coisa antes. Hess está morto de medo. Eu farejei isso. Sable tem ele na palma da mão.

Ária mordeu o lábio inferior, com os olhos perdendo o foco.

— Achei que o Hess estaria no comando, já que ele tem todos os recursos. Todas as aeronaves e armas. Comida e remédios, também. Tudo isso veio de Quimera. É tudo dele.

— Nada disso importa mais, Ária. Agora ele está no nosso território. Aqui ele vive segundo nossas regras e sabe disso. Talvez ele fosse diferente, antes de vir pra cá...

— Não — refutou ela. — Ele não era. Sempre foi um covarde. Quando ele me expulsou de Quimera, ele mandou os Guardiões para fazer o trabalho sujo. Ele me fez espionar pra ele. Fui eu quem o colocou em contato com Sable. E quando ele abandonou Quimera, ele simplesmente foi embora e deixou todas aquelas pessoas para trás. Se surge algum perigo ou conflito, ele sai correndo desesperadamente na direção oposta. — Ela olhou para os braços de Perry. — Ele jamais teria feito isso.

A mente de Perry regressou àquela sala, vendo a concentração, o cuidado, com que Sable o surrou. Sable, definitivamente, não tinha problema algum com violência, nem em sujar as próprias mãos.

Ele tinha caído em silêncio por alguns segundos, lembrando cada golpe. Voltando ao presente, ele viu Ária olhando fundo em seus olhos, e o temperamento dela se encheu de ódio.

– Eu vou matá-lo, por isso – disse ela.

– Não. Fique longe dele, Ária. Encontre um meio de nos tirar daqui. Use o Hess. Se ele gosta de fugir dos problemas, vamos dar a ele algum lugar aonde ir. Outra opção. Mas me prometa que vai ficar longe de Sable.

– Perry, não.

– Ária, *sim*. – Será que ela não entendia? Ele poderia suportar qualquer coisa, menos perdê-la.

– E se o Roar estivesse certo? – argumentou ela, franzindo as sobrancelhas. – E se o Sable continuar sendo um problema até que possamos fazer algo? Até que possamos detê-lo?

Ele queria dizer a ela *eu farei isso*. Ele cuidaria de Sable. Mas não podia dizer. Não deitado daquele jeito, nu, cheio de hematomas e surrado. Quando ele jurasse arrancar a cabeça de Sable, queria estar de pé. Ela se afastou dele, pousando os pés no chão com uma leve batida. Meio segundo depois, a porta se abriu.

O soldado, Loran, estava no portal.

– Acabou o tempo – disse ele, olhando para Ária.

Ela se levantou imediatamente. Parando junto à porta, ela deu uma olhada para trás, para Perry, e pousou a mão no coração.

Então, ela saiu, e Perry voltou a se anestesiar. Fechando-se para as dores em seus músculos. Ignorando a dor intensa que ele sempre sentia longe dela.

Loran ainda demorou mais um segundo, lançando um olhar cortante para Perry, antes de sair atrás dela.

Perry ficou olhando a porta por longos minutos depois que eles saíram, inalando os aromas que ainda ficaram na sala. Notando que o temperamento daquele soldado era estranho, denso e pesado. Uma parede sólida de proteção. Mais estranho ainda era o vago afeto por trás daquilo.

Cuidadoso e com os músculos trêmulos, Perry virou-se, ficando de barriga para cima, absolutamente convicto.

Loran era mais que um soldado. Ele se perguntava se Ária já sabia.

Capítulo 25

ÁRIA

– Eu achei que você fosse conversar com ele – disse Loran, num tom sussurrado, enquanto acompanhava Ária de volta pelos corredores do Komodo.

– Nós conversamos – replicou ela.

Foi necessária toda sua força de vontade para deixar Perry naquela sala. Mesmo agora, ela queria voltar, mas algo a deteve. Uma sensação persistente sobre o homem que caminhava três passos atrás dela.

– Aquilo pareceu mais que uma conversa.

Ária virou abruptamente, ficando de frente pra ele.

– Por que você se importa?

Loran parou de repente. Ele franziu o rosto, abrindo a boca para falar, depois repensou.

– Por que você me levou para vê-lo? Por que me ajudou?

Ele olhou para baixo, com seu nariz fino apontando pra ela, os lábios fechados com força, como se estivesse tentando evitar falar. Ela estava desesperada para entender por que ele se arriscara por ela. Por que ele parecia tão atento, sempre que olhava para ela. Por que seus olhos num tom de cinza-escuro pareciam tão terrivelmente familiares.

Ele tinha uma bela voz de barítono, grave e aveludada...

E ele tinha idade suficiente para...

Ele tinha idade para...

Ela não se permitia nem completar o raciocínio.

Ele entortou a cabeça de repente. Ária ouviu a voz de Kirra, seu som ronronado provocante e inequívoco. Será que ela sempre ficava perambulando por aqueles corredores?

Loran pegou Ária pelo braço e a arrastou pelo corredor. Ele parou diante de uma porta e pressionou uns números no teclado de acesso, colocando-a para dentro assim que a porta abriu.

Do outro lado da sala, havia outra porta com uma janela redonda feita com duas placas grossas de vidro. Luz azul entrava por ela. A luz elétrica se movia como uma coisa viva, faminta.

Éter.

– Por aqui. – Ele a contornou, abrindo a porta, e subitamente ela estava na área externa, entrando numa plataforma circundada por um corrimão metálico, seus cabelos esvoaçando ao vento.

Era noite. Ela não fazia ideia. Isso significava que ela estava no Komodo há quase dois dias. Um mar de metal a cercava, os telhados das unidades individuais do Komodo, e espirais de Éter serpenteavam acima. Ela viu as chamas vermelhas. Elas haviam se expandido tanto durante o tempo em que ela estava presa. Para todos os lados que ela olhava – leste e oeste, norte e sul – as espirais chicoteavam a terra, em algumas áreas a pouco mais de um quilômetro. Ela teve a habitual sensação de formigamento no ar e ouviu os sons agudos das espirais; o som do Éter se aproximando.

O tempo deles estava se esgotando.

– Nós precisamos conversar – disse Loran atrás dela.

Ária ficou de frente para ele. Com a luz se modificando no céu, ela estudou o rosto dele. Sua expressão estava suave demais para um soldado. Suplicante demais para um estranho.

Ele suspirou, esfregando o rosto.

– Não sei por onde começar.

A emoção espreitava por trás dos olhos dela. Seu coração estava disparado. Querendo pular pra fora do peito.

Ele não sabia por onde começar, mas ela sabia.

– Você é um Audi.

– Sim.

– Você conheceu a minha mãe.

– Sim.

Ela tomou fôlego e mergulhou.

– Você é meu pai.

– Sim. – Ele olhou dentro dos olhos dela, e o momento se alongou entre os dois. – Sou.

Ela sentiu uma onda fria varrendo-a.

Ela tinha imaginado certo.

Suas costas bateram de encontro ao parapeito, enquanto aquela única ideia percorria sua mente: ela tinha imaginado certo. Finalmente ela havia encontrado o pai e não precisava mais perder tempo lucubrando o assunto. A curiosidade que ela carregara por toda vida podia ser agora saciada, de uma vez por todas.

Os olhos dela se encheram de lágrimas, o mundo foi ficando embaçado, não por causa daquele homem, sobre quem ela nada sabia, mas por sua mãe, que o conhecera. Será que Lumina o amara? Ou odiara? A cabeça de Ária subitamente ficou repleta de perguntas e ali, diante dela, estava a única pessoa que poderia respondê-las.

Ela balançou a cabeça, confusa. Aquilo não estava certo. Ele era o *pai* dela. Ela deveria sentir algo além de curiosidade, não? Algo além da saudade da mãe?

– Há quanto tempo você sabe a meu respeito? – ela ouviu a própria voz perguntando.

– Há dezenove anos.

– Você soube, quando ela engravidou de mim?

– Sim. – Ele se remexeu. – Ária, eu não sei como fazer isso. Não tenho certeza se consigo pensar em mim mesmo como pai. Eu nem gosto de crianças.

– Eu lhe pedi para ser meu pai? Tenho *cara* de criança?

– Você se parece com ela.

Isso fez com que ela perdesse o fôlego.

O som da tempestade aumentou, preenchendo o silêncio, e ela se lembrou do tempo que perdeu pensando naquele homem. Querendo encontrá-lo. Ele sabia sobre a existência dela, o tempo todo, e não fizera nada a respeito.

Ária segurou o corrimão atrás dela, fechando os dedos ao redor do metal frio. Ela estava tonta. Revolvendo como o céu acima.

– Você estava em Quimera. Eu sei que foi assim que conheceu minha mãe. – Lumina tinha contado essa parte. – Por que você a deixou?

A atenção de Loran se desviou para as espirais distantes. Seus olhos se estreitaram, seus cabelos negros revoavam ao vento.

Cabelos negros *como os dela*.

– Isso foi um erro – disse ele.

– Eu fui um erro?

– Não – respondeu ele. – Contar a você. – Ele olhou para a porta de onde haviam saído. – Preciso levá-la de volta.

– Que bom. Eu quero voltar.

Loran retraiu-se, o que não fazia sentido. Como ele poderia estar desapontado? Ele tinha acabado de dizer que se arrependera de lhe contar.

– Você está me deixando confusa – disse ela.

– Não era isso que eu queria. Eu queria explicar o que aconteceu.

– Como é que você poderia *explicar*? – Ela instantaneamente se arrependeu do rompante. Isso era uma oportunidade. Ela deveria estar tentando convencê-lo a ajudá-los a fugir. A dar informações.

Ela não fez nada. Só ficou ali, tentando acalmar a respiração. Nauseada, anestesiada e trêmula.

Loran virou para a porta, a mão dele hesitou por um segundo sobre o teclado de acesso.

– Tenho uma pergunta para fazer – disse ele, de costas para ela. – Como ela está?

– Morta. Minha mãe está morta.

Por um longo momento, Loran não se mexeu. Ária ficou contemplando o perfil dele, sobre os ombros. Ela observou o modo como suas costas se mexiam por conta da respiração ofegante, e ficou apavorada com o quanto a notícia pareceu deixá-lo abalado.

– Eu lamento muito – disse ele, finalmente.

– Você desapareceu por dezenove anos. Lamentar não é o bastante.

Ele puxou a porta e a conduziu para dentro do Komodo, onde não havia vento, nem som, nem lampejos do Éter.

Ela se movia sem sentir nada. Sem pensar, até que vozes elevadas adiante a tiraram daquele nevoeiro.

Junto à porta, dois Guardiões estavam discutindo com alguém do lado de dentro.

– Detentos são da jurisdição de Hess, não de Sable – disse um dos Guardiões. – O transporte e realocação deles só podem ocorrer sob ordens dele. Ela deveria estar aqui.

Ária não conseguia ver além das costas dos Guardiões, mas reconheceu a voz de Soren quando ele respondeu:

– Escuta, você pode falar sobre protocolos até cansar. Só estou lhe dizendo o que aconteceu. Ela saiu há meia hora com um dos Galhadas.

Ela olhou para Loran. Seu *pai*. E subitamente ficou receosa por ele. Sable tinha provado que não importava quem o enfurecesse, ele punia sem piedade. Mas Loran estava estoico, toda a emoção que ela vira em se rosto, momentos antes, tinha sumido.

– Para onde pretendem levá-la? – perguntou Loran quando eles se aproximaram.

Quando os Guardiões se viraram, Ária teve um vislumbre de Roar e Soren olhando, preocupados, de dentro da sala.

A pergunta de Loran pegou os Guardiões de surpresa, deixando-os na defensiva. Eles responderam ao mesmo tempo:
– À enfermaria.
– Eu vou levá-la – afirmou Loran, calmamente.
– Não – disse o Guardião mais baixo. – Nós temos ordens.
– Não tem problema. Eu estava indo pra lá.
– Nós recebemos ordens explícitas de nosso comandante para levá-la pessoalmente.

Loran apontou com um aceno de cabeça na direção do corredor atrás dele.
– Então, é melhor que vocês as cumpram.

Ela foi entregue por Loran aos Guardiões. Numa tacada suave, ele tinha evitado perguntas e desviado qualquer suspeita que pudesse recair sobre ele. Ela tinha de admitir que ele era inteligente. Ela olhou pra trás enquanto era levada, pela segunda vez, naquela noite.

Loran ainda estava lá, observando-a ir embora.

Hess estava esperando sozinho na enfermaria.
– Entre, Ária. Sente-se – disse ele, gesticulando na direção de uma das macas.

A sala estreita tinha um cheiro antisséptico e familiar, as fileiras de macas e mesas de cabeceira metálicas revolviam na memória de Ária. Ela imaginou Lumina com um jaleco de médica, os cabelos puxados num coque bem-arrumado, sua postura, simultaneamente, calma e alerta. Lumina tornava qualquer traje elegante e cada gesto, sentar, levantar, espirrar, gracioso.

Ária não se via dessa forma. Com essa graciosidade. Ela era desajeitada. Mais impaciente. Mais inconstante. Ela tinha um lado artístico que Lumina não possuía.

Seriam eles herança de Loran? Será que esses traços dela tinham vindo dele? Um *soldado*?

Ária piscou com força, forçando-se a não pensar naquilo agora.

– Onde está nosso café, Hess? – perguntou ela, ao se sentar numa das macas, descansando o braço no colo. – Nossa mesinha ao lado do Grande Canal?

Hess cruzou os braços e ignorou seu comentário.

– Soren disse que você queria me ver. E ele mencionou que você está ferida. Eu trouxe alguém para dar uma olhada em você. Estou com um médico aguardando lá fora.

Entre seu tempo com Perry, e depois com Loran, ela quase se esquecera da dor. Agora voltava a doer, começando em seu bíceps e irradiando pelo braço abaixo.

– Não quero nenhum favor seu.

Ária silenciosamente se xingou. Não era hora de ser cheia de princípios. Ele era desonesto e insensível, mas ela até que poderia aceitar ajuda com o braço. Pelo menos a dor parecia estar diminuindo, até onde ela conseguia perceber.

Hess ergueu as sobrancelhas, surpreso.

– Você que sabe. – Ele foi até uma cadeira de rodinhas que estava perto da porta e empurrou até a maca onde Ária estava. Então, ele sentou, apoiando os braços nas pernas e olhando para ela. Corpulento como Soren, ele parecia engolir a cadeira.

Enquanto Ária esperava que ele falasse, ela se esforçava para limpar a mente. Ele tinha um motivo para tê-la trazido até lá, mas ela também tinha seus próprios motivos. Ele era a melhor chance que tinham para fugir. Como Hess nunca fazia nenhum favor, ela teria que convencê-lo de que ajudá-la era a melhor coisa para ele. Afastando Loran de seus pensamentos, ela focou em seu objetivo.

– Eu dediquei minha vida a manter Quimera e seus cidadãos em segurança – disse Hess. – Mas eu nunca imaginei que chegaríamos a esse ponto. Nunca imaginei que eu teria de deixar tantas pessoas para trás. Que eu precisaria deixar meu próprio filho. Mas eu não vi outro jeito. Soren não quis ceder e eu não tive escolha. Criei um enorme vácuo entre nós por conta das decisões que fui forçado a tomar. Talvez você também tenha sofrido, em decorrência delas.

Ele se desculpou como Soren, de modo vago, sem uma admissão real de culpa – um pedido de desculpas de político –, mas ele estava com a coluna ereta e os músculos de seu pescoço pareciam prontos para estourar. Em algum lugar dentro dele havia um arrependimento verdadeiro. Talvez, até um coração.

Ária assentiu com um movimento de cabeça e tentou parecer comovida com o que ele tinha acabado de dizer. Ele estava seguindo na direção que ela queria; ela não podia se dar ao luxo de ser implicante.

– Eu posso levá-la comigo, Ária. Tenho certeza de que Soren lhe contou. Quando o Cinder estiver forte o suficiente, e cordato, você pode atravessar rumo ao Azul Sereno conosco. Mas não posso levar seu amigo.

– Peregrine?

Hess balançou a cabeça.

– Não, ele é certo. Ele irá. É essencial por conta da ligação com o menino.

– Você quer dizer o Roar – disse ela. – Não pode levar o Roar.

Hess fez que sim com cabeça.

– Ele é um perigo. Ele tem uma história com Sable.

Ela não conseguiu conter uma risada.

– A esta altura, *todos* nós temos uma história com alguém, Hess, você não concorda? E não somos só eu e Roar. Há centenas de pessoas inocentes lá fora. Algumas delas são pessoas que *você* deixou para trás, em Quimera. Essa é sua chance. Você ainda pode ajudá-las. Pode corrigir seu erro.

Manchas vermelhas surgiram no pescoço e bochechas dele.

– Você está sendo *ingênua*. Não tenho como acomodar nenhum deles. Sable sabe quem são *todos* os passageiros. Simplesmente não tem lugar suficiente. Além disso, eu não posso pedir mais nada a ele. Não tenho como lhe dar mais nada. Não é *ele* que está lidando com a transição de um povo para um novo ambiente. *Eu* que estou. Tudo é diferente por aqui. Você sabe o que é sentir fome pela primeira vez? Perder tudo que você já conheceu?

Ele falou uma pressa fervorosa, como se um dique de preocupações tivesse sido aberto. Mas parou bruscamente, como se tivesse falado mais do que pretendia.

— Sim — respondeu ela baixinho. — Eu sei bem como é tudo isso.

Na pausa que se seguiu, o coração de Ária batia pesadamente em seu peito. Essa era sua chance para trazê-lo para o lado deles. As palavras de Perry ecoavam na cabeça dela. *Vamos dar a ele outra opção.*

— Há outro caminho até o Azul Sereno, Hess. — Ela inclinou-se para frente. — Você tem a vantagem. Você tem as aeronaves. Não precisa de Sable para as coordenadas...

— Eu tenho as coordenadas. Essa não é a questão. A única coisa que nos falta é controle sobre o menino.

— Cinder é de *Peregrine*... não de Sable.

Hess respirou lentamente. Ela quase podia ouvir sua mente se abrindo a outras possibilidades, como se abrisse um leque de cartas.

Ele queria acreditar nela. Ela podia fazer aquilo. Ela podia convencê-lo.

— A tribo de Peregrine tem um número bem semelhante ao da de Sable. Quatrocentas pessoas. Pense nisso. Qualquer coisa que você precise saber quanto a estar aqui fora, sobre o mundo externo, Peregrine pode ajudá-lo; e você pode confiar nele. Você não tem isso com Sable. Pense no depois. Quando você chegar ao Azul Sereno, o que acha que vai acontecer? Acha que vocês dois se tornarão amigos?

Hess debochou.

— Eu não preciso de amigos.

— Mas você também não precisa de inimigos. Não se iluda em pensar que Sable seja algo além disso. Por mais que eu odeie você, não vou traí-lo, nem o Peregrine. Sable *vai*.

Hess pensou por um longo momento, com os olhos fixos nela.

— Diga-me — disse ele. — Como foi que você passou a confiar nos Forasteiros, e eles em você?

Ária sacudiu os ombros.

— Eu comecei com o certo.

Hess ficou olhando as próprias mãos. Ela sabia que ele estava imaginando como poderia cortar Sable. Ela precisava convencê-lo, mas precisava ter cuidado. O medo que ela sentia de Sable penetrava até seus ossos, mas Hess também não podia ser subestimado.

Hess ergueu a cabeça.

— Eu quero que meu filho venha comigo. Quero que você me ajude a convencê-lo de que ele precisa vir.

Ária sacudiu a cabeça.

— Desta vez, você precisa me ajudar. Não o contrário. Essa é sua chance de fazer a escolha certa.

— Eu escolhi. — Hess levantou e seguiu até a porta, parando ali. — Não estou me iludindo. Sei o tipo de homem que Sable é. Mas também sei que ele não vai me trair. Ele precisa de mim, ou não chegará a lugar nenhum.

— Ele precisa de você como precisa de uma *refeição*.

Foi a coisa errada a dizer; ela forçou demais.

Hess se retesou, inalando o ar. Então, ele deu as costas e saiu.

Mais tarde, com Soren roncando no beliche oposto, Ária contou tudo a Roar. Ela começou com o que tinha sido feito com Perry.

Roar sentou e forçou os nós dos dedos sobre os olhos. Longos minutos se passaram, sem que ele dissesse uma palavra.

Observando-o, Ária se lembrou dos dias depois da morte de Liv.

Ela tinha pensado em não contar a Roar. Será que ele realmente precisava ouvir que o mesmo homem que havia matado Liv, havia torturado seu melhor amigo? Mas ela precisava falar com ele. Precisava extravasar um pouco de sua raiva, ou sua cabeça explodiria. E eles eram bons nisso, ela e Roar. Tinham prática em trocar preocupações.

Ela mesma rompeu o silêncio, contando a Roar sobre Loran e isso o trouxe de volta para ela. Ele foi até seu lado e pegou sua mão. Ele foi cauteloso. Delicado, ao entrelaçar os dedos aos dela.

– Como se sente? – perguntou ele.

Ela sabia que ele não estava falando de seu braço machucado.

– Como se eu finalmente tivesse recebido o que eu queria, mas não o que eu realmente precisava.

Roar assentiu, como se ela fizesse sentido, e esticou as pernas.

– Perry e eu – disse ele, depois de um tempo –, nenhum de nós dois teve muita sorte com os pais.

Ária olhou pra ele. Ela percebeu que ele também a olhava de rabo de olho.

Ela sabia pouco sobre o passado de Roar, considerando o quanto os dois eram próximos. Quando ele tinha 8 anos, ele chegou aos Marés com a avó, faminto e sem teto, com a sola dos sapatos gasta. Pelo jeito que Roar sempre falava, foi naquele momento que sua vida começou. Ele nunca tinha mencionado nada que acontecera antes daquele dia, até agora.

– Minha mãe não foi a mais monógama das mulheres. Eu não me lembro muito bem dela, fora isso. Algo que não temos em comum, considerando que Liv foi a única garota com quem já estive e ela ia ser... Eu queria que ela fosse... – Ele sugou o lábio inferior, perdido em pensamentos, por um momento. – Eu nunca quis mais ninguém.

– Eu sei.

Ele sorriu.

– Eu sei que você sabe... mas eu queria lhe contar sobre meu pai, não sobre Liv. Isso é o que sei dele: ele era bonito.

– Eu poderia ter imaginado.

– Obrigado. E era um bêbado.

– Eu poderia ter imaginado isso também.

– Muito engraçadinha. Bem, o que mais posso lhe dizer agora? Ária sugou o lábio.

– Que eu tenho a oportunidade de descobrir mais que duas coisas sobre meu pai?

Ele concordou.

– Parece possível. Ele procurou você Ária. Ele não precisava ajudá-la. Nem dizer quem ele era.

Tudo verdade.

– E se eu detestar o que eu descobrir a respeito dele? Ele é o *braço direito* de Sable. Como posso respeitá-lo?

– Eu fiquei submetido, por juramento, a Vale por dez anos e o detestava. Um juramento é uma promessa, e uma promessa pode ser feita, independentemente de sentimento. – Roar deu uma olhada para a porta, depois baixou o tom de voz. – Ária, seu pai... ele poderia nos ajudar a sair daqui.

– Talvez – disse ela, mas ela não via como. Eles estavam em lados opostos.

Ela solto o ar lentamente e pousou a cabeça no ombro dele. Ela sempre imaginou que encontrar seu pai seria uma ocasião feliz. Não sabia como se sentia agora, mas se aproximava mais de pavor.

Enquanto os minutos se passavam, com Soren roncando no outro beliche, a mente dela voltou a se focar em Perry. Ela o imaginou caminhando pela floresta, com o arco pendurado no ombro. Imaginou-o vestido com o uniforme de Guardião, dando um sorriso pra ela com um leve constrangimento. Ela o viu deitado na maca, tão machucado que nem conseguia se mexer.

– Não consigo parar de pensar nele – disse ela, quando não conseguiu mais suportar.

– Nem eu – disse Roar, sabendo, intuitivamente, que *ele* era Perry. – Talvez uma música ajude.
– Estou cansada demais para cantar. Triste demais. Preocupada demais. Ansiosa demais.
– Então, eu canto. – Roar ficou quieto por um momento, pensando numa canção, então começou a cantar a "Canção do caçador".
A predileta de Perry.

Capítulo 26

PEREGRINE

Perry acordou sentindo uma agulha espetar seu braço.

Uma Ocupante de jaleco respondeu sua pergunta, antes que ele a fizesse.

– Medicação para dor – disse ela. – Eles querem você bem o suficiente para falar e sair da cama.

Sem o medo das dores irrompendo por suas costelas cada vez que ele respirava, uma sensação de alívio imenso o invadiu. Antes que a médica deixasse o quarto, ele mergulhou num sono profundo e sem sonhos, até que ouviu a porta deslizando ao ser aberta.

Uma parte instintiva dele sabia que, desta vez, não eram os médicos. Ele desceu da maca devagar e apoiou os pés no chão, enquanto Hess e Sable entravam juntos.

Eles pararam de falar quando o viram, surpresos por vê-lo de pé.

– Bom dia. – O olhar de Sable percorreu o corpo de Perry, numa avaliação metódica. Seu temperamento tremulava de empolgação, num tom alaranjado e pungente. O odor da obsessão.

Hess só olhou de relance para Perry, depois cruzou os braços e ficou olhando para os próprios pés.

Perry não conseguia se equilibrar direito. De canto de olho, dava pra ver que os hematomas que cobriam seus braços e peito tinham escurecido, chegando a um tom profundo de roxo.

Perto da porta, havia Guardiões com armas, bastões de choque, algemas, todos aparentemente prontos para atacar ao menor movimento.

Ele sentiu um sorriso torto se formar no canto da boca. O que achavam que ele faria? Até Talon oferecia mais perigo do que ele, mas, aparentemente, ele tinha uma reputação e tanto. Os Guardiões aparentavam e exalavam um odor de medo.

– Você está de pé – disse Sable. – Estou surpreso.

Perry também estava. Agora que ele tinha se levantado, as drogas que haviam lhe dado não estavam caindo muito bem. Saliva morna revolvia em sua boca; ele provavelmente estava a cinco segundos de vomitar no chão.

– Seu braço está dolorido? – perguntou Perry, tentando ganhar tempo. Ele precisava acalmar o estômago.

Sable sorriu.

– Muito.

Hess limpou a garganta. Sua postura, sua expressão, tudo nele parecia esquecível. Trivial.

– Em instantes, nós vamos levá-lo até Cinder – avisou ele. – Ele está aflito, desde que acordou. Está preocupado com você, e com seus outros amigos.

Perry pensou em Ária. Se ele não a tivesse visto durante a noite, esse comentário o deixaria abalado.

– Você pode evitar o sofrimento deles, e o seu, se fizer o que pedimos – continuou Hess. – Cinder precisa concordar. Ele precisa melhorar e se fortalecer. E precisa concordar em nos levar pela travessia daquela muralha. Convença-o, Peregrine, ou nenhum de nós terá a menor chance.

Sable continuou quieto enquanto Hess falava, com uma pose relaxada, os olhos meio abertos. Ele estava fazendo a vontade de Hess, para variar. Deixando que ele controlasse essa parte dos procedimentos.

Agora, a boca de Sable se curvava num sorriso.

– Tragam-no – disse ele para os homens à porta.

Perry foi levado até a sala do outro lado do corredor, onde Cinder estava agachado num canto. Ele parecia um passarinho recém-nascido, todo encolhido, com a cabeça calva, olhos arregalados e assustados.

Assim que Perry entrou, Cinder saltou de pé e disparou pela sala. Ele se jogou no peito de Perry.

– Desculpa. Desculpa. Eu sinto muito – choramingou ele. As lágrimas caiam livremente de seus olhos. – Eu não sei o que fazer. Não importa o que eu fizer, você vai me odiar.

– Podemos ficar um pouco sozinhos? – Perry olhou para Hess e Sable, protegendo Cinder em suas costas. Ele não tinha certeza se estava tentando proteger Cinder, ou esconder o próprio tremor. De qualquer forma, eles não precisavam de plateia. – Nós não vamos a lugar nenhum. Apenas nos deem um pouco de espaço.

Eles ficaram.

– Está tudo bem, Cinder – disse Perry. – Eu estou bem. – Ele baixou o tom de voz, mas sabia que Hess e Sable podiam ouvir tudo. – Lembra quando você me queimou? – Ele fechou o punho com a mão cicatrizada e surrada. – Aquela foi a pior dor que eu já senti. Isso nem se compara.

– Era para eu estar me sentindo melhor agora, depois disso que você falou?

Perry sorriu.

– Acho que não.

Cinder limpou os olhos e ficou olhando os hematomas de Perry.

– Não faz diferença, eu não acredito em você.

– Comovente. Não é, Hess? – ironizou Sable. – Eu gostaria de poder desfrutar mais deste momento lindo, mas temos que acelerar as coisas.

Perry virou pra eles, Cinder colado em sua lateral. Kirra entrou na sala e ficou ao lado dos Guardiões, perto da porta. Ela tinha uma expressão que Perry nunca vira em seu rosto. Compaixão.

– Eu espero que você tenha aprendido, Cinder, que eu não faço ameaças da boca para fora – continuou Sable. – Quando as minhas regras são infringidas, a punição é severa. Agora, você entendeu isso, não é?

Tremendo junto a Perry, Cinder fez que sim com a cabeça.

– Que bom. E você sabe o que Peregrine quer que você faça. Você sabe que ele quer que você nos ajude?

– Eu nunca disse isso – retrucou Perry.

O tempo parou. A expressão nos rostos de Hess e Sable, e até nos Guardiões, atrás deles, valia qualquer preço que Perry tivesse de pagar.

– Eu gosto de você, Peregrine – disse Sable. – Você sabe disso. Mas as coisas podem piorar muito pra você.

– Eu não vou pedir a ele que dê a vida por vocês.

– Eu posso ser mais persuasivo. Vejamos. Num cômodo não muito longe deste aqui, estão seu melhor amigo e a garota que você...

– Eu faço! – gritou Cinder. – Eu vou fazer o que você mandar! – Ele ergueu os olhos para Perry, com as lágrimas minando deles outra vez. – Eu não sabia o que fazer. Desculpa.

Perry o abraçou. Cinder ficava pedindo desculpas, quando era ele quem merecia o pedido de desculpas. De Perry. De Sable e Hess, de todo mundo. Perry queria lhe dizer isso, mas suas cordas vocais pareciam travadas.

Sable foi até a porta. Ele parou ali e deu um sorriso satisfeito. Ele conseguiu o que queria.

– Ajude o garoto a recobrar as energias, Hess. Inicie os tratamentos que discutimos, todos eles. Nós seguiremos imediatamente rumo à costa.

— Isso é impossível — protestou Hess. — Não podemos tentar atravessar até que o menino esteja pronto. Mesmo com o programa de terapia acelerada, ele irá precisar de tempo para ficar bom e nós não podemos deslocar o Komodo nessa tempestade. Vamos ficar aqui até que ela passe, e enquanto o menino se recupera.

— Essa tempestade *nunca* irá passar. Estaremos melhor posicionados para fazer a travessia, se estivermos na costa quando Cinder estiver pronto.

O rosto de Hess ficou vermelho.

— O deslocamento dessa unidade exige precaução. Há preparações, verificações de segurança, perigos a serem considerados que estão além de seu entendimento. Sua *impaciência* vai arruinar nossas chances de sobrevivência.

Perry sentiu a energia da sala mudar por conta daquela discussão. Kirra cruzou com seu olhar. Ela também sabia o mesmo que ele: Hess e Sable acabariam colidindo. Cinder ainda tremia ao lado dele.

— Temos que agir agora, ou morremos — insistiu Sable.

— Essa nave é minha, Sable. *Eu* a comando.

Sable ficou em silêncio por um segundo, com seus olhos claros faiscando.

— Você está cometendo um erro — sentenciou ele, e saiu.

Seguindo as ordens de Hess, os Guardiões tiraram Cinder dos braços de Perry. Ele resistiu um pouco, fazendo uma porção de perguntas.

— Para onde vocês estão me levando? Por que eu não posso ficar com Perry?

Outro Guardião agarrou Perry pelo braço. Perry reagiu instantaneamente, empurrando-o contra a parede. Ele pôs a mão em volta do pescoço do Guardião, prendendo-o. Dois homens sacaram suas armas, mas Perry continuou segurando, olhando nos olhos aterrorizados do Ocupante.

— Você já terminou? — perguntou Hess.

— Não. — Ele não estava nem perto de terminar, mas forçou-se a soltar o homem e dar um passo para trás. — Eu ficarei bem — disse ele a Cinder. — Prometo.

Perry deixou que os Guardiões o levassem de volta ao seu quarto, do outro lado do corredor. Hess seguiu atrás deles.

— Esperem lá fora — ordenou ele a seus homens, depois de entrar na sala.

A porta foi fechada e os dois estavam sozinhos.

Hess firmou os pés no chão e ergueu as costas, lançando um olhar frio a Perry.

— Se meus homens ouvirem qualquer sinal de luta, eles matarão você.

Perry afundou-se na maca.

— Eu poderia matá-lo silenciosamente, se eu quisesse. — O corpo dele não gostara nem um pouco da explosão de força à qual ele havia recorrido momentos antes. Seus músculos estremeciam e arrepios percorriam suas costas, enquanto a náusea e a fúria travavam uma batalha dentro dele.

— Tão violento — disse Hess, balançando a cabeça negativamente. — Não pense que eu me esqueci que você invadiu meu núcleo e arrebentou o queixo do meu filho.

— Ele atacou Ária. Você tem muita sorte por eu só ter quebrado a cara dele.

Hess ergueu o queixo, desafiador como Soren, mas seu temperamento lançava chamas azuis na visão periférica de Perry. Hess tinha medo dele. Perry estava surrado, desarmado, descalço, mas Hess ainda assim o temia.

— Eu não permitiria que Sable ferisse Ária — disse Hess.

— Então, você deveria ter se manifestado.

— Você não deveria ter dificultado tanto as coisas! Como um líder, você tem que saber que o indivíduo serve ao grupo. O sacrifício de um homem pela segurança de muitos não pode ser tão diferente em sua espécie.

– Não é.

– Então, por que você resistiu?

Perry não respondeu imediatamente. Ele não queria ter essa conversa com um homem que não respeitava. Mas precisava dizer o que sentia, em voz alta, por si mesmo. Era hora de aceitar o que ele já sabia há semanas.

– Eu sabia que não teríamos a menor chance de sobreviver sem a habilidade dele. Mas eu tinha que deixar que ele decidisse seu próprio destino. – Perry poderia ter ordenado Cinder; o menino teria feito qualquer coisa que ele pedisse. Mas Perry esperava que, dessa forma, Cinder sentisse que tinha algum controle sobre sua própria vida. Cinder tinha sido pressionado, mas, no fim, ele que havia tomado a decisão.

Hess bufou.

– Você é o líder dele. Deveria tê-lo ordenado.

Perry sacudiu os ombros.

– Nós temos visões diferentes.

– Como pode fingir ser tão nobre? Olhe para você. Olhe o que Sable fez com você.

– Eu não finjo, e esses hematomas não são nada comparado ao que Sable vai receber em troca.

Ao dizer essas palavras, a sede de vingança despertou dentro dele, aterrorizante e poderosa. Ele não era diferente de Roar. Ele só havia ignorado o ímpeto. Mas não podia mais fazer isso.

Hess passou a mão no rosto, balançando a cabeça.

– Seu problema é que você quer desafiar Sable à força. Isso não é um teste de forças! Nós não estamos na Era Medieval! Isso tem a ver com *negociação* e *estratégia*. – Ele abanou a mão, ainda mais ansioso. – Olhe ao seu redor. Eu tenho controle de tudo. O Komodo. A frota de aeronaves lá fora. Todos os remédios, a comida e as armas. Dei a Sable algumas pistolas e armas de choque, mas são *brinquedos* comparados ao que tenho estocado. Medicamentos.

Alimento. Comunicação. Está tudo comigo. Não vamos a lugar algum e não fazemos nada, a menos que eu mande.

– Você não incluiu pessoas na sua lista – disse Perry.

– Tolice. Eles também são meus – desdenhou Hess.

– Tem certeza?

– Eu tenho de comando mais tempo do que você tem de vida, Forasteiro. Meus pilotos e Guardiões são altamente treinados. Se você acha que Sable vai...

O estrondo de um alarme ecoou na sala. Hess olhou assustado para os alto-falantes.

Perry perdeu o equilíbrio, quando o chão quicou para cima. A sensação era exatamente oposta à de estar caindo. Ele pulou da maca, enquanto o quarto era erguido aos solavancos. Ele se equilibrou e cruzou com os olhos chocados de Hess, antes que este deixasse a sala.

O Komodo estava em movimento.

Capítulo 27

ÁRIA

– Há quanto tempo estamos aqui? – perguntou Ária. – No Komodo?
– Quarenta e oito horas, mais ou menos – disse Soren. – Por quê?
– Eu tinha me esquecido que ele é móvel – disse ela.

Agora eles tinham seus lugares estabelecidos no quarto. Soren ficava na cama debaixo do beliche perto da porta. Ela ficava no outro. Roar alternava entre ficar sentado ao lado dela e andando no pequeno espaço entre as camas.

O Komodo estava se deslocando fazia uma hora; a vibração constante a fazia lembrar dos passeios de trem nos Reinos, só que um bem mais cheio de sacolejos. De vez em quando, o cômodo dava uns solavancos. Durante os primeiros dez minutos, ela se segurava na armação da cama quando isso acontecia. Depois de um tranco mais violento, ela resolveu não se soltar mais.

– Esse negócio tem rodas quadradas? – reclamou Roar, sentado ao seu lado.

– Rodas são redondas por definição – retrucou Soren. – Mas, não, as rodas não são quadradas. Elas estão acopladas a elos modulares com suspensão avançada, desenhados para manobrabilidade e força tática, não para alta velocidade.

Roar olhou para ela, com uma ruga entre as sobrancelhas.

– Você entendeu alguma coisa?

Ela balançou a cabeça.

– Não exatamente. Soren, o que você acabou de dizer?

Soren suspirou, exasperado.

– Esse negócio pesa... eu nem sei quantas toneladas. É *muito* pesado. Deslocá-lo é como tentar deslocar uma pequena cidade. Para fazer isso de forma eficiente, sobre qualquer tipo de terreno, cada um de seus segmentos se aloja sobre um sistema de trilhos, como as esteiras dos tanques de guerra antigos. O peso é distribuído uniformemente sobre uma área maior e os torna estáveis, logo, não precisam se preocupar em virarmos. Não vamos virar. O Komodo pode escalar qualquer coisa. O que *deve* preocupar vocês é que eles estão obrigando um cavalo de carga a virar um cavalo de corrida.

– Eu gostava mais quando não entendia o que ele estava dizendo – confessou Roar.

– Eles estão tentando fugir da tempestade de Éter – disse Ária, mas isso não fazia sentido. Loran não dissera que correr seria tolice? Ele não dissera que Hess havia recomendado esperar a tempestade passar, ficando no mesmo lugar?

Soren fungou.

– Isso não vai acontecer. O Komodo não corre; ele *rasteja*. Meu pai pode ser um idiota, mas ele não é imbecil. Ele não teria dado a ordem para partir durante uma tempestade. O Komodo é mais vulnerável quando está em movimento, já que se torna um alvo maior para as espirais.

A resposta acendeu um alerta na cabeça de Ária.

– Sable assumiu o controle do Komodo. Ou foi isso ou ele está forçando Hess a se deslocar.

– Nenhuma das opções é boa para nós – disse Soren.

Ária olhou para cima. As luzes do quarto piscavam, apagando e acendendo num ritmo irregular.

Soren acenou com as mãos, como quem diz "está vendo?". E eles caíram em silêncio, ouvindo o ronco profundo dos motores.

– Acho que eu nunca lhe agradeci – disse Roar, depois de um tempo, olhando para Ária – por nos tirar de Rim.

Ela via o belo rosto dele em lampejos entre os momentos de escuridão, e soube que ele estava se lembrando daquela noite terrível. Liv batendo nas rochas da sacada. O mergulho dos dois no rio Cobra.

– De nada.

– Foi uma queda e tanto que nós tivemos.

– Foi mesmo. Mas nós aterrissamos inteiros.

Roar olhava para ela intensamente. Os olhos dele se encheram de lágrimas e ele parecia estar se concentrando. Como se estivesse tentando determinar se realmente estava inteiro.

Ela pousou a mão no braço dele.

– Inteiros... certo?

Roar piscou e acenou a cabeça positivamente.

– Há momentos em que eu acho que sim.

Ária apertou o braço dele, sorrindo. A possibilidade de inteireza era tudo que ela queria para ele.

Talvez a tristeza dele fosse como seu braço machucado. Estivesse lentamente sarando. Aos poucos, ia se tornando menos desgastante, conforme a vida trazia outras preocupações e outras alegrias. Outras fontes de dor e felicidade. Ela queria isso pra ele. Mais vida. Mais felicidade.

A boca de Roar se curvou num sorriso – um lindo sorriso que ela não via havia semanas.

– Lindo, é?

Ela afastou a mão, dando um leve empurrão no ombro dele.

– Até parece que você está surpreso.

– Não estou. Mas é sempre bom ter essa confirmação.

– Eu desisto – exclamou Soren, balançando a cabeça. – Parabéns. Vocês dois são o primeiro código que eu não consigo decifrar.

– Só estou tentando ver algo bom no ruim – disse Roar.

– Você quer ouvir uma coisa boa? – disse Soren. – Pois eu tenho boas notícias para você. Se o Komodo pifar completamente por causa dessa tempestade de Éter, e rachar, e nós não morrermos no processo, talvez tenhamos uma chance de escapar.

Roar estreitou os olhos, pensativo.

– Eu aceitaria correr esse risco.

Ária jogou os cabelos para a frente, enroscando uma mecha no dedo.

– Eu também. – Ela queria que a luz ficasse estável. Queria um banho. Café. Um cobertor grosso e macio. E, principalmente, Perry. – Se o Komodo pifar completamente, então talvez eu pife também. Espere... isso eu já fiz. – Ela sorriu para Roar. – Minha possibilidade de pifar já está riscada.

Ele ergueu as sobrancelhas, sorrindo também.

– Você tem razão. Isso *é* uma boa notícia.

Um tranco súbito e violento fez com que ela saísse voando. As costas dela bateram na parede, ela gritou de susto, e a mão de Roar segurou seu punho, quando a escuridão inundou a sala.

Capítulo 28

PEREGRINE

Quando o Komodo deu um solavanco e parou, Perry sentou na cama e começou a contar os segundos no escuro.

Cinco.

Dez.

Quinze.

Foi o máximo que ele conseguiu ficar parado sem fazer nada.

Ele saiu da cama, silenciosamente pousando os pés no chão frio. Seus olhos precisavam de pouca luz para enxergar, mas não havia luz nenhuma, nem um único ponto iluminado. Apenas uma escuridão impossível, tão densa e pesada quanto ferro.

Ele encontrou a parede e tateou com as mãos o caminho até a porta. Ele parou e ficou ouvindo. Sons abafados vinham lá de fora; dois homens discutiam.

Guardiões ou Galhadas, não dava para distinguir, mas não importava.

Ele rapidamente pensou em conseguir uma arma, mas descartou a ideia. Seu quarto só tinha algumas toalhas e uma cama presa ao chão. Ele estava vestindo apenas uma calça larga; não deram mais nada a ele, nem calçados, nem uma camiseta, com medo que ele os transformasse em armas. Ele provavelmente teria feito isso, se tivesse essas coisas, mas sem nada à mão, ele simplesmente teria que improvisar.

As mãos de Perry encontraram o painel de acesso na parede ao lado da porta. Hess e os outros o utilizavam para ir e vir, porém, sem energia, o painel era inútil; o que significava que o mecanismo de trava talvez não estivesse funcionando também.

Durante alguns segundos, ele ficou se familiarizando com a alavanca de liberação. Então, ele a destravou e puxou. A porta se abriu.

No corredor, dois guardas conversavam em pânico. Perry os viu facilmente, já que ambos usavam o raio laser vermelho das pistolas como iluminação. Um dos homens estava somente a alguns passos de distância, de costas para Perry; o outro estava mais longe, no corredor. Eles pararam subitamente de falar, ao ouvir o som da porta se abrindo.

– O que foi isso? – disse o Guardião que estava mais próximo, olhando de um lado e para outro, buscando na escuridão.

O facho estreito de luz vermelha da arma do outro homem iluminou o corredor na direção de Perry.

– Pare! Não se mexa! – gritou ele.

Sem chance. Perry deu mais alguns passos na direção do Guardião que estava mais perto. Quando alcançou o homem, ele pensou melhor antes de dar um soco nele com os dedos inchados. Ele deu uma cotovelada no rosto do Guardião e uma dor percorreu seus músculos. Ele conseguiu pegar a arma e deu uma coronhada na barriga do homem.

O Guardião caiu, batendo no chão.

Mais adiante, no corredor, o outro homem abriu fogo.

Um *estalido* ruidoso explodiu atrás de Perry. Ele se ajoelhou, segurando a arma, enquanto mirava nas pernas do Guardião e apertava o gatilho.

Nada. A trava de segurança; uma preocupação que ele nunca precisava ter com um arco. Ele destravou a arma, apertou novamente o gatilho e não errou.

Quando se levantou, ele saiu correndo pelo corredor, explodindo de vontade de entrar em ação. De encontrar Cinder, Ária, Roar. Com Hess e Sable atolados nessa crise, seria a oportunidade perfeita para fugir.

Na metade do corredor, uma lanterna forte o cegou. Ele ergueu a mão, protegendo os olhos doloridos, piscando sem parar até ver Hess surgir na outra ponta.

Meia dúzia de Guardiões o acompanhava de armas erguidas, exigindo que Perry se rendesse e entregasse a dele.

Em desvantagem, Perry soltou um palavrão e jogou a arma no chão.

Hess se aproximou e olhou para os Guardiões que Perry havia dominado.

– Não é nada fácil conseguir gostar de você, Forasteiro.

A luz forte foi direcionada para o fim do corredor.

– Leve-os para a enfermaria – ordenou Hess aos homens que estavam atrás dele. Depois, voltou a se dirigir a Perry: – Nós só temos alguns minutos. Venha. Depressa.

Sem outra opção, Perry o seguiu. Os Guardiões marchavam atrás dos dois, enquanto Hess caminhava apressado pelos túneis do Komodo. Perry tinha vontade de derrubar as paredes com as próprias mãos. Por alguns instantes, ele quase pôde sentir o gosto da liberdade.

Muito antes do que ele esperava, Hess o fez entrar em um cômodo. Ele de repente se viu encarando Ária, Roar e Soren, e a lanterna de Hess passava de um rosto estarrecido para outro.

Nem Roar, nem Soren foram capazes de esconder o choque, quando viram as marcas escuras nos braços e peito de Perry. A vergonha fez seu rosto queimar, mas Ária foi até ele e entrelaçou os dedos nos dele, e o toque dela o animou.

Hess posicionou seus homens do lado de fora, e esperou até que a porta se fechasse, para começar a falar.

– Isso terá de ser breve, o que significa que vocês terão de me ouvir, a menos que eu peça que falem. – Ele parou e eles se aproximaram mais, esperando que ele prosseguisse. Soren estava sorrindo, sem conseguir esconder seu orgulho.

Hess respondeu à aprovação do filho com um aceno de cabeça, depois baixou o facho de luz para o chão, criando um foco de luz no piso.

– Se nós nos tornarmos aliados – disse Hess –, se eu levar sua tribo até o Azul Sereno, Peregrine, o Sable terá de ser expulso. Os homens dele terão de ser postos para fora do Komodo e da minha frota de flutuantes que está lá fora. Isso irá exigir planejamento e coordenação, para que seja executado com êxito.

Perry sentiu Ária se remexer ao lado dele. Era o que eles haviam antecipado. Sable estava assumindo o controle. Hess não podia mais ignorar esse fato. Ele estava mudando de aliados.

– De quanto tempo você precisa, Hess?

– Oito horas. Nós vamos agir pela manhã.

– Não. Isso é tempo demais.

– Você já está fazendo exigências, Peregrine?

– Você já tomou um golpe. Sable está comandando seus homens. Ele vai conquistar todos eles, se você lhe der tempo.

– Acha que eu não sei disso? É exatamente por isso que eu preciso saber até onde ele já chegou antes de podermos prosseguir. Um golpe não dará certo, a menos que eu possa confiar naqueles que vão colocá-lo em ação. Em oito horas, quando tudo estiver no lugar, nós deixaremos o Komodo para trás e partiremos nas aeronaves.

– Só preciso de uma faca – disse Roar. – Eu acabo com isso em dez minutos.

– Você acha que eu não pensei nisso? – interpelou Hess. – O que você acha que os Galhadas farão, se Sable for morto? Acha que vão baixar as armas e se entregar?

Perry sabia que eles não fariam isso. Com a sobrevivência deles em jogo, eles lutariam, com ou sem Sable. Para que os Marés pudessem entrar, os Galhadas tinham que sair; todos eles.

— Duas horas, Hess.

— Impossível. Eu preciso de tempo para coordenar a operação ou ele descobrirá. Ele observa tudo. Ele é perspicaz, manipulador e organizado. Ele é um pesadelo. Um demônio que sorri enquanto lhe crava os dentes.

— Ele é humano — disse Perry. — Vou lhe provar isso, quando arrancar o coração dele.

O comentário pareceu impressionar Hess. Suas sobrancelhas franziram de concentração; seus olhos miúdos fixos em Perry.

— Quatro horas. Nem um minuto a menos.

Perry concordou, reconhecendo a disposição de Hess para chegar a um meio-termo. Ele olhou para Roar e Ária; a vontade dele era tirá-los dali agora, mas Sable não podia desconfiar de nada. Isso significava que eles precisavam ser pacientes.

— E quanto a este nosso encontro? — perguntou Ária. — E se ele ficar sabendo dele?

— Nesse momento — disse Hess —, nós estamos passando por uma disfunção mecânica causada por uma tempestade de Éter. *Coincidentemente*, Sable e a maioria de seus homens estão em outras unidades do Komodo. Os poucos Galhadas que estão nesta unidade estão em áreas atingidas por apagões absolutos. Eles estão sendo vigiados por meus homens, com o auxílio de equipamento de visão noturna, enquanto vagueiam pelo escuro.

— Você orquestrou tudo isso? — perguntou Ária.

— Sable está muito bem-infiltrado. Era o único jeito. — Hess virou a lanterna para Perry. — A única coisa com a qual eu não contava era a visão noturna natural de um de meus prisioneiros. Você poderia ter estragado tudo, se eu não o tivesse interceptado.

Perry não disse nada. Planejar o apagão do Komodo para que eles pudessem se reunir em segredo havia sido uma manobra muito inteligente. Ele só esperava que Hess conseguisse se manter à frente de Sable.

— Você precisa ficar longe dele. Sable saberá que você pretende traí-lo, do mesmo jeito que eu saberia.

Hess acenou descartando a advertência.

— Eu cuidarei disso.

— Você não entende. Ele vai *farejar* sua desconfiança. Sua intenção de traí-lo.

— Eu *disse* que cuidarei disso — repetiu Hess. — Quatro horas. Até lá, ninguém sequer pense em sair do lugar. E eu preciso de uma garantia sua, Peregrine. Se eu fizer isso, você me promete que fará com que Cinder rompa aquela muralha. Ou você me garante que ele o fará, ou não temos acordo.

Perry sentiu-se enjoado, mas manteve o olhar fixo no de Hess.

— Você tem minha palavra.

A tensão diminuiu no rosto de Hess.

— Bom.

Ária se aproximou. Perry sentiu o braço dela junto ao dele, mas não podia olhar para ela. Ele não queria ver sua decepção; ou aprovação. Menos de um segundo depois, ele já queria desfazer sua promessa.

— É só isso? — perguntou Hess.

— Não — disse Perry. — Eu vou precisar de umas roupas. — Ele queria suas próprias roupas. O peso e crueza tranquilizadores do couro e da lã. Mas se contentaria com qualquer coisa que encobrisse os hematomas que Sable lhe causara.

Hess assentiu.

— É claro.

As luzes de emergência se acenderam, banhando o cômodo de vermelho.

— Vamos! — disse Hess. — Nosso tempo acabou. Volte para suas acomodações!

Perry puxou Ária junto ao peito, enlaçando-a com seus braços doloridos. Ele fixou os olhos em Roar.

– Mantenha-a em segurança.

Roar assentiu.

– Pode deixar. Com a minha vida.

Perry deu um beijo no alto da cabeça de Ária; depois, ele correu de volta pelos corredores, até virar prisioneiro outra vez.

Capítulo 29
ÁRIA

— Quanto tempo falta, Soren? — perguntou Roar.

— Quando você me perguntou isso, cinco minutos atrás, eu calculei que ainda faltavam três horas.

— E agora, o que acha, Soren?

— Duas horas e 58 minutos, Roar.

Roar baixou a cabeça, olhando para Ária através de uma franja de cabelos castanhos.

— Eu sabia que ele ia dizer isso.

Ela forçou um sorriso, sentindo-se inquieta também. Mais três horas até que ela pudesse sair daquele quarto e estar novamente com Perry.

O Komodo estava novamente andando, mas em ritmo mais lento. Ela ficou imaginando a aparência da caravana vista pelo lado de fora: esticada como uma centopeia, sob o céu repleto de espirais de Éter. De vez em quando, o quarto parecia mudar de direção de repente, e ela se preparava, esperando que ele fosse parar de vez, mas o Komodo prosseguia.

— Sabe o que eu gostaria de saber? — disse Soren, do outro beliche. — Por que nenhum de vocês falou sobre Perry. A tortura é uma coisa normal por aqui? É tipo: "É, hoje eu fui brutalizado. Meio sacal. E você? O que fez?"

— Eu já tinha contado ao Roar — admitiu Ária.

— Você escondeu de mim por causa do meu pai? Ele teve alguma coisa a ver com aquilo?

— Não. Aquilo foi obra do Sable. Eu não lhe contei porque achei que você não ligasse. Você sempre agiu como se odiasse o Perry.

Soren pareceu refletir sobre o que ela dissera.

— Verdade. Eu odeio, *mesmo*. — Ele se debruçou sobre as pernas e enfiou as mãos nos cabelos. — Eu só posso estar ficando *louco*. Todos *nós* estamos completamente loucos.

— Eu estou louca para sair desse quarto — disse Ária.

Roar sorriu para ela.

— Nossos pensamentos estão em harmonia.

— Vamos analisar a situação friamente — disse Soren. — Sable matou a irmã de Perry. Perry matou o próprio irmão. *Tanto* meu pai *quanto* o Sable abandonaram milhares de pessoas do próprio povo para morrer sob um céu de Éter. Eu dependo de drogas para me manter são. E nós estamos tentando recomeçar? Como é que *nós* podemos ser a melhor esperança para um novo mundo?

— Porque somos os únicos que sobraram — disse Ária. Então, ela percebeu que podia dizer algo melhor que isso. — Todos nós temos potencial para fazer coisas terríveis, Soren. Mas também temos potencial para superar nossos erros. Eu *preciso* acreditar nisso. Do contrário, qual o sentido disso tudo?

Ela tinha que acreditar que Hess era capaz de se redimir. Eles estavam dependendo dele.

Soren recostou em sua cama. Ele cruzou os braços acima da cabeça, dando um suspiro dramático.

— Realmente, qual o sentido?

Roar também se deitou, pousando a cabeça no colo de Ária. Ele fechou os olhos e uma pequena ruga se formou entre suas sobrancelhas escuras. Essa ruga era recente, começou a aparecer depois que Liv morreu.

Ária queria alisá-la com o dedo, mas se conteve. Aquilo não faria com que ele se sentisse melhor, e havia um limite para o que ela poderia fazer por ele. Não importava o quanto ela o amasse, essa ruga de tensão não era ela quem tinha que consertar.

Seus pensamentos se voltaram para Loran. Em algumas horas, ela o deixaria para trás. Isso não parecia certo, porém, sendo o braço direito de Sable, ele não podia saber o que eles estavam planejando. Ela balançou a cabeça negativamente, censurando a si mesma. Por que ela se importava? Ela não devia nada a ele.

— Se nós chegarmos ao Azul Sereno — disse Soren —, a gente precisa aprender a fazer mais pessoas como você, Ária.

Ela riu.

— *Fazer* mais pessoas como eu? Você quer dizer mestiços?

— Não. Eu quero dizer pessoas que perdoam, que são otimistas, e outras coisas do gênero.

Ária sorriu diante da ironia. Os pensamentos que acabara de ter sobre seu pai não eram exatamente uma mistura de perdão e otimismo.

— Obrigada, Soren. Esse é o melhor elogio indireto que eu já recebi.

Roar sorriu, ainda de olhos fechados.

— Eu vou sentir falta dessas conversas. — A ruga entre suas sobrancelhas tinha quase sumido.

Ao ouvir o som de vozes no corredor, ele se sentou.

A porta foi aberta, revelando dois soldados dos Galhadas.

— Venha — disse o homem mais baixo. — Temos ordens para levá-la até Loran.

Ária não se lembrava de ter tomado a decisão de segui-los. Numa hora, ela estava sentada ao lado de Roar, no instante seguinte estava seguindo os soldados pelos corredores.

O barulho de pessoas correndo chegou aos ouvidos dela, ecoando de algum lugar afastado dali. Será que Hess e seus homens estariam organizando a retomada do Komodo? Algo não parecia certo.

— O que o Loran quer de mim? — perguntou ela.

— Ele dá as ordens. Nós as cumprimos — disse o soldado Galhada mais baixo. Uma resposta casual, mas a tensão pontuava a voz dele.

Mais adiante, apareceram dois Guardiões. Eles pararam e olharam duas vezes quando a viram.

Ária os reconheceu como os dois homens que a acompanharam até Hess; os mesmos homens cuja desconfiança Loran havia habilmente contornado.

— O que vocês estão fazendo? Para onde a estão levando? — perguntaram eles, elevando as vozes.

Os soldados Galhadas ergueram as armas, antes que Ária pudesse se dar conta do que estava acontecendo. Eles dispararam contra os Guardiões e o som foi uma punhalada nos ouvidos dela. Os Guardiões reagiram, buscando proteção depois da curva do corredor.

— Vai! Vai! Vai! — gritou o soldado Galhada mais baixo. Os dois soldados correram em perseguição dos Guardiões.

Ária correu na direção oposta.

— Pare!

Ela gelou, olhando pra trás.

O homem mais baixo estava no fim do corredor, mirando sua arma pra ela.

— Fique paradinha aí e não se mexa!

Assim que ele desapareceu, ela saiu correndo.

Quando conseguiu colocar uma boa distância entre ela e os soldados, Ária se forçou a ir mais devagar e caminhar calmamente. Passos irromperam na direção dela. Seu coração pulou quando um par de Guardiões veio correndo, de armas em punho. Ela sentiu o pânico invadi-la, mas eles passaram direto por ela, e a conversa frenética formigou em seus ouvidos.

— O que foi aquilo? Hess antecipou o ataque?

— Eu não sei. Estou sem comunicação.

— Devemos obedecer as ordens de quem?

— Eu disse que não sei!

Ela continuou na direção do quarto de onde saíra, com o coração disparado. Sua intuição lhe dizia que Sable tinha agido primeiro, exatamente como Perry havia previsto. Por que outro motivo os Galhadas teriam disparado contra os Ocupantes, lá atrás? Sable devia ter ficado sabendo dos planos de Hess e se antecipara a ele.

Quanto mais ela se aproximava de sua cela, mais os corredores fervilhavam de movimentação. Soldados Galhadas passavam correndo, sacudindo o Komodo, tão focados que nem olhavam pra ela. Em contraste, os Guardiões que passavam pelos corredores pareciam perplexos e confusos.

Recuperando a compostura, ela resumiu seus objetivos. Buscar Roar e Soren. Encontrar Perry e Cinder. Deixar o Komodo para trás, o mais rápido possível.

Ela tinha quase chegado à sua sala, quando Loran surgiu no fim do corredor, correndo em sua direção. Ele fixou o olhar no dela, como se ela tivesse gritado seu nome.

— Eu os encontrarei lá fora — disse ele aos homens que o acompanhavam.

Ária tentou recuperar o fôlego, enquanto ele se aproximava. Ela queria sair correndo. Ou fazer milhões de perguntas que revolviam em sua cabeça. Mas ela não fez nem uma coisa, nem outra. Suas pernas não se mexiam. Seus lábios não emitiam uma única palavra.

Na pausa que se estendeu entre eles, ela percebeu que o Komodo havia parado. Qualquer dúvida quanto a Sable ter armado seu próprio golpe desaparecera.

— Eu mandei meus homens irem buscá-la — disse Loran.

— Não gostei muito deles. Eles estavam atirando nos Guardiões.

— Eu estava tentando ajudá-la. — A frustração acrescentou um toque de agressividade à voz dele. — As aeronaves estão partindo. Peregrine e Cinder já estão lá. Você precisa vir comigo, agora.

– E quanto ao Roar e Soren?

– Devo minha lealdade a Sable, Ária.

– Sim, eu sei, *pai*. Mas jurei a minha a outras pessoas.

Loran ficou inquieto, sombras invadiam seus olhos cinzentos. Ária gostaria de poder decifrar a emoção que se mostrava neles. Ela desejou não ter usado a palavra *pai* como se fosse um insulto.

– Vai me obrigar a ir com você? – perguntou ela.

– Não... não vou. – Ele relanceou o corredor, depois se aproximou. – Eu quero uma chance de conhecê-la, Ária – disse ele, num tom baixo e urgente. – Estou tentando provar que mereço isso.

– E eu estou tentando acreditar em você! – A voz dela assumiu um tom estridente e desconhecido aos próprios ouvidos. Recuando no corredor, ela subitamente sentiu-se desesperada para sair de lá.

Loran não a impediu.

Ele ficou olhando, enquanto ela dava meia-volta e saía correndo.

Capítulo 30

PEREGRINE

– Ande logo, Maré! Mexa-se!

Golpeado entre os ombros, Perry cambaleou para frente, trombando num homem que vinha na direção oposta. A dor percorreu seu corpo, mais acentuada nas costelas. Ele recuperou o equilíbrio e deu uma olhada para trás.

O homem que o conduzia para fora do Komodo era um gigante. Da altura de Perry, mas com um porte que mais parecia uma montanha, e suas sobrancelhas eram perfuradas com tachas de metal.

– Dá para desamarrar minhas mãos? Eu poderia caminhar mais rápido, se estivessem soltas.

O gigante debochou.

– Acha que sou idiota? Cale a boca e continue andando.

Indo mais devagar que podia, Perry vasculhava cada corredor e cômodo à procura de Ária e Roar. De Cinder. E os homens de Sable surgiam aos montes pelos corredores estreitos, mas ele via muito menos homens de Hess.

Perry passou por uma sala com um grupo de Guardiões. Eles pareciam em pânico e perdidos, como se o resto do mundo compartilhasse um segredo. Ele sacudiu a cabeça. Seu pressentimento se confirmara. Sable tinha derrotado Hess em seu próprio jogo.

Perry teve certeza disso minutos antes, assim que o gigante entrou em seu quarto.

— Levante-se, verme — provocara-o o soldado Galhada, jogando um monte de roupas esfarrapadas em Perry. — Vista isso. Está na hora de ir.

Perry sabia que era cedo demais. Somente uma hora havia se passado, não as quatro que Hess disse que precisaria.

Agora, a voz do gigante retumbava nas costas de Perry.

— Mais depressa! Ande logo, ou eu vou nocauteá-lo e arrastá-lo lá pra fora!

Perry não via como isso poderia ajudar o Galhada. Seria mais difícil carregá-lo; isso era óbvio.

O gigante o empurrou bruscamente por uma porta. Perry cambaleou descendo por uma rampa e só então se deu conta de onde estava: depois de dias dentro do Komodo, ele finalmente estava do lado de fora.

Ele puxou o ar pra dentro dos pulmões e deu alguns passos pela terra. A noite cheirava a fumaça dos focos de incêndio que ardiam nas colinas distantes. Sua pele pinicava com a sensação familiar do Éter. O céu revolvia em vermelho e azul, e era aterrador, uma visão medonha, mas muito melhor que estar preso num cômodo minúsculo.

Os flutuantes estavam perfilados no campo à sua frente, exatamente como quando eles chegaram, mas o Komodo parecia diferente da cobra enroscada que ele vira antes. Agora se estendia sobre o terreno, desenrolado, com seus segmentos formando uma linha reta.

— Peregrine!

Sable estava com um grupo de homens, não muito longe dele. Perry não precisou ser empurrado para caminhar em sua direção.

— Pronto para ver o Azul Sereno? — Sable sorriu e apontou para o céu em redemoinho. — Ansioso para deixar tudo isso para trás?

– Onde estão eles? – perguntou Perry, com o ódio fervilhando em seu sangue.

– O Cinder já embarcou e está à sua espera. Você o verá num instante. Quanto aos outros... Roar, na melhor das hipóteses, é um aborrecimento constante, mas só um tolo deixaria uma bela garota como Ária para trás. Ela deverá estar aqui em breve. Quando tudo isso estiver no passado, eu espero poder conhecê-la melhor.

– Se você a tocar, eu vou rasgá-lo em pedaços com minhas próprias mãos.

Sable riu.

– Se elas não estivessem amarradas em suas costas, isso até poderia me preocupar. Levem-no – disse ele ao gigante, que seguiu arrastando Perry.

Do outro lado do campo, centenas de pessoas carregavam caixotes para dentro das aeronaves. Galhadas que pareciam saber muito pouco sobre a preparação de flutuantes, e Guardiões que tentavam ajudar, e Guardiões que não tinham ideia do que estava acontecendo. Gritos zangados eram ouvidos de um lado e de outro. Caos total.

Enquanto o gigante o empurrava rumo a uma Asa de Dragão, ele notou homens armados ao longo do telhado do Komodo. Por todo lado que olhava, ele via poder de fogo. Ocupantes e Forasteiros assumindo posições de atiradores. Não dava para distinguir se eles estavam trabalhando juntos ou em lados opostos. Para eles também não parecia claro.

Ele entrou na aeronave, dando uma última olhada nas aglomerações na pista, esperando ver Ária e Roar.

– Continue andando, Maré – disse o gigante. Ele bateu nas costas de Perry novamente, fazendo com que ele entrasse cambaleando na Asa de Dragão.

Perry seguiu até a cabine de comando. Cinder estava amuado numa das quatro poltronas, parecendo quase adormecido. Eles haviam lhe dado roupas quentes, e um boné cinza cobria sua cabeça.

Com as drogas dos Ocupantes fora de seu organismo, ele já parecia mais saudável do que horas antes.

Ao ver Perry, os olhos de Cinder cintilaram de alívio.

– Eles me disseram que você estava chegando. Por que demorou tanto?

– Boa pergunta – rosnou o gigante. Ele empurrou Perry para a poltrona ao lado de Cinder.

Um Ocupante, sentado na poltrona do pilotou, olhou para trás com o rosto pontilhado de suor e tomado por uma expressão de medo; sem dúvida, por causa da arma apontada para a cabeça dele por um homem na poltrona ao lado.

– Ora, ora, se não é Peregrine dos Marés – debochou o homem com a arma, mostrando uma boca cheia de dentes marrons quando sorriu. – Você não parece muita coisa.

– Ele não é – disse o gigante.

– Ouvi dizer que você teve suas asas cortadas – disse Dentes Marrons, sem tirar a pistola da cabeça do piloto.

Enquanto eles riam, Perry avaliou a situação, notando que as mãos do piloto estavam livres. Tinham de estar para que ele pilotasse a aeronave. Perry inalou, torcendo para encontrar algo em seu temperamento além de medo.

– Eu vou amarrar seus pés – disse o gigante. – Se você tentar me chutar, eu vou botar uma bala no seu pé, depois vou começar a machucá-lo. Entendeu?

– Entendi – respondeu Perry.

Quando o gigante ajoelhou, Perry o chutou.

A cabeça do gigante foi projetada para trás, os dentes estalando. Ele desabou como uma árvore cortada, encaixado no corredor entre as poltronas.

O piloto reagiu rapidamente, derrubando a pistola do Galhada. O soldado avançou e os dois homens começaram a se atracar, uma confusa massa de cinza e preto, lutando no pequeno espaço diante do painel de controle.

Perry levantou, curvando-se na cabine baixa.

– O que você vai fazer? – perguntou Cinder.

– Ainda não sei. – Perry não via uma faca ou ferramenta que pudesse usar para soltar as mãos. Com poucas opções, voltou a atenção para a briga e esperou. Quando viu a abertura, ele deu uma joelhada na cabeça do Galhada.

O homem se curvou para trás, cambaleando por um longo momento. Tempo suficiente para que o piloto conseguisse pegar a pistola, que havia caído no chão.

Ele desviou a arma de Perry para o soldado Galhada. Seu lábio sangrava, pingando em seu uniforme cinza, e o medo gelava seu temperamento, intenso e branco na visão periférica de Perry.

– Calma. Calma, Ocupante. – Perry podia quase ouvir a luta do piloto. Amigo ou adversário? Inimigo ou aliado?

– Você é o líder deles – disse o piloto, ofegante.

Por um segundo, Perry achou que estivesse sendo confundido com Sable. Então, ele percebeu que não era isso. O piloto sabia quem ele era.

– Isso mesmo. Eu vou ajudar – disse ele, mantendo a voz equilibrada. – Mas eu preciso das minhas mãos. Preciso que você me solte... Pode fazer isso?

Capítulo 31

ÁRIA

Enquanto Ária avançava em disparada pelos corredores estreitos, ela via o Komodo se desmembrando. Ocupantes e Galhadas passavam por ela em frenesi, as vozes em pânico ecoando em seus ouvidos. Ninguém sabia o que estava acontecendo. Só uma coisa estava clara: as naves estavam partindo e todos estavam desesperados para chegar até elas.

Menos ela.

Ela correu, passando como uma bala pelas pessoas, até finalmente chegar à cela que ocupava com Roar e Soren. A porta estava aberta. Ela entrou como um raio e se deparou com os beliches vazios.

Nada de Soren ou Roar.

Ária xingou. Onde estariam eles? Ela correu de volta para os corredores. Ao fazer uma curva, ela quase trombou em Roar.

Ele a puxou, falando baixinho, mas zangado:

– Onde você estava? Eu procurei você por todo lado.

– Como você saiu? – perguntou ela.

– Sério? – Soren desacelerou a corrida. – Será que vocês não podem discutir isso tudo mais tarde?

Roar levou a mão às costas e entregou uma pistola a ela.

– Hess veio nos buscar – disse ele, respondendo à pergunta dela. – Ele está planejando algo. Está tentando deter o Sable.

Soren os levou até uma porta pesada, escancarando-a. Um vento fresco passou por ela, que correu porta afora, finalmente livre do Komodo.

Multidões cercavam a frota de aeronaves. Guardiões e Galhadas estavam posicionados em volta uns dos outros, ocupando o mesmo campo, mas em grupos separados de cinza e preto. Suas vozes eram baixas, mas ameaçadoras, rosnados antes da mordida. Espirais de Éter cintilavam em todas as direções, riscando de luz o céu noturno, mas o Komodo estava sob um trecho de correntes menos ameaçadoras – por enquanto.

– Onde está Perry? – perguntou ela, enquanto eles avançavam pela turba. Ela não conseguia enxergar acima das cabeças ao seu redor.

Roar olhava o campo, balançando a cabeça.

– Eu não o vejo. Ele provavelmente já está numa das aeronaves com o Cinder. Mas eu sei quem pode nos responder.

Sable.

Um grito subitamente irrompeu da multidão e a terra começou a tremer, vibrando sob os pés dela. Ela olhou acima, imaginando se teria subestimado o Éter. Redemoinhos em azul e vermelho-fogo revolviam acima, mas ela não via nenhuma espiral se formando.

– O Komodo! – gritou Soren.

Ária não entendeu. As pessoas se afastavam, gritando enquanto buscavam abrigo. À medida que a multidão ao seu redor foi se dissipando, ela viu o Komodo; viu *partes* dele. O centro de comando havia se desmembrado em unidades individuais. Negros e curvos como besouros, cada segmento imenso deslizava sozinho sobre o terreno; o rugir dos motores sacudia o ar.

Ária olhou para a outra ponta da clareira. As unidades do Komodo estavam circundando a pista. Em cima de cada uma delas, ela viu torres de artilharia se erguendo, as armas apontadas para as aeronaves, e atiradores se posicionavam ao longo do telhado.

Hess. Ele não deixaria que Sable levasse as aeronaves sem uma briga.

Ária agarrou o braço de Soren.

– Esse é o *plano* de seu pai? *Atirar* na gente?

Ele balançou a cabeça.

– Na gente, não. Ele precisa mandar um recado para o Sable.

– Estamos todos juntos aqui embaixo, Soren! Olhe à sua volta!

– Pode dar certo, mas é bom que ele esteja preparado para...

– Sable! – gritou Hess.

Ao ouvir a voz do pai, Soren saiu correndo. Ária foi atrás dele, atravessando a multidão, torcendo para que Roar ainda estivesse atrás dela.

Ela passou pela aglomeração e chegou à margem de um círculo de pessoas. Hess estava no centro. Sozinho.

Ele estava com sua indumentária militar completa. Empunhava uma arma e também estava com um olho mágico.

– Sable! – gritou ele novamente, procurando entre as pessoas ao seu redor. – Eu sei que você está aqui! Preste atenção! Olhe o que acontece quando você força minha mão!

Uma explosão lançou Ária voando para trás. Ela caiu no chão e o ar escapou de seus pulmões, deixando-a atordoada por um instante que pareceu durar uma eternidade. Ela rolou como uma bola, tampando os ouvidos, ofegante, esforçando-se para recuperar o fôlego. O som da explosão pareceu estourar seus tímpanos e a dor em seu crânio era lancinante. Ela não conseguia ouvir a própria tosse. Não ouvia nada, além do fluxo de seu próprio sangue, das batidas de seu coração.

Alguém agarrou seu braço. Ela deu um puxão para se soltar e só depois viu que era Roar. O fogo refletia em seus olhos escuros enquanto ele falava palavras que ela não conseguia ouvir. Uma nuvem maciça de fumaça negra se ergueu atrás dele, bloqueando o Éter.

Ele pegou seu braço e a ajudou a levantar. Uma rajada de ar quente soprou um cheiro de química pungente no rosto dela, fazendo seus olhos arderem. Na outra ponta da frota, o fogo engolia uma Asa de Dragão; parte da aeronave já estava totalmente queimada, até a fuselagem metálica.

Roar apertou a pegada em seu braço.

– Fique aqui. Fique com o Soren. Eu vou encontrar o Perry. Ária, você consegue me ouvir?

Ela anuiu com um aceno de cabeça. A voz dele estava baixa, mas ela ouviu. Não somente o que ele disse, mas o que ele *quis dizer*.

Roar tinha que descobrir se Perry estava na Asa de Dragão coberta pelas chamas.

Os olhos de Roar se fixaram além dela, quando Hess gritou novamente:

– Apareça, Sable! Apresente-se ou eu vou destruir cada uma delas! São minhas aeronaves! Eu não vou deixar que você fuja com elas!

– *Isso!* – disse Soren. – Pressione o desgraçado.

– Acalme-se, Hess. Estou indo.

O som da voz de Sable fez com que Ária – e todo mundo – se paralisasse.

– Onde está você? – Hess vasculhava a aglomeração em volta dele. – Venha até aqui, seu covarde!

Ária avistou Sable quando ele passou por alguns de seus soldados.

– Estou bem aqui. – Ele gesticulou para a aeronave em chamas, quando se aproximou de Hess. – Eu teria vindo, mesmo sem todo esse escarcéu.

Um pânico se apossava de Ária, a cada passo que ele dava. Ele estava com uma faca no cinto. Mas Hess tinha uma arma.

Ela sentiu movimento atrás dela. Soldados Galhadas foram fechando o cerco, formando uma parede ao redor deles. Roar cruzou com seu olhar e balançou a cabeça. Era tarde demais.

Em segundos, Ária sentiu uma arma lhe encostar a espinha.

– Oi – disse Kirra, sorridente.

Eles foram todos desarmados. Ela, Roar e Soren. Capturados, todos os três. De novo.

– Nós íamos fazer isso juntos, Sable – disse Hess. – Esse foi o acordo que nós fizemos.

Sable analisou Hess de um jeito bem parecido com o de Perry. O jeito dos Olfativos. As chamas da Asa de Dragão destruída rugiam no silêncio, o fogo era um ponto luminoso na noite.

Perry não estava naquela nave, ela disse a si mesma. Ele não podia estar.

– Juntos? – disse Sable. – Por isso que você estava planejando me trair?

– Você não me deu escolha. Nós fizemos um acordo e você o rompeu. Diga ao seu pessoal para recuar. Nós partiremos quando eu mandar ou ninguém vai a lugar nenhum. Eu vou destruir cada uma dessas naves.

Sable deu um passo na direção de Hess.

– Sim, você já disse isso.

Hess ergueu a arma.

– Não se aproxime mais.

– Eu sempre cumpro minha palavra – disse Sable, avançando em passos determinados. – Eu não rompi nosso acordo. Você que achou que eu faria isso.

Ária notou a multidão dispersando. As pessoas recuavam, como que reagindo a algum instinto de preservação.

– Eu *vou* atirar – disse Hess.

– Atire! Acabe com ele – gritava Soren, ao lado de Ária.

O tempo parecia se arrastar, cada segundo durava uma eternidade. Ária não conseguia se mexer, não conseguia emitir um som.

– Se você atirar em mim – disse Sable –, meus homens irão derrubá-lo em seguida. Isso não parece uma solução, parece? Parece bem semelhante ao que você está propondo... tudo ou nada.

Abaixe a arma, Hess. Você tem o que queria. Nós estamos num beco sem saída e ambos sabemos que você não vai apertar esse gatilho.

– Você está muito enganado quanto a isso – disse Hess. – Fique onde está.

– Atire nele! – gritava Soren.

Os olhos de Sable encontraram Soren.

– Traga-o aqui – ordenou ele a seus guardas.

Hess viu Soren na multidão, com o rosto transtornado de medo. Então, tudo aconteceu de uma só vez.

– Não! – gritou Soren.

Sable avançou, num flash, sacando a faca e rasgando o peito de Hess, que cambaleou para trás. Seu grito agudo irrompeu no ar.

O ferimento era raso, um corte, não uma punhalada, porém, para um homem que desconhecia a verdadeira dor, era debilitante.

Hess resfolegou, com os olhos vidrados, enquanto a agonia o paralisava.

Sable atacou novamente.

Ele cravou a faca na barriga de Hess e rasgou seu ventre.

Hess caiu de joelhos, carne e sangue vertendo de sua pele, de seu uniforme, derramando na terra.

Capítulo 32

PEREGRINE

Perry viu tudo.

Mais alto que todos à sua frente, ele teve uma visão clara de Sable quando ele abriu a barriga de Hess.

O tempo parou quando Hess desabou e seu sangue foi escurecendo a terra poeirenta. O momento de silêncio absoluto pareceu familiar, lembrando Perry de quando ele havia matado Vale. O poder parecia tangível. A sua mudança era inequívoca. Algo tinha terminado e algo tinha recém-começado, e cada pessoa sentia isso: uma mudança tão assustadora e inevitável quanto os primeiros pingos de chuva.

O grito de Soren quebrou o feitiço, um som mais profundo que o grito derradeiro de seu pai, baixo e angustiado, vindo de suas vísceras. Então, começou o tiroteio, súbito e por todo lado.

Perry avançou, correndo em direção a Ária e Roar. Galhadas e Ocupantes disparavam uns nos outros, enquanto corriam para o Komodo, para as naves, para qualquer lugar, em busca de proteção. Corpos caíam no chão, sem vida. Dez, vinte, em questão de segundos.

— Ária! — gritava ele, empurrando e avançando, em meio aos estampidos. Ela estava no centro do que rapidamente se tornava um banho de sangue.

Em um vão da multidão, ele avistou Sable cercado por uma dúzia de homens, que o protegiam com um escudo humano.

As palavras de Roar ecoavam na mente de Perry. *Corte a cabeça da cobra.*

Perry podia fazer isso. Ele só precisava de uma chance.

O assovio de Roar cortou pelo tiroteio.

A cabeça de Perry girou com o som. Roar estava a cinquenta passos de distância. Um soldado dos Galhadas o segurava pelo braço, levando-o para o Komodo. Perry também viu Soren e Ária, ambos sob a mira de uma arma.

Perry diminuiu a velocidade e estabilizou o corpo. Ele apontou a arma, encontrando o alvo, e apertou o gatilho.

Ele acertou o Galhada que segurava Roar; um tiro bem no meio do peito. O homem voou para trás, caindo no chão, e Roar escapou.

Perry saiu correndo outra vez, com as balas voando por ele. Ele tinha perdido Ária e Soren de vista, mas Roar corria à sua frente, com o mesmo objetivo.

Roar chegou primeiro a Soren, pulando em cima de seu captor. O Galhada, por sua vez, despencou em cima de Soren e os três caíram no chão.

Perry passou correndo por eles, quando viu Ária. Depois viu *Kirra.*

– Fique onde está, Perry! – gritou Kirra. Ela deu um puxão em Ária, virando-a.

Perry estancou, quando Kirra pressionou a arma embaixo do queixo de Ária. Ele estava apenas a vinte passos de distância, mas não era perto o bastante.

Ária ergueu o queixo, com o rosto tenso de raiva. Ela estava respirando rápido, seu olhar fixo em Perry, mas focando em outro lugar.

– Solte a arma, Perry – disse Kirra. – Não posso deixá-lo fugir. Sable precisa...

Ária conseguiu se desvencilhar e deu uma cotovelada no pescoço de Kirra, rápida e súbita.

Ela virou, agarrando o braço de Kirra e torcendo-o atrás dela. Com um empurrão forte, ela forçou Kirra ao chão, mandando seu rosto direto na terra. Pegando a pistola no chão, Ária deu uma coronhada na cabeça de Kirra.

Kirra ficou mole, inconsciente.

Ária pulou de pé e correu.

– Eu detesto essa garota.

Perplexo e impressionado, Perry sentiu sua boca se abrir num sorriso idiota.

– Nós temos que sair daqui – disse Roar. Soren cambaleava atrás dele, pálido, com os olhos vidrados.

– Por aqui – disse Perry, conduzindo-os até a Asa de Dragão de onde ele saíra.

Enquanto eles corriam pela pista, ele notou as batalhas pelas aeronaves; e os Galhadas pareciam estar vencendo a luta. Cada Ocupante parecia desafiado por três dos homens de Sable. Alguns eram Guardiões já mostrando lealdade ao novo líder. Corpos se espalhavam pelo campo, a maioria de cinza.

Ele chegou à Asa de Dragão e embarcou, com Ária, Soren e Roar logo atrás dele. Cinder esperava dentro da cabine de comando, exatamente onde Perry o deixara.

– Vai! – gritou Perry.

O piloto Ocupante estava pronto, exatamente como eles tinham planejado. Ele estava com a aeronave fora do chão antes mesmo que as portas se fechassem.

Capítulo 33

ÁRIA

Ária sentou no chão com Soren, no vão escuro atrás da cabine. A nave mal decolou e ele começou a chorar convulsivamente.

Ela esfregou suas costas largas, mordendo o lábio para evitar os chavões. *Eu lamento. Estou aqui pra você. Você não merecia isso.*

Ela sabia que nada que dissesse o ajudaria. Seus ouvidos ainda não tinham se recuperado inteiramente da explosão, mas ela captava partes da conversa da cabine de comando. Uma tempestade de Éter havia se formado entre o Komodo e a costa, bloqueando o caminho deles até a caverna. O piloto, um Ocupante que estava na nave com Cinder, descreveu o caminho como *impossível, inavegável* e *suicida*.

Ela sentiu o estômago revirar ao ouvir Roar e Perry discutindo rotas alternativas, torcendo para que encontrassem uma viável. Finalmente livre do Komodo, ela queria desesperadamente ir para casa, mesmo que *casa* significasse uma caverna sombria.

Ela não ouvia Cinder, mas ele também estava na cabine. Todos eles tentavam dar a Soren o máximo de privacidade possível dentro da apertada Asa de Dragão.

Soren endireitou-se, limpando os olhos.

— Ele era terrível. Fez coisas horrendas. Você sabe como ele realmente é. Como ele *era*. Por que eu estou deste jeito?

O choro deixara seu rosto vermelho e inchado. Ele parecia quebrado, com o coração exposto. Não tinha nada do garoto presunçoso que ela conhecia.

– Porque ele era seu pai, Soren.

– Fui eu quem o afastou. Eu fiquei em Quimera quando ele quis que eu partisse. Ele nunca desistiu de mim. Fui eu que desisti dele.

– Você não desistiu dele. Ele sabia disso.

– Como você pode ter certeza? Como você sabe? – Soren não esperou uma resposta. Ele pressionou os punhos no rosto e começou a chorar de novo.

Ária olhou acima. Roar e Perry estavam posicionados na entrada estreita da cabine. Ombros juntos. Mentes unidas. Ambos parecendo bem cientes do que Soren estava sentindo.

Atrás deles, através da janela, ela via o céu de Éter azul, e agora também vermelho, e ficou imaginando como poderia estar se sentindo com sorte, tendo Soren se desmoronando na frente dela e depois do que acabara de ver. Mas ela se sentia.

Perry e Roar. Cinder e Soren.

Todos eles tinham conseguido sair de lá vivos.

Na hora em que encontraram uma rota desobstruída até a costa, Soren já tinha se exaurido e pegado no sono. Ária recostou na parede fria de metal da Asa de Dragão. O dia amanhecia e a cabine ia se iluminando a cada minuto, mas a luz não chegava ao pequeno espaço que ela dividia com Soren. Seu braço esquerdo doía do golpe que tinha dado em Kirra, mas ela notava que o braço direito doía menos agora. Ela testou o movimento da mão e viu que quase conseguia contrair seus dedos num punho. Ao estender as pernas cansadas, foi tomada por uma saudade imensa da mãe, que certamente poderia lhe dizer se o ferimento estava sarando apropriadamente.

Parecia familiar sentir falta dos conselhos calmos de Lumina. Mas os pensamentos de Ária logo se voltaram para Loran, e isso era novo.

Ela se deu conta, naquele momento, de que jamais voltaria a vê-lo e isto a abalou.

Ela passara pouco mais de alguns minutos com ele, não sabia quase nada a seu respeito. Não fazia sentido que ela se sentisse tão arrasada. Porém, o que ela dissera a Soren sobre Hess também valia para ela: ele era seu pai. Só isso já significava algo. Independentemente de todos os anos em que ele passara sumido, ou do que pudesse ter acontecido entre ele e Lumina, ela sentia, sim, alguma coisa por ele.

"Eu quero uma chance de conhecê-la, Ária", Loran havia dito.

Como é que essas palavras podiam parecer tão vazias e tão promissoras? O que mais ela poderia esperar que ele dissesse?

Da cabine, Perry deu uma olhada pra trás, interrompendo seus pensamentos. Quando viu que Soren se acalmara, ele se curvou para passar sob a porta baixa e veio até ela.

Ele ajoelhou ao lado dela, com os olhos brilhando na luz fraca.

– Como você está?

– Eu? Eu estou incrível.

– É mesmo – disse ele, erguendo os cantos da boca num sorriso. – Vem cá. – Ele pegou a mão dela e a levantou. Num segundo, ela se viu num canto escuro, ainda mais escurecido por Perry, que parecia uma parede sobre ela, bloqueando a pouca luz que já havia.

Inclinando-se, ele encostou a testa na dela e sorriu.

– Eu tinha algumas coisas pra falar com você. Acho que eram importantes, mas agora eu não me lembro mais.

– Porque eu disse que estou incrível?

O sorriso dele se abriu.

– Porque você *é* incrível. – Ele pegou sua mão machucada, passou o polegar sobre os nós dos dedos dela. – Como está isso?

Ela não podia acreditar que ele quisesse saber se *ela* estava com dor.

– Não está ruim... Eu estou virando canhota. – A dor ia diminuindo a cada dia, ou ela estava começando a lidar melhor com ela. De qualquer forma, ela decidiu que iria considerar aquilo um progresso. – E você?

– Um pouquinho dolorido – ele disse, vagamente, como se tivesse se esquecido dos hematomas que cobriam seu corpo. – Aquele golpe que você deu na Kirra foi demais. Só não funcionaria comigo.

– Eu poderia derrubá-lo em dois segundos.

– Não sei, não. – Os olhos dele se fixaram nos lábios dela. – Vamos testar, qualquer dia desses. – Ele segurou seu rosto com as mãos calejadas, diminuindo a distância entre eles.

Os lábios dele eram delicados e macios ao beijá-la, um perfeito contraste aos músculos flexionados em seu antebraço. Ele era sólido, real e seguro; tudo que ela precisava. Ela pegou a bainha de sua camisa e o puxou.

Ele aprofundou o beijo e seus corpos se uniram. As mãos dele deslizaram pela cintura dela e pararam em seus quadris, provocando uma onda de desejo pelo corpo dela. Ela o enlaçou pelo pescoço, querendo mais, mas ele interrompeu o beijo e murmurou no ouvido dela:

– Você sabe que eu estou em profunda desvantagem aqui, certo? Quando você me quer, eu posso sentir seu cheiro mudar. E é impossível tirar as mãos de você.

– Isso me parece uma vantagem para nós dois.

Ele recuou, dando um sorriso de esguelha.

– Seria, se nós estivéssemos sozinhos. – Ele desviou os olhos para a cabine e um foco familiar voltou aos seus olhos. – Estamos quase chegando.

Pelo para-brisa, ela viu o mar e o Éter – um céu revolvendo como Éter – mas se pegou sorrindo. Ela mal podia esperar para ver

Caleb novamente. Mal podia esperar para ver Molly e Willow, e até Brooke.

Perry endireitou-se, pegando a mão dela.

– O piloto disse que tem as coordenadas para o Azul Sereno. Elas foram transmitidas a toda frota.

– Então, nós, finalmente, temos essa informação – comemorou Ária.

– Temos. Isso não vai mais nos deter. – Ele cuidadosamente entrelaçou os dedos nos dela. – Ária, nós temos que chegar a um acordo sobre uma coisa. Se Júpiter e Brooke conseguiram voltar em segurança, nós temos a Belcisne que eles trouxeram de volta, e agora essa Asa de Dragão. Acho que as duas podem acomodar umas cem pessoas, no máximo.

– Não é o suficiente. Isso nem representa um quarto de nós. Você não está pensando em só levar cem pessoas para o Azul Sereno, está?

Ele balançou a cabeça.

– Não, eu não estava pensando nisso. Ainda não estou pronto para desistir.

Ária percebeu que ela já sabia que aquela seria a resposta dele. Eles se sentiam da mesma forma sobre o assunto. Centenas de anos antes, durante a União, houve uma seleção de quem seria abrigado nos núcleos e os que não seriam. Isso havia colocado uma barreira entre os ancestrais dela e os dele, mas ela não deixaria que isso voltasse a acontecer. Como ela poderia dar mais valor à vida de uma pessoa em detrimento de outra? Como poderia escolher Caleb em vez de Talon? Júpiter em vez de Willow?

Ela não podia, nem Perry. Eles tinham unido Ocupantes e Forasteiros, e era assim que as coisas continuariam.

– Nós temos que estar preparados, Ária. Nem todos verão as coisas como nós.

– Nós vamos convencê-los. Encontraremos outra solução.

— Eu tenho algumas ideias. — Ele deu outra olhada para a cabine. Roar estava em pé ao lado do piloto, orientando-o pelo último pedaço do trajeto em direção à caverna. — Nós conversamos depois.

Ela sabia que eles conversariam, mas queria dizer algo a ele agora, enquanto Roar estava ocupado.

— Eu tenho um favor para pedir.

— Qualquer coisa.

— Converse com ele.

Ele logo entendeu.

— Nós estamos bem. — Ele se remexeu e os olhos verdes se voltaram para Roar. — Ele é meu irmão... Nós não precisamos pedir desculpas um pro outro.

— Eu não quis dizer que você deve pedir desculpas, Perry. — A raiva de Roar tinha sumido no Komodo, mas ele não tinha a menor chance de aceitar o que acontecera com a Liv, a menos que Perry também aceitasse. A menos que os dois enfrentassem aquilo juntos.

Perry ficou olhando nos olhos dela, como se visse tudo que ela pensava. Então, ele ergueu a mão dela e pressionou um beijo contra os nós de seus dedos.

— Eu prometo — disse ele.

Eles chegaram à costa ao meio-dia.

Ária desceu até a angra e contemplou o horizonte, segurando os cabelos, que balançavam com o vento, com uma das mãos. Cinzas passavam flutuando por ela como enxames de mariposas, sumindo nas ondas. Seus olhos ardiam e ela sentiu um gosto forte de fumaça na língua.

— São dos focos de incêndio que nós evitamos para chegar aqui — falou Perry, chegando ao seu lado. Ele virou a cabeça em direção ao sul. — As tempestades não estão mais se deslocando, estão se espalhando.

O nó de Éter que estava se revolvendo antes, quando eles partiram para o Komodo, havia se expandido. Espirais desciam por uma vasta porção do horizonte, lembrando-a da chuva escorrendo pelo para-brisa da Asa de Dragão no dia em que eles chegaram ao Komodo.

– Dá a impressão de que vai nos afogar. Como se, qualquer dia desses, não fôssemos mais conseguir respirar. Estranho, não é? Não dá pra se afogar no fogo.

Perry piscou olhando para ela, seus lábios se erguendo num sorriso cansado.

– Não. Não tem nada de estranho.

Ele pegou na mão dela enquanto eles caminhavam para a caverna. Roar e Cinder entraram na frente, e o piloto veio logo atrás deles.

Assim que ela e Perry entraram, os Marés os cercaram e carregaram Perry. Eles o engoliram com suas saudações e risos. Em menos de um minuto, ele estava segurando Talon nos braços, enquanto os Seis batiam nas costas dele e o empurravam. Não era exatamente uma acolhida delicada, mas eles não sabiam que Perry estava machucado. E, a julgar pelo sorriso no rosto dele, ele não parecia se importar.

Ária ouviu o latido feliz de Flea e o avistou próximo à aglomeração. Ela viu Willow bem na hora em que ela voou sobre Cinder, derrubando-o no chão. Ária sorriu. Nada de recepção gentil naquele lado também.

Roar estava conversando com Brooke, acenando e chamando Ária, mas ela ainda não podia se juntar a eles. Ela pegou a mão de Soren. Ele parecia confuso e abatido, com o olhar vazio e perdido. Ela precisa encontrar Júpiter para ele, ou um lugar tranquilo onde ele pudesse ficar. Seria uma coisa ou outra, pois Júpiter e tranquilidade não conseguiam ocupar o mesmo ambiente.

Enquanto ela levava Soren para longe da aglomeração, ela se lembrou do piloto. Ele devia estar exausto e apavorado com esse novo ambiente. Depois de deixar Soren instalado, ela também iria vê-lo.

Molly a deteve antes que ela pudesse avançar muito. Ela segurou o rosto de Ária com suas mãos finas e riu.

– Olhe para você! Você está um horror!

Ária sorriu.

– Eu posso imaginar. Faz dias que eu não vejo uma escova de cabelo.

Molly recuou e olhou para Soren, antes de voltar a olhar para Ária.

– A Brooke me contou como foi o início da missão. Você me deixou doente de preocupação.

– Desculpa – disse Ária, embora ela adorasse saber que Molly sentira sua falta. Ela se permitiu ser estimada por um momento, antes de retornar às suas tarefas. – Molly, nós viemos com um piloto...

– Eu sei. Nós estamos dando comida pra ele. Depois vamos levá-lo para a caverna dos Ocupantes. Ele está bem.

Ária sorriu à eficiência da mulher mais velha.

– Onde está Caleb? – perguntou ela. Júpiter provavelmente não estaria muito longe dele.

– No mesmo lugar. Na caverna dos Ocupantes. Estão todos lá. – O sorriso de Molly se apagou, quando ela notou o silêncio de Soren e sentiu que havia algo errado.

– Por que eles estão lá dentro? Ainda estão doentes? – perguntou Ária.

– Ah, não. Eles se recuperaram, todos eles. Mas não saem de lá. Lamento... eu tentei.

– Eles não *saem*? – exclamou Ária.

Perplexa, ela deixou Molly e foi depressa até a caverna dos Ocupantes, levando Soren junto com ela. Quando eles entraram, ela e Soren tiveram uma recepção bem mais morna do que Perry e Cinder tiveram. Os Ocupantes pareciam mais desconfiados do que aliviados em vê-los, mas Caleb veio até eles, sorrindo afetuosamente. Júpiter também veio, mancando de uma perna, acompanhado por Rune, que caminhava devagar para acompanhar o passo dele.

— Eu nunca pensei que veria *você* novamente — disse Rune, com os lábios se abrindo num sorriso.

Agora ela era namorada de Júpiter, mas antes disso ela já era amiga de Ária. Vê-la trouxe uma onda de lembranças da época em que elas haviam passado juntas, com Paisley, Caleb e Pixie. Ária sentiu um aperto no coração pelos amigos que ela nunca mais veria.

Ela encolheu os ombros.

— Bem, aqui estou eu.

Rune a observava com seus olhos sagazes.

— Você parece ter saído de um Reino de terror.

Ária riu, nada surpresa por sua franqueza. Rune sempre fora a honestidade em pessoa dentro do grupo. Contraste perfeito com a meiguice incansável de Paisley e a criatividade de Caleb.

— Foi o que me disseram.

Ela abraçou Rune, que afagou o ombro de Ária e se deixou abraçar. Uma demonstração estranha de afeição, mas foi melhor do que Ária poderia esperar. Pelo menos, Rune estava se adaptando um pouco à vida do lado de fora.

Ária recuou e todos eles ficaram ali, olhando para Soren. Olhando uns para os outros, sentindo a ausência do lar perdido, dos amigos perdidos.

Eles acabaram sentando, se reunindo num círculo. Ária manteve Soren perto dela, preocupada com ele. Júpiter e Rune estavam de mãos dadas e Ária gostaria que Paisley estivesse ali para vê-los. Ela não teria acreditado; não havia duas pessoas mais opostas.

Ária respondeu às perguntas sobre sua missão ao Komodo evitando mencionar Hess, em respeito a Soren, que ouvia em silêncio. A conversa rapidamente se voltou para seus amigos Forasteiros. Não era de se admirar que Rune quisesse saber sobre Peregrine em particular.

– Caleb disse que você está *com* ele? – perguntou ela.

Caleb se retraiu, encolhendo ligeiramente os ombros para Ária, como um pedido de desculpas. Ela sorriu, para que ele soubesse que ela não se importava. Ela não via modo melhor de ajudá-los a aceitar os Marés do que sendo aberta sobre seu relacionamento com Perry – tática exatamente oposta à que ela tentara da primeira vez, com os Marés.

– Sim. Nós estamos juntos. – Dizer as palavras em voz alta lhe deu um pequeno tremor de orgulho.

– Você o ama? – perguntou Rune.

– Sim.

– Você ama um Selvagem? *Ama?*

– Sim, Rune. Eu o amo.

– Você e ele já...

– Sim. Podemos seguir adiante?

– Por favor! – disseram Caleb e Júpiter, ao mesmo tempo.

Rune estreitou os olhos.

– Nós duas vamos conversar mais tarde – avisou ela.

Então, foi a vez de Ária fazer as perguntas.

– Vocês ficaram todos aqui, o tempo todo em que eu estive fora? Se escondendo aqui no fundo?

– Não estamos nos escondendo – disse Rune. – Só estamos mantendo distância. Assim é mais fácil para todo mundo. – Ela deu uma olhada para Júpiter, que tamborilava um ritmo em seu sapato. – Eles não gostam de nós, não é Jup?

Ele encolheu os ombros.

– Não sei, não. Alguns são legais.

– Como assim, eles não gostam de vocês? – perguntou Ária. – O que eles fizeram com vocês?

– Nada – disse Caleb. – É o jeito como olham para a gente.

– Você quer dizer do mesmo jeito que vocês olham para eles?

Rune ergueu uma sobrancelha.

– Eles são repulsivos.

– Isso é meio exagerado, Rune – disse Júpiter, parando de tamborilar.

Caleb revirou os olhos.

– Eles não são *repulsivos*. São apenas... *rústicos*.

Ária ignorou o comentário. Ela tinha certeza de que também havia se tornado *rústica*.

– Por quanto tempo vocês pretendem continuar segregados? Pra sempre?

– Talvez – disse Rune. – Não é como se para sempre fosse muito tempo. Nós não vamos para o Azul Sereno. Só estamos gastando tempo até nossos últimos dias.

Os sons de conversas próximas cessaram. Ária sentiu os outros focando a atenção neles. Todos estavam ouvindo.

– Só porque fracassamos uma vez, não significa que vamos parar de tentar.

– Tentar o quê, Ária? Fazer amizade com os Selvagens? Não, obrigada. Não estou interessada. Não entendo por que você nos tirou de Quimera só para morrermos aqui.

Soren sacudiu a cabeça.

– Inacreditável – murmurou ele.

Ária também já tinha ouvido o bastante. Ela se levantou, fazendo esforço para se manter calma.

– Você acha que Soren e eu salvamos sua vida ao tirá-la de Quimera? Não. Nós lhe demos uma chance. É você quem precisa escolher entre querer viver ou morrer, não eu. Ficar se escondendo aqui não é nem uma coisa nem outra.

Capítulo 34

PEREGRINE

— Então, o que aconteceu? – perguntou Twig. – Os Ocupantes não conseguiram vencer os Galhadas?

Perry estava sentado na beirada da plataforma de madeira, no centro da caverna principal. Ele tinha se trocado e vestira suas roupas antigas logo depois que chegou. Depois passara um tempinho com Talon, se atualizando sobre os acontecimentos dos últimos dias. Agora Perry estava cercado por seu povo, que se reunira ao longo da plataforma com ele e se aglomerara nas mesas próximas.

Ele se sentia sufocado e ligeiramente em pânico, como sempre acontecia quando estava dentro da caverna, mas também como se estivesse exatamente onde deveria estar: mergulhado nos Marés.

Marron estava ali. O Velho Will. Molly e Bear, e os Seis. Para qualquer lugar que olhasse, ele via sorrisos. A felicidade deles preenchia seu nariz com aromas vivos, os temperamentos trazendo a primavera que o Éter havia tirado.

Perry não tinha noção do quanto eles haviam ficado amedrontados, até agora. O alívio que ele farejava era intenso; ele se perguntava quantos na tribo acreditaram que ele jamais voltaria do Komodo.

Ali perto, Talon, Willow e Clara, irmã de Brooke, brincavam de ver quem conseguia pular mais longe da plataforma. Cinder estava no papel de juiz, Flea sentado ao lado dele. Todos os outros, todos com mais de 13 anos, esperavam para saber o que havia acontecido no Komodo.

Perry olhou para Roar, que era o contador de histórias da dupla, mas Roar sorriu e o incentivou com um leve acenou de cabeça.

– Essa é sua, Per – disse ele. Ele virou a garrafa de Luster na mão dele, dando nela um gole generoso, e seu temperamento era o mais suave que Perry farejara desde a morte de Liv.

Perry começou com a invasão deles ao Komodo, depois contou à tribo sobre o encarceramento e a fuga, apenas deixando de fora o que Sable fez com ele. Quando ele pulou essa parte, Reef lançou um olhar fulminante na direção dele. Perry fatalmente teria de responder a algumas perguntas depois.

Enquanto ele falava, tigelas de sopa de peixe eram distribuídas, junto com pães grandes e pedaços grossos de queijo. Perry sabia que aquilo era uma extravagância e disse isso.

– Ah, aproveite! – disse Marron, numa rara demonstração de entrega. – Você está de volta em casa, Peregrine. Você voltou são e salvo, todos vocês, e nós estamos muito felizes.

Marron estava sentado ao lado de Roar, que insistira para que ele compartilhasse de sua garrafa de Luster. O rosto de Marron estava vermelho, seus olhos azuis com uma expressão descontraída. Vê-lo assim fez Perry sorrir.

Reef cruzou os braços.

– Hess e Sable se voltaram um contra o outro.

Perry assentiu, dando uma grande mordida no pão. Seu apetite por comida de verdade – não aquelas comidas dos Ocupantes, com gosto de plástico – era enorme. A única coisa que ele queria mais, nesse momento, era uma cama.

Uma cama com Ária, ele consertou.

– Nós devemos aprender com isso – continuou Reef. – Devemos encarar isso como um alerta. Corremos o risco de que a mesma coisa aconteça aqui.

Perry sentiu um nó na garganta.

– O que você está dizendo?

– Os Ocupantes – interpôs-se Molly. – Eles estão mantendo distância. Eles têm medo de nós, Perry. Só isso.

Reef descruzou os braços.

– O medo é perigoso. Ele pode incitar a violência com mais facilidade que a raiva. Não é verdade, Peregrine?

– Sim, é verdade.

De canto de olho, Perry notou a desaprovação de Roar, que balançava a cabeça. Ele se deu conta de que aquilo fazia tão bem a ele; os discursos de Reef e a irritação de Roar ao ouvi-los. O momento o fortaleceu mais que a barriga cheia de comida.

– Os Ocupantes são inofensivos – disse Molly. – Agora que Ária voltou, eles vão se misturar conosco. Eu estou mais preocupada com outras coisas. Perry, você disse que nós precisávamos de naves para chegar ao Azul Sereno... Nós só temos duas.

Perry sabia do problema e afirmou sua posição quanto à questão. Duas naves não eram suficientes, mas os Marés, incluindo os Ocupantes nos fundos, permaneceriam juntos. Ele e Ária haviam concordado; eles não fariam uma seleção das pessoas que iriam partir.

– Eu apoio sua postura – disse Marron. – Estou com você.

– Eu estou com você – disse Reef –, mas eu não apoio essa postura. Por que devemos todos perecer?

– Espere aí – exclamou Twig. – Não tem outra opção além de *perecer*?

– Nós poderíamos tentar localizar mais naves – disse Marron, arrastando um pouco a fala.

– De outro núcleo? – Reef sacudiu a cabeça. – Não temos tempo pra isso. Nem sabemos se outros núcleos ainda existem.

Eles queriam entrar em ação, o que Perry compreendia. Esse sempre foi o seu impulso também. Mas, desta vez, a melhor opção era simplesmente esperar.

Sable precisava de Cinder. Ele viria até ele em breve. Perry não tinha dúvida. Mas saber disso apenas colocaria a tribo em pânico, então ele não disse nada. Os Marés logo saberiam.

Enquanto a conversa prosseguia, o olhar de Perry desviou novamente para as crianças. Eles se revezavam correndo e dando um peteleco na cabeça de Straggler, tentando fazer com que ele corresse atrás deles. Cinder tinha se afastado. Ele estava sentado com Bear, parecendo bem pequeno e frágil ao lado do agricultor imenso, cuja vida ele salvara.

O boné favorito de Cinder já estava de volta em sua cabeça. Obra da Molly, Perry tinha certeza. Ela o mantivera guardado, esperando por ele.

Cinder viu Perry olhando na direção dele e forçou um sorriso, embora seus olhos estivessem quase fechados.

– Ele está cansado, pobrezinho – apiedou-se Molly. – Daqui a pouco eu vou encontrar um lugar tranquilo para ele dormir, mas vamos lhe dar mais alguns minutos. Isso está fazendo maravilhas para o coração dele. – Ela sorriu e acrescentou: – E para o meu. – Ela observou Perry, com seus olhos castanhos experientes. – Eles o queriam por sua habilidade, não é verdade?

Perry respondeu com um aceno de cabeça.

– Ele é a única forma de atravessar a muralha de Éter que cerca o Azul Sereno.

Molly pressionou os lábios, caindo em silêncio por um momento.

– Você viu o quanto lhe custou canalizar o Éter na aldeia, Perry. Ele mal se recuperou desde então. Você sabe o que significaria para ele usar sua habilidade, nessas condições?

– Eu sei. – Era tudo que ele estava disposto a falar naquele momento. Ele guardou as preocupações com Cinder atrás de paredes grossas, junto com suas lembranças da Liv.

Liv.

Seu coração começou a disparar. Ele olhou para Roar, que estava com a garrafa de Luster a meio caminho da boca. Roar parou e olhou para ele, estreitando os olhos interrogativos.

– Quer dar uma volta comigo? – perguntou Perry.

A boca de Roar se abriu no sorriso.

– Termine isso – disse ele, empurrando a garrafa para Marron. Então, ele ficou de pé num pulo. – Você na frente, Per.

Perry caminhou até a enseada, do lado de fora, e continuou a andar pegando a trilha que levava até a aldeia dos Marés. Ele não tinha planejado voltar para casa, seus pés simplesmente o levaram até lá.

Iluminada por fluxos espessos de Éter, a noite estava clara como o crepúsculo, assim como eram todas as noites agora. Cinzas revoavam pelo ar; macias como plumas sob os pés. Sua pulsação estava acelerada demais para o ritmo tranquilo que ele e Roar mantinham.

Eles chegaram à aldeia e caminharam até o centro da clareira. Perry se sentia à flor da pele, como se cada passo que ele desse o levasse à beirada de um penhasco. Seu olhar percorreu as casas vazias e sinistramente silenciosas. A casa de Bear e Molly se destacava, parecendo um dente podre com suas paredes enegrecidas pendendo em ângulos estranhos. Ele se lembrou da noite em que Bear tinha ficado preso entre aquelas paredes.

A casa de Perry, no entanto, ainda estava de pé. Ela não parecia a mesma, mas também não parecia diferente. Ele ficou ali observando por um longo tempo, tentando decifrar o que havia mudado. Considerando se queria entrar ou não.

– Lembra de quando eu fiz você tropeçar durante o festival de verão – disse Roar –, e você caiu em cima da caneca do Vale e lascou um dente?

Acostumado às suas histórias espontâneas, Perry respondeu suavemente:

— Eu me lembro do Vale correndo atrás de mim e me batendo por ter derramado a bebida em cima dele.

— Bem, você não deveria ter caído *em cima* dele.

— Certo. Foi tolice minha.

— Foi. Você sempre foi terrível pra cair.

Apesar das brincadeiras, Perry agora estava certo de que Roar estava tendo as mesmas lembranças que ele. Todas as vezes que eles tinham corrido pela aldeia, quando meninos, descalços, barulhentos, seguros, sem jamais imaginar que aquele lugar algum dia mudaria. Que as pessoas que eles amavam desapareceriam.

Ou seriam assassinadas.

Ele limpou a garganta. Era hora.

— Eu tenho que conversar com você sobre algumas coisas. Sobre o que vem acontecendo.

— É mesmo? Por que começar agora?

— Ária. Eu prometi a ela.

Roar sorriu levemente. Ele cruzou os braços e olhou para a casa de Perry. A casa que também tinha sido de Liv.

Perry sentiu o choro no fundo da garganta e respirou depressa. A dor que ele sentia por Liv era algo monstruoso, rasgando seu peito. Ele começou, antes que perdesse a coragem:

— A Liv está viva em minha visão periférica. Quando eu não estou pensando nela... quando ela passou do ponto em que eu posso vê-la, dá a impressão de que ela ainda está ali. Pensando em mil maneiras de me deixar envergonhado. Repetindo para mim todas as bobagens que você falou para ela, como seu eu já não soubesse. Como se eu mesmo não estivesse estado lá para ouvi-las. Mas quando eu olho diretamente pra ela, eu me lembro que ela se foi e... — Ele olhou para o céu por alguns momentos, se forçando a respirar um pouco, antes de continuar. — Eu não podia me permitir sentir esse tipo de raiva. De me sentir tão perdido. Não com os Marés precisando que eu fosse o Soberano de Sangue deles.

– Por que você simplesmente não me diz a verdade, Perry? Por que você nunca diz o que está realmente pensando?

Perry olhou pra ele, surpreso. Roar ainda estava olhando para a casa de Perry, contraindo o maxilar.

– Por que você não me diz o que acha que eu estou pensando?

Roar virou e o encarou.

– Você me *culpa*! Eu estava lá e não pude protegê-la...

– Não.

– Eu lhe disse que a traria de volta para casa e não trouxe. Eu a perdi. Eu...

– Não, Roar – repetiu Perry. – Ninguém neste mundo teria lutado por ela com mais afinco do que você... e isso me inclui. Você acha que eu não pensei no que eu poderia ter feito para tê-la de volta? Para ter impedido que isso acontecesse?

Os olhos de Roar cintilavam de intensidade, mas ele não disse nada.

– Eu não culpo você. Pare de agir como se eu o culpasse, porque eu não culpo.

– Quando eu apareci naquela caverna, você nem conseguia olhar pra mim.

– Isso está na sua cabeça.

– Não está. Você não é nada sutil. – Roar abanou a mão. – Com nada.

– Seu bastardo fútil. Eu não estava *evitando* você. Você simplesmente fica emburrado quando não é o centro das atenções.

Roar encolheu os ombros.

– Talvez seja verdade, mas você estava agindo como se a Liv nunca tivesse existido. Eu estava sozinho.

– O que foi um desastre. Você é terrível sozinho. E estúpido. Dar meia-volta no Komodo foi a coisa mais idiota que você já fez. Sem dúvida.

Roar sorriu.

— Você é tão bom neste tipo de desabafo, Perry. — Uma risada escapou dos lábios dele, mas não parou. O que começou como uma risada ganhou força e volume.

A risada de Roar era aguda e alta, lembrando o gorgolejo de um peru-selvagem. Era um dos sons mais engraçados que Perry já tinha ouvido; e ele se viu impotente diante dela. Não demorou até que os dois estivessem morrendo de rir, no lugar que era e não era mais o lar deles.

Quando eles finalmente se acalmaram e pegaram a trilha de volta para a caverna, as costelas de Perry doíam.

— Por que a gente estava rindo mesmo?

Roar apontou para o sul, onde as espirais de Éter riscavam o céu e caíam na terra.

— Por causa daquilo. Porque o mundo está acabando.

— Isso não deveria ser engraçado.

Aparentemente era, porque fez com que eles começassem a rir novamente.

Perry não tinha a menor ideia se ele tinha conseguido dizer nem metade do que pretendia. Ele sabia que havia sido egoísta deixando que Roar lidasse, sozinho, com a morte de Liv. Ele não queria aceitar que ela se fora, portanto havia falhado com o amigo, e com ele mesmo, mas queria mudar isso. Ele era terrível para cair, Roar estava certo quanto a isso, mas nada jamais o mantinha muito tempo no chão.

Enquanto eles caminhavam de volta até a caverna, um pedaço dele que estava quebrado voltou a ficar inteiro. Nada parecia igual, nem tinha o mesmo cheiro, e o mundo talvez estivesse acabando, mas ele e Roar caminhariam juntos até o fim, lado a lado.

Quando chegaram, eles encontraram a caverna principal vazia, todos já tinham ido dormir. Perry se despediu de Roar e seguiu para sua tenda, também sonolento.

Reef e Marron o interceptaram no meio do caminho.

– Podemos trocar algumas palavras com você? – disse Reef.

– Claro – respondeu Perry. – Algumas. – Ele estava muito cansado; toda vez que ele piscava dava a impressão de que havia sonhado.

– Você e o Roar conversaram? – perguntou Marron.

Perry assentiu com um aceno de cabeça.

– Acabamos de conversar.

Marron sorriu.

– Bom.

– Ele é egoísta e arrogante – disse Reef.

– Mas ele é bom para o Perry, Reef – disse Marron.

Reef bufou; o que, provavelmente, era o máximo de entusiasmo que ele conseguia expressar por Roar.

Marron enfiou a mão numa mochila.

– Eu me esqueci de lhe devolver isso mais cedo. – Ele puxou o cordão de Soberano de Sangue e o entregou a Perry.

– Obrigado – disse Perry, colocando-o. O peso do metal em seu pescoço era mais familiar do que confortável. Ele ficou imaginando se algum dia seria as duas coisas.

Marron e Reef trocaram um olhar, depois Reef respirou fundo e jogou os cabelos trançados para trás.

– Você trouxe a nós dois aqui para os Marés, Perry. Nenhum de nós estaria aqui, se você não tivesse nos aceitado em sua tribo.

– Isso mesmo – disse Marron. – Você nos deu abrigo quando mais precisávamos. Mesmo quando não podia, você nos ajudou.

Perry nunca sentiu que tivesse feito um favor a nenhum deles. Ele sempre achou que tivesse sido o contrário.

– Entre o meu grupo, de Delphi, e os Seis, de Reef, nós somos 53 pessoas – disse Marron. – São 53 que, por vontade própria, ficarão para trás. Nós não tomaremos o lugar de sua tribo naqueles flutuantes.

Reef concordou com um aceno de cabeça.

– Não há como seguir em frente sem dor e sacrifício, Peregrine. Você precisa ver isso. É seu trabalho, como Soberano de Sangue, fazer o que for melhor para a maioria, não o que for mais fácil.

– Nós gostaríamos que você pensasse sobre o que conversamos – disse Marron. – É só isso que pedimos.

Perry fingiu pensar por alguns segundos.

– É uma oferta nobre... Vocês acharam que eu aceitaria?

Reef e Marron ficaram mudos, nenhum dos dois respondeu, mas a resposta era clara em seus rostos.

Perry sorriu.

– Pois vocês estavam certos. – Perry colocou as mãos no ombro dos dois e lhes deu boa-noite.

Em sua tenda, Perry encontrou Cinder dormindo ao lado de Talon. Flea estava encolhido numa bola, embaixo do braço de Cinder.

Perry se ajoelhou e coçou seu pelo espesso. O cão ergueu a cabeça, abanando o rabo e batendo com ele nas cobertas. Ele adorava que o acarinhassem entre os olhos.

Perry ficou admirando Talon e Cinder. Os meninos tinham passado a andar juntos como se eles se conhecessem desde que nasceram. Ele devia isso a Willow.

– E a você também, seu pulguento – disse ele.

Os olhos de Cinder se abriram. Perry sorriu, estava feliz demais em vê-lo ali para sentir pena de tê-lo acordado.

– Como foi que você o tirou de Willow? – perguntou, apontando com o queixo para Flea.

Deitado de lado, Cinder encolheu os ombros.

– Eu não fiz nada. Ele só veio comigo.

– E a Willow deixou?

O canto da boca de Cinder se curvou num sorriso.

– Mais ou menos. Ela disse pro Flea que ele podia ficar comigo, mas só desta vez, já que eu acabei de voltar.

– Muito generoso da parte dela.

– É – disse Cinder. – Eu sei. – Seu sorriso aumentou. – Ela ainda está falando palavrão. Você achava que ela ia parar, depois que eu chegasse aqui, mas ela não parou.

– A gente já sabia que a Willow é desenfreada.

– Eu sei – repetiu Cinder. – Ela é mesmo.

Enquanto o momento se alongava entre eles, Perry olhou de Cinder para Talon, e sua visão começou a embaçar. Esses meninos... Somente um deles era seu parente de sangue, mas ambos eram sua família, esses meninos o reabasteciam. Eles lhe davam confiança e propósito. Usar um cordão de Soberano fazia sentido quando ele olhava para eles, quando ele pensava neles brincando com Willow e Clara, pulando de uma plataforma, para dentro da escuridão. Eles eram o futuro e eram tão bons.

Perry puxou conversa, tentando ganhar algum tempo para se recompor:

– Então, como você está?

– Estou cansado.

Perry esperou, sabendo que havia mais.

– E estou com medo... Nós vamos para o Azul Sereno?

– Eu não sei... talvez.

– Se a gente for, eu vou ter que atravessar a gente.

As palavras de Reef ecoaram na cabeça de Perry. *Não há como seguir em frente sem dor*. Ele balançou a cabeça, afastando as palavras.

– Aconteça o que acontecer, Cinder, eu juro a você, eu não vou sair do seu lado.

Cinder não disse nada, mas Perry sentiu que sua ansiedade se acalmou. Isso parecia tudo que ele precisava para se render ao sono. Em questão de segundos, os olhos de Cinder se fecharam.

Perry continuou a observá-lo por mais um instante, absorvendo o silêncio. Flea começou a gemer, com a perna tremendo, enquanto sonhava perseguir alguma coisa. Perry ficou imaginando se seria o Azul Sereno.

Ele levantou e seguiu até o baú onde guardava o resto dos pertences de sua família. Os falcões de madeira de Talon. O caderno de Vale. Uma das tigelas pintadas de Mila, que ele e Liv tinham lascado enquanto lutavam, e depois tentado consertar, sem sucesso. Essas coisas talvez nunca fossem a lugar nenhum, agora ele percebia.

Ele tirou as botas e desafivelou o cinto, quando Ária entrou na tenda.

– Ei – disse ele, parando o que estava fazendo.

– Oi. – Ela deu uma olhada para Cinder e Talon, e sorriu ao ver Flea deitado com eles, mas seu temperamento transbordava ansiedade. Ele o sentiu revolver dentro do peito, roubando a sensação de paz e cansaço que ele sentira um segundo atrás.

Ele não sabia o que fazer em seguida. Não sabia se terminava de tirar o cinto. Parecia uma decisão maior do que deveria ser. Tirar o cinto era algo normal pra ele ao fim do dia, mas ele não queria que ela pensasse que ele presumia que algo iria acontecer entre eles.

Embora ele quisesse. Muito.

Ele estava sendo um idiota. Ela confiava nele. Ele sabia disso. Ele só tornaria tudo mais constrangedor caso se vestisse outra vez.

Ele tirou o cinto e o colocou em cima do baú.

– Eu saí com o Roar – disse ele, para preencher o silêncio.

– Como foi?

– Muito bom. Obrigado.

– Fico contente.

O sorriso dela era verdadeiro, mas fraco. Ela tinha algo na cabeça. Ela olhou para a cama vazia e para a abertura da tenda.

Ele falou depressa, temendo que ela pudesse ir embora:

– Está meio cheio, mas eu estou feliz que você esteja aqui. Se você decidir que quer ficar. Estou feliz que você esteja aqui, mesmo se não quiser ficar. Qualquer coisa está bom. O que você quiser está perfeito.

Ele coçou o queixo, se obrigando a calar a boca. *Perfeito?* Ele nunca tinha usado essa palavra, até que ela surgiu em sua vida.

– Como estão seus amigos? Caleb e Júpiter?
– Eu os vi mais cedo – disse Ária baixinho. – E gritei com eles.
– Você... *gritou* com eles?
Ela anuiu com a cabeça.
– Talvez não tenha sido um grito, mas levantei a voz.
Ele finalmente compreendeu seu temperamento. Sua ansiedade não era por causa dele; ela estava preocupada com os amigos.
– Eles mereceram?
– Sim. Não. Mais ou menos. Eles têm se mantido separados. Você sabia disso?
– A Molly mencionou.
– Eu não pude ficar com eles, então saí. Passei a tarde na Sala de Batalha, tentando entender por que eles estão lá atrás. – Ela sugou o lábio inferior, franzindo a pele macia entre as sobrancelhas escuras, preocupada. – Eu só esperava que eles já estivessem tentando se integrar, e não sei como mudar a maneira como eles pensam. Quero ajudar, mas não sei como.

Cem pensamentos passaram pela cabeça dele, mas todos se resumiram num só: ser um líder não era fácil. Confiança e respeito tinham de ser merecidos, e isso só acontecia com o passar do tempo. Ele tinha passado o inverno e a primavera aprendendo isso com os Marés. Ária estava só começando a aprender isso agora.

– Você sabe que eu estou aqui, se você precisar de mim – disse ele. – Eu farei o que puder para ajudar.
– Você poderia vê-los amanhã? Talvez, se conversássemos com eles juntos, isso poderá ajudar.
– Combinado.
Ária sorriu, depois seu olhar desceu até a cintura dele.
– Perry, você sabia que as suas calças estão caindo?
– É. – Ele não precisou olhar; sentia que estavam escorregando por seus quadris. – Eu, é... eu tirei o meu cinto pra que você se sentisse à vontade.
– Você tirou o seu cinto para que *eu* me sentisse à vontade?

Ele virou o rosto, tentando conter o riso.

– Na minha cabeça, eu achei que isso seria mais natural.

– Suas calças caindo é algo natural?

Ele sorriu.

– É. Se caírem mais, será muito natural.

Ela riu e seus olhos cinzentos brilharam enquanto ela balançava a cabeça.

– Muito gentil de sua parte, pensar em mim.

– Eu sempre penso.

Um rubor surgiu nas bochechas dela, enquanto eles se olhavam, um segundo após o outro. O temperamento dela preencheu o pequeno espaço, fazendo-o chegar mais perto.

– No Komodo, você disse que queria que nós passássemos um tempo sozinhos – disse ela.

Ele pegou o cinto em cima do baú e a puxou pela mão, saindo depressa da tenda antes que ela terminasse de falar.

Capítulo 35

ÁRIA

– Perry, eu não estou enxergando nada.

Ária se esforçava para acompanhá-lo, enquanto ele a puxava pela caverna. Ele estava descalço, afivelando o cinto com uma das mãos, e segurando a mão dela com a outra, mas, ainda assim, ela estava se arrastando atrás dele. Ela não tinha os olhos de Perry, e àquela hora, com apenas algumas lamparinas ainda acesas, a caverna era pura escuridão adiante, embaixo, por todo lado. A cada passo que Ária dava, ela sentia como se seus pés nunca fossem tocar no chão.

Ele segurou sua mão com mais força.

– É tudo plano aqui e eu não vou deixar você cair – assegurou-a, mas ela notou que ele desacelerou.

Foi um alívio quando eles deixaram a escuridão da caverna. Um alívio ouvir o rugir das ondas e ter o Éter iluminando o caminho. O brilho avermelhado das extremidades das espirais parecia mais vibrante agora do que há poucas horas.

– Nós vamos nadar? – perguntou ela, quando ele a levou até a beirada da água. – Porque, da última vez que eu nadei, não foi muito divertido.

Ela estivera nas águas gélidas do rio Cobra com Roar, lutando desesperadamente para continuar viva.

Perry deu um sorriso de esguelha.

– Mesma coisa comigo – comentou ele, e ela se lembrou de como ele quase se afogou tentando salvar Willow e o avô dela. Ele passou o braço em volta dos ombros dela, levando-a para mais perto da água. – Mas é o único jeito e não é longe.

– Único jeito de quê? Longe de onde?

Ele parou e apontou a praia.

– Tem uma enseada do outro lado daquele ponto.

Ela não via. O que ela via eram as ondas batendo nas rochas.

– Nós não estamos numa enseada agora?

– Sim, mas a que fica depois daquele ponto é mágica.

Ela riu, admirada com sua escolha de palavras.

Ele a encarou, estreitando os olhos.

– Você está me dizendo que não acredita em mágica?

– Ah, eu acredito. Mas o caminho até a enseada mágica parece gelado. E perigoso... e gelado.

Perry deslizou a mão por seu braço machucado.

– Você consegue – disse ele, referindo-se à verdadeira fonte de apreensão dela.

Ária ficou mirando a direção que ele indicara. Estava oculto na escuridão e o mar parecia mexido, e ela não fazia a menor ideia se tinha forças para nadar até lá.

– Eu estarei do seu lado se você precisar de mim, mas você não vai precisar. E eu não posso fazer nada em relação ao frio antes de chegarmos lá, mas valerá a pena. Não existe problema na enseada mágica. Tudo lá é... – Ele parou, sorrindo quase que para si mesmo. – Perfeito.

Ária concordou com um aceno de cabeça. Como ela poderia dizer não diante de tantas promessas?

Eles entraram no mar de mãos dadas, ultrapassando as ondas. Ela começou a tremer quando a água bateu em suas canelas. Ária batia os dentes quando ela atingiu suas coxas. Quando chegou na altura da cintura, contudo, ela decidiu que aquela tinha sido a melhor ideia que ele já tivera.

Cada onda que passava por eles era revigorante, disparando choques de adrenalina por seu corpo. Sua mente ficou limpa e seus sentidos se abriram para o gosto de água salgada que ela sentia. Para o som da risada de Perry misturada à dela, e para a pressão da mão dele, segurando-a com mais força quando a água os empurrava para trás. Ela nem tinha chegado lá, mas a enseada mágica já era perfeita.

– Nós temos que afundar na próxima onda – disse Perry, soltando a mão dela. – Mergulhe e nade debaixo d'água o máximo que puder, antes de subir. Pronta?

Ela não teve chance de responder. A onda veio alta e escura, coroada de branco. Ela mergulhou e chutou, movendo-se sem parar até que seus pulmões arderam em busca de oxigênio.

Quando ela subiu, Perry estava sorrindo.

– Tudo bem? – disse ele.

Ela assentiu, batendo os dentes.

– Vamos ver quem chega primeiro – disse ela.

Eles atravessaram a arrebentação, em direção ao local onde o mar era mais tranquilo. A sensação de transpor as ondas superou qualquer expectativa que ela poderia ter, transformando-a em pura ação. Era preciso força e também entrega. As duas coisas unidas numa só. Ária só via Perry de relance quando subia para pegar ar, mas ela sabia que ele estava bem ali ao lado dela.

Quando finalmente chegaram à outra praia, ela precisava desesperadamente se aquecer, mas fazia semanas que não se sentia tão bem. O frio tinha amortecido seu braço, permitindo que ela se movesse livremente, sem se preocupar com a dor.

Perry a abraçou.

– O que achou? – perguntou ele, com um sorriso enorme no rosto.

– Acho que você deveria parecer mais cansado. – Ele tinha atravessado a água com a mesma força e naturalidade com que fazia tudo.

– Não se o objetivo é ficar com você. Vamos acender uma fogueira.

Tremendo, Ária apressou-se para juntar gravetos. Ali perto, Perry pegou um tronco maior e pôs no ombro. Ele parecia nem ligar para os hematomas que ainda cobriam seus braços e pernas. Tirando uma tira de alga de um galho, ela se lembrou de uma história que Roar lhe contara.

– Você realmente já entrou escondido na aldeia vestido só de algas marinhas? – perguntou ela.

– É verdade. – Ele soltou a madeira numa pilha que ia crescendo. – A Liv escondeu minha roupa. Era com algas ou sem roupa, e eu não estava muito animado com a ideia de entrar totalmente pelado na aldeia. – Ele sorriu. – Depois disso, eu acordava todo dia com algas marinhas penduradas na minha porta. Isso durou um bom tempo.

Ária riu.

– Os Marés queriam um bis?

Perry ajoelhou e começou a empilhar a madeira.

– Eu nunca descobri... Provavelmente foi a Liv, outra vez. Ela era assim. Ela nunca se cansava de uma boa piada.

Ária não via seu rosto, mas, pelo tom de sua voz, ela sabia que ele não estava mais sorrindo. Embora doesse vê-lo sofrer, ainda era melhor do que vê-lo se retrair. Liv se fora, mas ele estava deixando que ela voltasse à sua vida de um jeito novo.

– Eu gostaria de tê-la conhecido melhor, Perry – disse ela, colocando mais lenha na pilha.

– Se você passasse uma hora com ela, já seria suficiente para conhecer a Liv. Minha irmã era... ela era...

A voz dele foi sumindo, então ela terminou a frase para ele:

– Como você.

– Eu ia dizer obstinada e cabeça-dura. – Ele sorriu. – Então, tem razão... como eu. – Ele pegou uma lasca de pedra e tirou a faca de seu cinto. – Como está seu braço?
– Surpreendentemente bom – disse ela, sentando na areia.
– Eu sabia que você se sairia bem. Surpreendente vai ser se eu conseguir acender esse negócio. – Ele virou de costas para o vento, curvando-se por cima das mãos. Em segundos, ele fez centelhas faiscarem. Ela ficou olhando para ele enquanto ele soprava, fazendo as chamas ganharem vida, completamente fascinada. Ele era tão selvagem quanto o fogo. Tão vital quanto o oceano. Seu próprio elemento.

Quando o fogo pegou, ele olhou para ela e sorriu.
– Ficou impressionada?
Ela queria dizer algo sagaz, mas disse simplesmente a verdade:
– Sim.
– Eu também – disse ele, guardando a lâmina.

Eles se sentaram e ficaram alguns minutos em silêncio, enquanto o fogo os aquecia. Desde que haviam chegado à enseada mágica, eles não tinham falado de aeronaves, nem de Sable, nem do Azul Sereno. Era quase como ser livre. Ela percebeu que a última vez em que ela se sentira tão tranquila e tão feliz assim também tinha sido com ele.

Perry se mexeu ao seu lado, sentando mais à frente e passando os braços em volta dos joelhos. Os hematomas em seus antebraços estavam sumindo, e seus cabelos estavam secando em cachos.

Ela só tivera a intenção de olhar rapidamente, mas os traços que o definiam, os músculos de seus braços e ombros, o ângulo de seu maxilar, seu nariz torto, a deixavam hipnotizada.

Ele olhou pra ela. Então, ele chegou mais perto, passando o braço ao seu redor.

– Você está tentando me matar com esse olhar? – cochichou ele em seu ouvido.

– Eu estava tentando fazê-lo vir até aqui, e deu certo.

Ele beijou os lábios dela, depois pegou sua mão.

– Sabe como o Roar fica te chamando de meia-irmãzinha e joaninha?

Ela anuiu com a cabeça. Roar estava sempre arranjando apelidos pra ela.

– Eu também quero te chamar de alguma coisa. Um nome especial. Faz tempo que eu venho pensando nisso.

Enquanto falava, Perry distraidamente pressionou as mãos em volta das dela, envolvendo-as num casulo de calor. Ele era tão quente. O frio instantaneamente sumiu dos dedos dela.

Aquela era a essência dos *dois*. Tudo que acontecia entre eles era sem esforço e perfeito.

– Um nome especial? – Ela sempre adorou ouvi-lo chamá-la de Ária. Ela tinha apelidos de sobra. Sua mãe a chamava de Pássaro Canoro. Roar a chamava de todo o resto. Perry, depois do período inicial em que a chamava de *Tatu* e *Ocupante*, passou a chamá-la simplesmente de Ária.

Mas não era algo simples. Falado daquele jeito dele sem pressa, e com a linda voz que ele tinha, o som do nome dela passou a ser algo belo. Tornou-se o que era. Uma canção. Mas se um apelido era o que ele queria, então tudo bem.

– O que você decidiu?

– Nenhuma das coisas habituais combina com você. Então, eu comecei a pensar no que você significa pra mim. Como até as pequenas coisas me lembram você. Semana passada, o Talon estava me mostrando sua coleção de iscas. Ele guarda um vidro de minhocas-noturnas e eu fiquei imaginando o que você acharia delas. Se ficaria com nojo ou não se importaria com elas.

Ela sorriu, vendo uma oportunidade que não pôde deixar escapar.

– Minhocas-noturnas? Você quer me chamar de minhoca?

A risada dele foi uma explosão de surpresa.

– *Não!*

— Acho que eu poderia me acostumar... Minhoca... minhoquinha da terra.

Ele ergueu cabeça para o céu.

— Eu nunca digo as coisas certas, não é?

— Eu não sei. Acho que até que gosto do Minhoca-Noturna... Parece uma coisa perigosa...

Ele se mexeu subitamente. Num instante, ela estava deitada de barriga pra cima, presa embaixo dele. Ela se lembrou do quanto ele era forte e de como ele, geralmente, era cuidadoso quando estava com ela.

— Agora, você está me deixando desesperado – disse ele, com o olhar percorrendo o rosto dela, lentamente.

Ele não parecia desesperado. Parecia focado. Como se soubesse exatamente o que queria. As mãos dela estavam espalmadas no peito dele. Ele estava tremendo, ou será que era ela?

— O que eu devo falar? O que eu posso dizer para fazer com que você me queira do jeito que eu te quero?

As palavras dele fizeram um arrepio correr-lhe pela espinha, fazendo-a estremecer. Ela sorriu.

— Funcionou. – Ela o puxou e o beijou, querendo seu calor. Ansiando por sua boca e sua pele e seu gosto. Os dedos dela encontraram a bainha da camisa dele. Ela a puxou por cima da cabeça dele e o encontrou sorrindo, com os cabelos desalinhados.

Ele se apoiou nos braços, que estavam um de cada lado dela, e com os lábios macios fez uma trilha, desde os lábios dela até sua orelha.

— O que eu estava tentando dizer – sussurrou ele – é que eu vejo você em tudo. Não existe uma palavra que seja suficiente para você, porque você é tudo pra mim.

— Palavras perfeitas – disse ela, com o sorriso repleto de emoção. – Mágicas.

Ele olhou nos olhos dela, com um sorriso orgulhoso nos lábios.

— Verdade?

– Mágicas.

Os lábios dele encontraram novamente os dela, com beijos famintos, acomodando o peso sobre ela. Ela mergulhou os dedos em seus cachos úmidos e se perdeu. Foi levada. Não existia mais nada além do corpo dele e o dela, a força e a entrega, unidos num só.

Quando eles voltaram à tenda de Perry, Cinder e Talon dormiam profundamente, mas Flea tinha sumido.

– Willow – disse ela.

– Ele ficou mais tempo do que eu achei que ficaria.

Depois que eles vestiram roupas secas, Ária se encolheu junto dele, confortável e aquecida.

Ela ouvia o coração dele bater cada vez mais constante e calmo, mas ela não conseguia dormir. Eles tinham fugido de seus problemas por algumas horas, mas agora a realidade recaía sobre ela, enchendo-a de preocupações com aquele abrigo, os suprimentos, que iam se acabando, e a política inflamável. O mundo lá fora, com seus incêndios e tempestades. Por mais que ela tentasse afastar os problemas, eles não a deixavam em paz.

– Acho que você gosta desse pedaço de metal mais do que eu – disse Perry.

– Desculpa. – Ela percebeu que estava brincando com o cordão de Soberano de Sangue, no pescoço dele. – Eu não queria atrapalhar seu sono.

– Não atrapalhou. Eu também não consigo dormir. Nós devíamos tentar conversar... Estamos ficando tão bons nisso.

Ela deu um leve cutucão nele pelo sarcasmo, mas aceitou a sugestão.

– Nós precisamos decidir nosso próximo passo, Perry. Estamos empacados aqui. A única forma de mudar isso é se...

– É se?

– Se nós recorrermos ao Sable. Ele tem as aeronaves que nós precisamos. – Ela instantaneamente se arrependeu e quis pegar as palavras de volta. A ideia de ir atrás de Sable não poderia causar mais repulsa a ela; mas que outra escolha eles tinham? Se eles não tentassem alguma coisa, não eram melhores que Caleb e Rune, resignados a esperar o fim se abater sobre suas cabeças.

— Você está certa quanto às naves. Eu tenho pensado a mesma coisa. Mas não teremos que ir atrás do Sable. Ele virá até nós. Eu ia lhe dizer isso mais cedo.

Ela sentiu um arrepio nas costas.

— Por que você acha isso?

— Cinder. — Depois de uma pausa, ele acrescentou: — É o que eu faria também.

— Não diga isso, Perry. Você não se parece em nada com ele.

— Ele disse que eu parecia, lá no Komodo.

— Mas *não* parece.

Ele não disse nada por um bom tempo. Então, ele beijou o topo da cabeça dela.

— Tente dormir. O amanhã está chegando, quer a gente se preocupe com ele ou não.

Ela sonhou com uma frota inteira de aeronaves lotando a praia da enseada, com seus exteriores iridescentes captando a luz do Éter. E com Sable, uma silhueta escura contrastando com a areia clara e as ondas espumantes, só com as joias em seu pescoço cintilando.

Pela manhã, foi exatamente isso que ela viu.

Capítulo 36

PEREGRINE

– Ele quer falar com você sozinho, Peregrine – disse Reef. – Sem armas. Sem ninguém mais. Ele disse que esvaziaria a enseada, ou poderia encontrá-lo em território neutro de sua escolha. Tem mais uma coisa. Ele quis que eu lhe dissesse que ele deixou ordens explícitas com os Galhadas para invadir a caverna, se você o matar.

Perry esfregou a nuca e encontrou-a molhada de suor. Os Marés estavam ao seu redor, dentro da caverna principal, e murmúrios agitados podiam ser ouvidos por todo lado.

Perry já esperava que Sable viesse, mas não tinha certeza se seria capaz de negociar com o Soberano de Sangue dos Galhadas. Da última vez que eles estiveram juntos, ele tinha jurado dilacerar Sable com as próprias mãos. Ele queria fazer isso mais que tudo, porém estava encurralado. Não tinha outras opções.

– Eu vou – disse ele.

Todos falavam de uma só vez.

Os Seis xingavam e protestavam ruidosamente.

– Você não pode ir! – gritou Cinder.

Roar também se pronunciou.

– Deixe-me ir com você.

Os olhos de Perry pousaram em Ária, quieta em meio ao caos. Marron estava ao lado dela. Eles o olhavam com preocupação nos olhos. Eles entendiam. Falar com Sable era sua única alternativa.

Menos de dez minutos depois, ele caminhou até a enseada, desarmado como pedido.

Sable estava perto da água, com uma postura relaxada, esperando por ele. O território dele era nas montanhas – picos irregulares, cobertos de neve o ano todo –, mas ele parecia à vontade com os sapatos afundados na areia molhada.

Conforme Perry se aproximou, Sable ergueu as sobrancelhas, com uma expressão entretida no rosto.

– Achei que eu tivesse dito para você vir sozinho.

Perry acompanhou o olhar dele. Flea vinha silenciosamente caminhando pela areia, alguns passos atrás dele. Perry balançou a cabeça, mas, na verdade, ele ficou feliz ao ver o cão.

Sable sorriu.

– Você parece bem. Quase curado. Orgulhosamente usando seu cordão de Soberano, apesar de tudo.

Cada uma de suas palavras era pontuada por um significado mais sinistro. Um golpe oculto. Fazia Perry se lembrar do irmão. Vale também falava daquela maneira.

– O que está se passando em sua cabeça nesse momento, Peregrine? Seria o quanto você gostaria de bater em mim como eu bati em você?

– Seria um começo.

– Você e eu poderíamos ter seguido por outro caminho. Se você tivesse vindo para Rim, com Olivia, como o Vale e eu tínhamos planejado, isso poderia ter mudado tudo entre nós.

A expressão no rosto de Sable era tão arrebatada, tão absorvida, que fazia o estômago de Perry revirar.

– Vamos direto ao que interessa, Sable. Você está aqui para nos oferecer passagem?

Sable cruzou os braços, virando para a água.

– Isso me ocorreu. – Sob o céu de vermelho e azul vibrantes, a água parecia cinzenta, as ondas eram como aço batido. – Fazer um acordo seria mais fácil do que eu ter que forçar meu caminho até sua toca para obter o que eu preciso. Espero que possamos encontrar um jeito de entrar num consenso. Só vamos sobreviver, se agirmos juntos, o que você bem sabe, ou não estaria aqui.

– Eu tenho quatrocentas pessoas – disse Perry. – Se você não puder acomodar todos eles, eu não tenho mais nada a lhe dizer.

– Eu posso. Tenho espaço para todos eles em minha frota.

Perry sabia por que Sable tinha espaço nas aeronaves, mas não pôde deixar de perguntar.

– O que aconteceu com os Ocupantes do Komodo?

– Você estava lá – respondeu Sable, sem desviar os olhos do mar.

– Eu quero ouvi-lo dizer.

Diante do tom de Perry e um rosnado baixinho de Flea, o temperamento de Sable esquentou.

– Muitos deles foram perdidos durante a insurreição. Culpa do Hess, não minha. Eu estava tentando evitar um banho de sangue. Entre os que sobreviveram, eu mantive os que são úteis. Pilotos. Médicos. Alguns engenheiros.

Ele tinha mantido estes e matado o restante. A fúria invadiu Perry, embora ele não estivesse surpreso.

– Quantos não eram úteis? – perguntou ele. Ele não sabia por que precisava de um número. Talvez fosse a única maneira de ter uma noção da perda. Para ter ligação com as pessoas que haviam morrido estupidamente. Talvez ele quisesse quantificar a crueldade de Sable. Era fútil e Perry sabia. Ele poderia soltar uma pedra no poço negro do coração de Sable e jamais a ouviria bater no fundo.

– Eu não vejo como isso possa fazer alguma diferença, Perry. Eram apenas Ocupantes. Ah... espere. Já sei. Ária. Ela fez com que você passasse a simpatizar com os Tatus, não foi? Claro que foi. Incrível. Trezentos anos de segregação desfeitos por uma única garota. Ela deve ser tão incrível quanto aparenta ser.

– Quero deixar uma coisa bem clara – disse Perry –, eu não me importo se isso significar que todos nessa terra percam a chance de sobreviver. Se você voltar a mencionar o nome dela, eu vou arrancar a sua cabeça e ver seu sangue empoçar aos meus pés.

Os olhos de Sable se estreitaram, seus lábios se curvaram num leve sorriso.

– Eu fiz muitos inimigos ao longo da minha vida, mas realmente acho que você é minha maior conquista. – Ele se virou novamente para o mar. Na linha do horizonte, ao sul, a pouco menos de dois quilômetros de distância, as espirais se lançavam do céu. – Eu fiz o que precisava fazer no Komodo. Você sabe o que aconteceu na União. Eu não tinha o menor interesse em ser descartado pelos Tatus. Em ser excluído por eles como um cão sarnento deixado na chuva. Sem querer ofender seu amigo, aí. Agora eu tenho um número de Ocupantes que posso controlar. Essa era minha única intenção.

Perry não estava interessado na justificativa de Sable para o que havia sido um massacre. Ele precisava reconduzi-los ao objetivo. À tarefa de partir rumo ao Azul Sereno. Se ele focasse em seu ódio, a conversa seguiria uma direção clara e violenta.

– Você disse que sua oferta é para todos.

– Sim – disse Sable. – Há lugar para cada um deles. Ocupante ou Forasteiro. É isso que vim oferecer. Mas você tem que trazer o menino.

Perry olhou abaixo, para Flea, subitamente sentindo-se sem gravidade. Como se ele tivesse levitado para fora de seu corpo e flutuasse no alto. Em sua mente, ele via o formato da costa dos Marés. Ele se via ali na praia, com Sable, discutindo a vida de Cinder como se fosse uma ferramenta de barganha, quando, na verdade, era um sacrifício de sangue.

Ele se forçou a terminar o que havia começado.

— Quando nós chegarmos ao Azul Sereno, nós nos separamos. Assim que a jornada terminar, os Marés e os Galhadas seguem rumos diferentes.

— Tenho certeza de que nós podemos fazer algum tipo de acordo, quando chegarmos lá.

— Não — insistiu Perry. — Nós faremos o acordo agora. Você se distancia da minha tribo.

— Seguir caminhos distintos pode não ser a decisão mais benéfica. Nós não temos ideia do que iremos...

— Jure, ou paramos por aqui.

Sable ficou olhando para Perry, calculando com seus olhos azuis gélidos. Perry se concentrou em manter a respiração equilibrada. Em controlar o batimento furioso de seu coração. Seus pensamentos já estavam se voltando para Cinder, e a conversa que eles precisariam ter.

Finalmente, Sable acenou, aceitando a exigência de Perry.

— Depois de nossa travessia, os Marés continuarão sendo apenas seus. — Ele ficou em silêncio por um momento, com um sorriso se abrindo em seus lábios. — Então, Peregrine, eu posso cumprir meu lado de nossa barganha... Você pode cumprir o seu?

Capítulo 37

ÁRIA

Os olhos de Perry faiscavam como punhais quando ele voltou à caverna.

Ele caminhou rapidamente até Ária, com uma expressão intensa e feroz.

– Eu preciso falar com o Cinder. – Ele mal chegou a parar, quando se inclinou sobre ela. A voz embargada de emoção. – Voltarei, assim que eu puder.

Ele pediu para chamar Cinder e Marron, e saiu em direção à Sala de Batalha.

Ária ficou olhando Perry ir embora, com o coração disparado no peito. O que teria acabado de acontecer. O que Sable teria dito? Ela olhou em volta, vendo as expressões confusas nos rostos de todos que estavam à sua volta.

– Eu perdi alguma coisa? – perguntou Straggler.

– Não foi só você – disse Brooke.

Eles esperavam uma decisão, notícias de algum tipo de acordo com Sable, mas a espera ainda não tinha acabado. Lentamente, um a um, todos foram saindo e a multidão se dissipou.

Roar estava num pequeno círculo com os Seis, trocando ideias sobre o que poderia ter acontecido. Ária tentava acompanhar a conversa deles, mas ela não conseguia se concentrar.

— Ária — disse Brooke, se aproximando. — Você tem um tempinho?

Ária assentiu com um gesto de cabeça. Ela se distanciou de Roar e dos outros, e sentou pesadamente na plataforma de madeira.

— Eu não a vi ontem à noite — disse Brooke, sentando ao lado dela. — Quer dizer, eu a vi, mas nós não tivemos chance de conversar.

Ela estava se esforçando para ser amistosa, finalmente, mas Ária se sentia anestesiada. Ela estava pensando em Perry e não conseguiu pensar em nada para dizer em resposta.

Brooke desviou o olhar; seus olhos percorreram a escuridão, antes de voltarem a Ária.

— Logo que você chegou aos Marés, eu tinha perdido a Liv. E... o Perry também, de certa forma. Você levou até o Roar, de quem eu nem sabia gostar tanto...

— Eu não *levei* ninguém.

— Eu sei — afirmou Brooke. — É isso que estou tentando dizer. Eu sei que você não levou, mas foi essa a sensação que eu tive. Quando você veio, tudo era meu e subitamente passou a ser seu... exceto pela Clara. Você trouxe a minha irmã de volta. Tirou-a daquele núcleo, e ela é mais importante pra mim que todo o resto. De qualquer forma, eu queria agradecer a você. E... desculpe por eu ter demorado tanto pra fazer isso — acrescentou ela. Brooke se levantou e saiu.

Ária ficou vendo Brooke se afastar. Ela não tinha se esquecido como Brooke se comportara mal, porém, em cima daquelas lembranças, havia outras melhores. Lembranças novas. A bravura de Brooke durante a missão. Sua lealdade, tanto a Perry quanto a Roar. Sua perspicácia e desembaraço diante de Soren.

Aquilo lhe deu uma ideia. Ária se levantou correndo e foi atrás de Brooke.

Brooke parou quando a viu, desconfiada.

— O que você quer?

— Eu gostaria de sua ajuda com uma coisa — disse Ária. — Se você estiver disposta.

Brooke encolheu os ombros.

— Claro.

Ária a levou até a caverna dos Ocupantes, explicando o que queria no caminho. Lá dentro, elas encontraram Júpiter, Rune, Caleb e Soren sentados em círculo, jogando com umas cartas surradas.

Ela e Brooke se sentaram, sem cerimônia.

Brooke cumprimentou Júpiter com um aceno de cabeça. Então, ela ergueu as mãos em formato de concha e friccionou os dedos no ar.

— Oi, Soren — disse ela.

Soren sorriu pela primeira vez desde que seu pai tinha morrido. Foi um sorriso cansado, ligeiramente triste também, mas era um sorriso. Ele ergueu as mãos, retribuindo o cumprimento.

— Oi, Laurel.

Eles estavam se provocando, mas, por uma fração de segundo, Ária viu algo gentil entre eles.

Então, Brooke olhou para Rune e disse:

— Como se joga isso?

— *Você* quer *jogar*? — desafiou Rune. Seus olhos se voltaram para Ária. Estava claro que aquilo tinha sido ideia dela.

Brooke sacudiu a cabeça negativamente.

— Eu não quero jogar; eu quero ganhar. Mas, se você me disser as regras, eu posso começar daí.

Sua confiança espantou Rune, que ficou boquiaberta.

Soren sentou-se ereto, entrando mais no círculo.

— Essa eu não posso perder.

Um sorriso se abriu no rosto de Júpiter. Ele passou o braço em volta dos ombros de Rune.

— Vai fundo, Run. Ensine a ela.

Caleb olhou para Ária, sorrindo por antecipação. Ela quase podia ler seus pensamentos. Ou Rune e Brooke iriam brigar feio, ou se tornariam amigas antes que aquilo terminasse.

Ária já sabia a resposta.

Ela ficou observando enquanto elas jogavam, esforçando-se ao máximo para manter seu pensamento aqui, em vez de pensar em Perry e Cinder.

Algum tempo depois, Talon e Willow entraram correndo.

– Ária! Ele saiu!

Ela se levantou num salto e voltou correndo para a caverna principal. Seus amigos a seguiram. Outros Ocupantes também.

Os Marés estavam sérios e tensos, enquanto se aglomeravam ao redor do tablado. Ária vasculhou cada rosto em volta, mas não via Perry.

Marron subiu na plataforma, alisando a frente da camisa, enquanto esperava que as pessoas lhe dessem atenção. Seus olhos azuis encontraram Ária. A expressão dele – de tristeza e preocupação – fez com que os joelhos dela se amolecessem.

– Peregrine está com Cinder – disse Marron. – Ele logo estará aqui, mas, como o tempo é essencial, ele me pediu que fizesse esse comunicado em seu nome.

Ele se dirigia aos Marés calmamente, sem alterar o volume de sua voz. Depois de inalar, ele continuou:

– Foi feito um acordo com os Galhadas. Nós estamos partindo. Estamos nos juntando a eles a caminho do Azul Sereno.

A multidão se agitou, com gritos de comemoração e surpresa. Em meio aos sons felizes havia outros, vozes zangadas e palavras ásperas.

– Isso não pode estar certo – disse Roar. – Perry jamais se uniria a Sable.

– Não mesmo, a menos que tenha perdido a cabeça – disse Soren.

As reações de Reef e Twig foram menos coerentes. Uma porção de palavrões foi despejada de suas bocas.

Marron esperou que as pessoas se acalmassem antes de recomeçar a falar:

– Ele chegou, sim, a um acordo com Sable. Há passagem para todos rumo ao Azul Sereno; para todos que assim desejarem. Nenhum de vocês será forçado a vir. Para que não haja mal-entendidos: a jornada até lá está longe de ser segura e o destino, em si, é uma incógnita. O que sabemos é o seguinte: aqui, nossa vida certamente acabará em breve. Nossos estoques de comida só durarão mais dois dias. Não teremos mais lenha para aquecer essa caverna depois do fim desta semana... Esgotamos todas as possibilidades. Caso se decidam por outra opção, sendo ela melhor ou o pior do que esta, a escolha é de vocês.

Um murmúrio percorria a multidão. Piadas sobre quem era maluco o suficiente para ficar. Ária ouvia todos, em meio a um torpor.

Marron continuou falando. Ele deu instruções para os preparativos necessários. Ária viu Bear e Molly e os Seis começando a coordenar os grupos. A logística do êxodo.

Êxodo.

A palavra se fixou em sua mente, com um eco. Inacreditável, mesmo depois de todos os meses que ela esperou por esse momento.

Eles estavam *partindo*.

A aglomeração novamente se dissipou à medida que as pessoas saíam para juntar seus pertences.

Ária não se moveu. Roar e Soren ficaram junto dela. Os dois olhavam pra ela como se esperassem que ela dissesse algo, então ela disse:

– Por que ele ainda está lá dentro, Roar?

– Porque ele sabe o que isso significa e ele não quer fazer isso.

– Qual *deles*? – perguntou ela. – Cinder ou Perry?

– Quer meu palpite? – disse Roar. – Ambos.

* * *

Em minutos, a caverna começou a fervilhar com movimento, enquanto os Marés arrumavam e organizavam seus suprimentos para a jornada. Comida e cobertores. Remédios e armas. Todos os itens essenciais foram selecionados e armazenados em caixotes.

Sable mandou mais de vinte de seus próprios soldados para ajudá-los. Não foi uma surpresa ver que eles eram liderados pelo pai dela.

Loran mal olhou para Ária ao entrar na caverna. Ela, por outro lado, não conseguia tirar os olhos dele.

Ela estava aliviada de vê-lo. Empolgada e apavorada. Durante dezenove anos, eles nunca haviam se encontrado, mas, agora, o destino resolvera colocar os dois frente a frente, várias vezes.

Logo que chegaram, ele e os Galhadas instituíram uma atmosfera de dominância. A assistência que prestavam passou a ser dar ordens e reprimendas. Depois de um tempo, os Marés foram ficando ansiosos e contidos. Somente alguns se rebelaram, recusando-se a seguir as ordens deles. Reef e os Seis se impuseram, assim como Bear e Molly. Quando Twig entrou numa disputa mais acirrada com um dos Galhadas e isso quase terminou em sangue, Ária já estava farta.

Ela chamou Loran num canto. Seu coração estava disparado.

– Seus homens são rudes demais. Vocês não precisam tratar os Marés desse jeito.

Loran cruzou os braços, cobrindo o emblema dos Galhadas em seu peito. Ele era mais baixo que Perry, e tinha os ombros mais estreitos. Estava em forma para um homem da idade dele.

Ária o olhou de cara feia.

– O que foi, agora você não tem nada a dizer?

Ele ergueu as sobrancelhas escuras.

– Na verdade, eu estou interessado em ouvir como você acha que eu devo tratar as pessoas.

Ela recuou, magoada, embora ele não tivesse falado com rispidez. Ele estava com um ar entretido, na verdade.

Loran desviou os olhos dela, observando o movimento dentro da caverna.

Ária esperou que ele fosse embora. *Ela* deveria ter saído depois de um comentário daquele tipo, mas não conseguiu. Algo manteve seus pés plantados.

Ela mirou a galhada no uniforme dele. Ela queria que ele fosse outra pessoa. Alguém que visse aquela cena em volta deles do mesmo jeito que ela. Alguém que jamais a teria deixado, ou deixado a mãe dela.

Os olhos cinzentos de Loran voltaram a olhar nos dela, a expressão dele era frustrada e esperançosa. Ocorreu-lhe, então, que ela talvez estivesse olhando para ele do mesmo jeito.

– As naves não têm um suprimento interminável de combustível – disse ele. – Os Galhadas estão lá fora, expostos, e a tempestade do sul não está mais *ao sul*. Ela está caindo sobre nós. O leste e o norte não estão melhores. Só resta o oeste. A única rota que podemos seguir é em direção à água, mas essa não será uma opção por muito mais tempo.

"Meus homens e eu não estamos interessados em *quase* sobreviver, Ária. Nós queremos viver. Talvez esse desejo possa parecer rispidez para você, mas eu prefiro ser um cruel vivo do que um gentil morto."

– Você estava falando sério quando disse que queria uma chance de me conhecer?

A pergunta passou pelos lábios dela, antes que ela notasse. Loran piscava para ela estupefato, tão surpreso quanto ela.

– Estava – disse ele.

– Mesmo que você descubra que há uma parte em mim que o odeia?

Ele anuiu com cabeça, enquanto um sorriso se acendia em seus olhos.

– Acho que já tive um vislumbre dessa parte.

Ele a estava provocando, deixando uma ternura transparecer. Se ela quisesse conhecê-lo, ela teria que retribuir essa ternura. Ela não conseguia, e não sabia por que, uma vez que *queria*.

Enquanto os segundos se passavam, as rugas ao redor dos olhos de Loran se acentuaram com a decepção.

Um de seus homens o chamou, atraindo a atenção dele. Loran se virou para sair, mas parou olhando para trás.

– Você está designada para a nave de Sable; são ordens dele. Não há nada que eu possa fazer a respeito, mas tentei colocar todos os seus amigos na mesma nave.

Ária ficou olhando para ele enquanto Loran se afastava, esperando até que ele não pudesse ouvir, antes de se permitir dizer:

– Obrigada.

Duas horas depois, Ária pendurou um saco de couro com seus pertences num ombro e um com as coisas de Perry no outro.

Talon a ajudara a vasculhar os baús da tenda de Perry, embora ele a tivesse alertado, repetidamente, que seu tio Perry não ligava muito para aquelas coisas velhas. Ela também sabia disso. Perry se importava com seu arco e sua faca. Ele se importava com sua terra e suas caçadas, e, acima de tudo, com as pessoas. Mas, livros? Camisas e meias? Nada disso tinha importância para ele.

De qualquer jeito, Ária resolvera pegar algumas coisas dele que tinham importância para ela, em especial a coleção de pequenas esculturas de falcões, que ele havia entalhado com Talon. Os pertences de Perry eram mais do que ela possuía – que era nada. Se ele não os quisesse, ela ficaria com eles. As coisas dele já pareciam dela, as camisas dele eram mais que meras camisas. Talvez ela estivesse perdendo o juízo, mas elas significavam algo para ela só por serem dele.

Agora ela carregava os sacos de couro dos dois, junto com o arco e o estojo de flechas de Perry. O peso dos pertences dele era um pobre substituto para o que ela realmente queria. Para o braço que ela queria que estivesse pousado em seus ombros.

Ária parou pouco antes de deixar a caverna. Quase todo mundo já estava lá fora, apenas algumas pessoas ainda se encontravam reunidas na caverna central. Perry não era uma delas.

Ela começou a suspeitar que ele a evitava.

Ela ajeitou melhor os pertences nos ombros, dando uma última olhada para trás.

– Tchau, caverna. Nunca mais quero ver você.

Ela saiu na areia e seguiu pela trilha que subia até a escarpa. Roar e Talon caminhavam à sua frente, com Willow e Flea. Atrás dela estavam Soren e Caleb. Tudo que ela ouvia era o vento e o quebrar das ondas, que iam ficando cada vez mais distantes.

Ela sentia como se sua cabeça não estivesse conectada ao restante de seu corpo. Como se não estivesse conectada à terra, ou até mesmo ao ar ao seu redor.

Eles estavam partindo. Era o que ela tanto queria. O que era preciso. Mas parecia súbito demais. Errado demais, com Sable. E vazio demais, sem Perry.

Ao chegar ao topo do costão, ela viu as aeronaves enfileiradas no terreno acidentado. Gigantes empoleirados nos confins da terra. A frota era uma imagem que a impressionara um dia. Agora, seus olhos passavam direto pelas aeronaves gigantescas, vasculhando as pessoas que circulavam em volta, em busca de uma silhueta alta, de cabelos louros.

Ária o avistou no mesmo instante em que ele a viu. Perry estava com Cinder e Marron. Roar, Soren e os outros passaram por ela, mas ela não conseguia se mexer.

Perry veio até ela.

Ele parou na frente dela, com os olhos inchados e vermelhos. Ele havia chorado. Ela se detestou por não ter estado ao lado dele para consolá-lo enquanto ele sofria.

– Você sumiu – disse ela, tolamente.

– Eu não podia deixar Cinder. – Ele olhou para baixo, os olhos recaindo sobre o falcão entalhado, que ela trazia na mão.

Era o mesmo que ela levara até Rim e trouxera de volta. Ela nem percebeu que o segurava. Ela nem se lembrava de tê-lo tirado do saco onde havia guardado suas coisas.

Perry o pegou cuidadosamente da mão dela.

— Você guardou isso.

— É claro que guardei. Foi um presente seu.

Perry passou o polegar em cima do falcão. Um leve sorriso surgiu em seus lábios.

— Eu deveria ter lhe dado uma de minhas flechas. Faço flechas melhor que falcões.

Ária mordeu o lábio, com o pavor revolvendo em seu estômago. Ele estava falando amenidades. Tentando ganhar tempo. Quase todos já tinham embarcado. Os últimos passageiros se dirigiam para as respectivas aeronaves.

Ele ergueu a cabeça e a expressão em seus olhos quase fez com que ela perdesse o ar.

— Eu não sei como lhe contar isso, Ária.

— Você está me assustando. Fale logo o que está acontecendo.

Ela viu as lágrimas nos olhos dele e soube o que ele ia dizer, antes mesmo que ele pronunciasse uma palavra.

— Eu preciso ir com o Cinder. Não posso deixar que ele vá sozinho.

Capítulo 38

PEREGRINE

Perry viu o momento exato em que Ária compreendeu. Os olhos dela se arregalaram e seu temperamento o envolveu, puramente gélido. Ele continuou falando, tentando se explicar:

– Cinder irá em sua própria nave... Ele terá que cruzar a barreira de Éter na frente do resto da frota, e eu vou com ele. – Ele sentia a garganta se fechar, mas ele continuou falando. – Pelo o que disseram, aquilo lá é maior do que qualquer coisa que qualquer um de nós já viu. E você sabe como ele fica, depois. Se aquilo não o matar, ele ficará perto da morte. Talvez... talvez ele não se recupere.

Perry olhava para os tufos de vegetação a seus pés, sem conseguir olhar mais para ela. Ele ficou observando o capim balançar ao vento, e inalou trêmulo, antes de prosseguir:

– Eu sou a única pessoa em quem ele confia. A *única*. Como posso pedir que ele vá até lá, por nós, se eu não lutar por ele... pela vida *dele*? E ele está apavorado, Ária. Se eu não estiver com ele, não sei se ele conseguirá passar por isso. Todos nós perderíamos, se isso acontecesse.

Perry havia conversado com Marron e Cinder sobre tudo aquilo mais cedo na Sala da Batalha. Ele e Marron tinham até planejado possíveis desfechos, e quem seria o líder dos Marés, caso ele não voltasse. Então, Marron saiu para falar com os Marés e, depois, para combinar tudo com Sable.

Agora, Perry voltava a olhar para ela. As lágrimas minavam nos olhos de Ária. Discutir as consequências de sua morte fora mais fácil do que dizer a ela agora que ele teria de deixá-la.

— Eu vou com você — disse ela.

— *Não*. Ária, você não pode.

— Por que não? Por que você pode ir e eu não?

— Porque eu preciso que você tome conta do Talon. — Ele soltou o ar, frustrado com ele mesmo. Aquilo soou mal. — O que eu quero dizer é, se eu não voltar, a Molly ficará com ele, mas eu quero que ele cresça conhecendo você e o Roar. Nós não temos mais ninguém da família, mas você... — A voz dele falhou. Ele engoliu. Sem conseguir acreditar nas coisas que estavam saindo de sua boca. — Você e o Roar são isso pra mim. E eu quero que o Talon tenha vocês dois. Para qualquer coisa que ele precisar.

— Perry, como eu posso dizer não a isso? — perguntou ela, desesperada.

Ele sabia que ela não diria.

— Então, nós estamos nos *despedindo*?

— Só por um tempo.

O movimento adiante, no costão, chamou a atenção dele. Os Seis vinham se aproximando, com passos longos e rostos sérios. Outros também. Confirmação de que a notícia havia se espalhado, embora ele tivesse esperanças de que não fosse assim. Ele não queria se despedir de quatrocentas pessoas. Não iria suportar. Essa despedida de Ária já o dilacerara.

Ele rapidamente abraçou Ária.

— Você me odeia?

— Você sabe que não.

— Você deveria.

— Jamais — repetiu ela. — Como eu poderia, algum dia, odiar você?

Ele pousou um beijo na cabeça dela, depois falou com os lábios em sua pele, como se pudesse tornar mais permanente o que dizia. Mais verdadeiro.

– Eu prometo a você – sussurrou ele. – Nós dois chegaremos lá e eu vou encontrá-la onde quer que esteja.

Era exatamente o que ele iria fazer. Se sobrevivesse.

Capítulo 39

ÁRIA

Ária observou Perry conversar com os Seis. Primeiro, com Gren e Twig. Depois, Hyde, Hayden e Straggler. Ele foi até Reef por último, depois seguiu e falou com Molly e Bear.

Ela não ouvia nada que eles diziam. As palavras se perdiam. As mãos dadas e os abraços fervorosos pareciam irreais. Brooke se aproximou, enlaçando o braço ao dela. Ária sentiu surpresa e gratidão, mas os sentimentos foram se dissipando rapidamente.

Algum tempo depois, ela se viu diante de uma Asa de Dragão. Era como se alguém tivesse acionado um interruptor para desligá-la, a tivesse carregado até ali e ligado outra vez.

Cinder, Willow e Talon estavam sentados na beirada da rampa da aeronave, balançando as pernas, se revezando para arremessar uma bola para Flea. Ária titubeou por um instante, o reconhecimento sendo filtrado por sua mente amortecida. Era uma bola de tênis, o tom verde-limão parecia um grito no amanhecer cinzento. Ela encarava a bola, maravilhada com o artefato, resquício de uma cultura extinta. Preservado por séculos. Será que o dono decidira que não valia pena levá-la na jornada a caminho do Azul Sereno? Teria ela sido cuidadosamente guardada durante muitas vidas, só para acabar na boca de Flea?

Ela ouviu a voz de Roar atrás dela e se virou.

– Eu nunca deveria ter apresentado você ao Cinder.
– Na verdade, você não nos apresentou.
Eles estavam sozinhos, a uns vinte passos de distância. A aglomeração tinha dispersado; quase todos já haviam embarcado nas aeronaves. O Éter se estendia pelo céu, o som das espirais ruidoso em seus ouvidos. Eles estavam partindo bem na hora. As espirais estavam quase em cima deles.
– Mas você o conheceu por minha causa – argumentou Roar.
– É. – Perry cruzou os braços. – Eu conheci.
Os dois se viraram, notando a presença dela. Nenhum dos dois desviou o olhar. Eles a olhavam, com rostos sérios e preocupados, como se achassem que ela talvez fosse se jogar do despenhadeiro. Ali perto, o motor de um dos flutuantes rugiu, ganhando vida. Depois outro, e mais outro, até que seus ouvidos foram tomados pelo som, e ela não ouvia mais os rangidos do Éter.

Sua atenção passou a um grupo que vinha caminhando na direção deles.

Soldados Galhadas. O pai dela. E Sable.

Estava quase na hora de partir.

Enquanto Roar continuava a conversar com Perry, Ária se viu bloqueando o som das aeronaves, do vento e do mar abaixo deles, e da tempestade, focando somente nos dois.

– Eu não gosto nada dessa ideia, Perry.
– Eu sabia que você não ia gostar.

Roar assentiu.

– Certo. – Ele esfregou a nuca. – Nós estaremos esperando por você do outro lado.

Perry dissera a Ária que ele voltaria, mas não fez essa promessa a Roar. Enquanto a pausa se estendia entre os dois, ela ficou pensando se Perry só dissera o que ela queria ouvir.

– Então, está certo, irmão – disse Roar, finalmente.

Eles se abraçaram – um abraço rápido e firme – algo que Ária se deu conta que nunca tinha visto e nunca mais queria ver. Isso os fazia parecer amedrontados e frágeis, e eles não eram. Eles eram magníficos, os dois.

Perry se aproximou e chamou Talon, que pulou da rampa para falar com o tio. Perry se ajoelhou e segurou o rosto de Talon entre as mãos e, quando Talon começou a chorar, ela teve que desviar o olhar.

O pai dela e Sable estavam quase ali. O vento soprava os cabelos negros de Loran sobre o rosto dele, mas o de Sable era apenas uma sombra sobre a cabeça.

Enquanto ela observava os dois se aproximando, sua conversa com Perry reprisou em sua mente. Ele lhe *dissera* que voltaria. Não é? O que ela tinha dito a ele? Ela tinha sido rude e ingrata, como da última vez que vira sua mãe?

A *última* vez.

Não podia ser.

Será que era?

Ela poderia ter vivido cada minuto que tivera com ele de um jeito melhor. Ela poderia ter dito as melhores coisas que pudesse para ele, sempre.

Sable chegou, com o rosto corado, os olhos repletos de energia. Ele ficou ali, conversando com Loran, mas Ária sabia que ele estava observando tudo.

Perry abraçou Talon e depois o mandou para a aeronave, com Roar. Ele, em seguida, veio até ela, e ela pegou sua mão; a mão fraca segurando com todas as forças a mão calejada dele... Ela queria poder agarrar-se a ela de um jeito que não fosse possível separar, que o mantivesse perto dela para sempre, mas ele escolhera outro caminho. E, embora quisesse desesperadamente impedi-lo, ela não iria fazer isso.

Eles observaram Roar pegar Talon no colo como se ele fosse uma criança de 4 anos em vez de 8. As lágrimas rolavam pelo rosto de Talon, enquanto ele colocava os braços em volta do pescoço de Roar. Ele estava gritando, mas Ária não conseguia ouvir nenhuma palavra do que ele dizia. Willow saiu correndo na frente, com Flea. Mesmo sem ver seu rosto, Ária sabia que ela também estava chorando.

– Preparado, Cinder? – A voz de Sable foi como um gancho puxando-a de volta à realidade.

Cinder ajeitou o boné preto na cabeça e colocou as pernas para dentro da aeronave. Ainda sentado, ele olhou para Sable e depois para Roar, Willow e Talon, que estavam embarcando em outra aeronave ao final do despenhadeiro.

Naquele momento, Cinder lhe pareceu crescido, mais um homem do que um menino. Em algum momento, durante seu sequestro e o cativeiro, os ossos de seu rosto e maxilar haviam se alargado, ganhando mais estrutura. Ele tinha um belo rosto, uma mistura atraente de melancolia e confiança que combinava perfeitamente com seus traços.

Quando ela conheceu Cinder, ele só fazia insultar e implicar com Perry, Roar e ela, mas os seguia como uma criança perdida. Aquela época, na floresta, parecia muito distante. Agora ele se *encaixava* perfeitamente naquele grupo. Ele conseguira a mesma coisa que ela. Cinder tinha encontrado Perry. Ele tinha encontrado Willow, Flea e Molly. Ele tinha um lugar no mundo. Uma família.

Ária entendia por que Perry estava indo com ele. E detestava o fato de compreender.

– Obrigado pelo que você está fazendo – disse Sable.

Ária observou Loran por alguns instantes. Será que ele ouvia a falsidade na voz de Sable? Ele era um Audi; certamente tinha de ouvir.

– Não estou fazendo nada por *você* – esbravejou Cinder, levantando-se e sumindo dentro da nave.

– Contanto que ele faça – desdenhou Sable, com um leve encolher de ombros. Ele se virou para Perry. – Nós passamos por um bocado de problemas para chegar até aqui, não foi? Ganhamos hematomas, ao longo do caminho, mas o importante é que conseguimos. Está tudo preparado. A Asa de Dragão será controlada remotamente por um dos pilotos da minha nave. Nós o levaremos até bem perto, Peregrine. O resto é com vocês.

Ele tinha o descaramento de dizer que ele estava fazendo a parte difícil. Ela ouvia a respiração de Perry, ao seu lado, ofegante e irregular. Por mais difícil que fosse para ela, era muito pior para ele.

Sable inclinou a cabeça.

– Boa sorte.

Ária não chegou a ver o rosto de Perry antes que ele a abraçasse.

– Eu estarei pensando em você o tempo todo – disse ele, erguendo-a do chão. – Eu te amo.

Ela também disse que o amava, e isso foi tudo.

Era tudo que importava. Tudo que havia a ser dito.

Capítulo 40

PEREGRINE

As portas se fecharam no instante em que Perry embarcou na aeronave controlada por algum Ocupante invisível, sob o comando de Sable.

Ele sentou na poltrona do piloto, concentrando-se na própria respiração. Apenas inalando e exalando, sem pensar no que tinha acabado de acontecer. Na poltrona ao seu lado, Cinder segurava nos braços dela enquanto olhava pela janela da cabine.

– Aí está você, Peregrine. – A voz de Sable encheu a cabine de comando. – Eu posso ver vocês dois, mas me disseram que vocês só podem me ouvir.

Perry esfregou a mão sobre o rosto e se ajeitou na poltrona, forçando-se a recobrar os sentidos.

– Eu estou te ouvindo – respondeu ele. Ele ficou imaginando se Roar e Ária também estariam ali, olhando e ouvindo. Ele duvidava.

A aeronave deles estava pousada no limite do despenhadeiro. Do lado de fora, depois de cinquenta metros de terra e vegetação rasteira, só havia céu. Somente Éter. Perry teve que se forçar a parar de imaginar a aeronave despencando dali e caindo no mar.

Através dos alto-falantes, Perry podia ouvir os pilotos repassando os comandos de voo. Então, uma a uma, as outras aeronaves da frota se ergueram do solo. Quando a aeronave deles levantou voo com um tranco, Cinder ofegou e arregalou os olhos.

Perry engoliu em seco.

– Coloque o cinto de segurança – disse ele.

Não eram as palavras mais tranquilizadoras, mas era o melhor que ele podia fazer, naquele momento.

Cinder olhou para ele de cara feia.

– E você, que não colocou o seu?

Perry olhou para baixo, contendo um palavrão ao fechar seu cinto.

As aeronaves não partiram direto rumo ao mar como ele havia imaginado. Elas viraram ao sul e seguiram pela margem da costa, seguindo a trilha até a aldeia que ele e Roar tinham percorrido no dia anterior.

Enquanto a frota se agrupava no céu, a aeronave dele ficou na retaguarda. Perry mirou a Belcisne que liderava.

Talon. Ária. Roar. Marron. Reef e o restante dos Seis.

Ele não conseguia parar de listar seus nomes. Eles estavam todos ali dentro. Sable tinha escolhido a dedo as pessoas mais próximas de Perry e as levara para sua nave. Perry sentia um nó se formando em seu estômago, ao pensar que agora eles estavam sob o controle de Sable.

Em minutos, a aldeia dos Marés surgiu à vista, repousando sobre uma pequena colina. Essa ainda era sua terra, apesar do brilho de Éter e as trilhas de fogo ao longo dos vales. Ele ainda sentia que ela o chamava, mas era uma voz que ele já não reconhecia.

– Alguma vez eu lhe disse que a minha casa em Rim era maior que sua aldeia inteira? – perguntou Sable.

Um golpe baixo, mas Perry não dava a mínima. Sua casa sempre foi o suficiente. Mesmo quando os Seis a ocupavam junto com ele, tomando o chão todo, de uma parede à outra, quando se arrumavam para dormir, sempre teve lugar para todos.

– Você quer comparar tamanhos, Sable? Aposto que eu ganho.

Perry não sabia por que disse isso. Ele nunca fora de se gabar – esse era mais o jeito de Roar –, mas a alfinetada fez Cinder olhar para ele e sorrir, então valeu a pena.

– Dê uma última olhada para sua terra – disse Sable, mudando de assunto.

Perry olhou. Enquanto as naves rugiam passando pela aldeia abandonada, ele olhava enquanto ainda podia, saudoso e nostálgico. Impressionado com a nova perspectiva chocante do lugar onde ele vivera, desde que nasceu.

Depois de passar pela aldeia, a frota virou a oeste e ganhou velocidade, cobrindo a caminhada de meia hora, por cima das dunas até o oceano, em questão de segundos.

A praia onde ele aprendera a andar, a pescar e a beijar era um borrão de bege e branco. Em um instante, ela havia sumido, e agora só havia mar. Somente ondas que se estendiam até onde a vista alcançava.

Essa jornada não estava sendo nada como ele havia idealizado. Durante anos, tinha se imaginado atravessando as colinas, ou desertos, com os Marés, em busca do Azul Sereno. Ele tinha esperado uma jornada por terra, não com um oceano azul-metálico abaixo e as correntes radiantes de Éter acima.

– Eu não sei por que você veio comigo – disse Cinder, puxando-o de seus pensamentos.

Perry olhou para ele.

– Sabe, sim.

Ele tinha contado a Cinder, a conversa que tivera com Sable quando os dois estavam na Sala da Batalha com Marron, embora Cinder já soubesse de tudo. Cinder já havia decidido ajudar os Marés desde o momento em que ele aquiescera às exigências de Sable, no Komodo.

Mas agora seus olhos estavam cheios de lágrimas.

– Lembra quando eu queimei a sua mão? De como você disse que tinha sido a pior dor que você já sentiu?

Perry olhou para as cicatrizes, flexionando a mão.

– Eu lembro.

Cinder não disse mais nada. Ele se virou para frente, mas Perry sabia o que ele estava pensando. Sua habilidade era selvagem, algo indomável. Ele tentava controlá-la, mas nem sempre conseguia.

Perry não sabia se algum deles continuaria vivo nas próximas horas. Ele já estivera perto de Cinder algumas vezes quando ele canalizou o Éter. Desta vez, seria muito diferente. Essa era a única coisa de que ele tinha certeza.

– Eu quero estar aqui, Cinder. Nós vamos passar por isso juntos, está bem?

Cinder assentiu com a cabeça, seu lábio inferior tremia.

Eles caíram novamente em silêncio, ouvindo o tremor da Asa de Dragão e o zunido do motor. O oceano parecia infinito, hipnótico. Conforme eles iam colocando um quilômetro após outro atrás deles, Perry se imaginava caçando sozinho. Fazendo cócegas em Talon, até que ele começasse a soluçar de tanto rir. Compartilhando uma garrafa de Luster com Roar. Beijando Ária e sentindo sua respiração, seus suspiros, seus gemidos sob suas mãos.

Ele estava mergulhando em pensamentos, até que viu uma linha de luz brilhante no horizonte.

Ele se esticou na poltrona. Era a muralha, ele não tinha dúvida.

– Você está vendo? – disse Cinder, olhando pra ele.

– Estou.

A cada minuto que passava, a linha ficava maior, mais larga, até que Perry ficou imaginando como aquilo poderia ter parecido uma linha. Ele estreitou os olhos diante da claridade. A muralha parecia interminável. Imensas colunas de Éter revolviam e caíam do céu, mas também subiam, circulando. Os fluxos formavam uma cortina que era maior do que qualquer coisa que ele já vira, subindo até o infinito; era como se o oceano tivesse sido erguido ao céu.

Cinder soltou um pequeno gemido enquanto a nave desacelerava.

Vinte metros abaixo, as correntes oceânicas giravam em redemoinhos gerados pelo Éter. Atravessar em barcos teria sido suicídio. Sem as aeronaves, eles estariam perdidos.

Perry conseguia ver muito pouco além da cortina de Éter – era como olhar através de chamas, ou água ondulante –, mas, pelo pouco que conseguiu vislumbrar, a cor do mar era diferente lá.

As ondas reluziam com a luz direta do sol.

O Azul Sereno era dourado.

Capítulo 41

ÁRIA

A mente de Ária passava de um pensamento para outro. Marcas de falcão que iam de um ombro a outro. Sandálias feitas de capas de livros. Canções de óperas e minhocas, e uma voz tão quente quanto o sol da tarde. Todos eles tinham uma coisa em comum.

Perry. Cada pensamento a levava de volta até ele.

Ela estava sentada no compartimento de carga da Belcisne, com Talon de um lado e Roar do outro, com os olhos fixos na janela do lado oposto. Desde que eles haviam decolado, ela observava o Éter lá fora, imaginando se deveria se aproximar mais da janela. Se ela deveria olhar lá fora, onde talvez pudesse enxergar a nave de Perry.

Ela tinha quase certeza de que havia passado horas desse jeito, mas o transcorrer do tempo não parecia certo.

Nada parecia.

Quando a nave desacelerou, seu estômago veio até a garganta. Ela ficou de pé num salto, Roar fez o mesmo ao seu lado.

– O que está acontecendo? – perguntou Talon.

A pergunta subitamente estava nos lábios de todos.

– Chegamos – disse Sable, pelos alto-falantes, silenciando a todos. – Ou, devo dizer, estamos *quase* lá. Antes de fazermos a travessia, por que não ouvimos algumas palavras de seu Soberano de Sangue? Vá em frente, Peregrine.

Ária ouviu Perry limpando a garganta. Os olhos dela se encheram de lágrimas e ele ainda nem tinha falado nada.

– Eu... é... Eu nunca fui bom de discursos – começou ele. – Eu gostaria que esse não fosse o caso, agora. – A voz dele estava equilibrada e sem pressa, como se ele tivesse todo o tempo do mundo. Era como ele sempre falava. – Eu quero que vocês saibam que eu fiz o melhor que pude para tentar cuidar de vocês. Nem sempre fui bem-sucedido, mas vocês não são um grupo *fácil*. Acho que é justo dizer isso. Às vezes, vocês brigavam comigo. Vocês discutiam comigo. Vocês esperaram que eu fosse mais que um simples caçador. E, por causa de vocês, eu me tornei mais que isso. Por isso, eu quero agradecer a cada um de vocês, por deixar que eu os liderasse. E pela honra que tive de servi-los.

Pronto.

Sable voltou a falar.

– Achei que foi muito bem colocado, na verdade. Muito capaz, o jovem soberano de vocês. Vocês o verão novamente, em breve, ao chegarmos ao Azul Sereno.

Ele continuou falando, mas Ária não ouviu o resto.

Ela voltou a mirar a janela e começou a andar até lá. As pessoas abriam caminho para ela, desobstruindo a passagem. Até os soldados de Sable saíram da frente, para ela passar. Roar, Talon e Brooke foram com ela, ficando ao seu lado, junto ao vidro grosso.

– Lá – apontou Brooke. – Está vendo eles?

Capítulo 42

PEREGRINE

A Asa de Dragão acelerou novamente, empurrando Perry contra sua poltrona e fazendo Cinder prender a respiração.

Eles passaram pelas outras aeronaves da frota, uma após outra, até que não restou nenhuma. Não havia nada à frente deles, exceto o Éter, em todas as direções que olhavam.

– Você vai precisar nos dizer a que proximidade quer ficar – disse Sable.

Perry olhou para Cinder, que arregalou os olhos e encolheu os ombros.

Foi uma reação tão honesta que Perry se pegou sorrindo. Nenhum deles estivera numa situação dessas antes; a que proximidade eles deveriam ficar era uma incógnita.

Estranhamente, Perry se sentia melhor; seu foco voltando a cada segundo. Ele havia dito o que era preciso dizer aos Marés. Agora era hora de agir – a parte preferida de Perry de qualquer plano e quando ele se sentia mais seguro.

A aeronave deu outro tranco súbito, que o sacudiu em seu cinto de segurança; então ela começou a tremer. O painel de instrumentos ganhou vida, piscando com mensagens de alerta em vermelho, e os gritos de um alarme tomaram a cabine de comando.

— Está bom aqui! – disparou Cinder. – Já estamos perto o suficiente!

A aeronave desacelerou e ficou sacudindo, suspensa no ar. Ali, o oceano estava ainda mais agitado, elevando-se em ondas enormes. Perry estimou uma distância de 150 metros entre eles e a muralha. Ele gostaria de ter tido a chance de disparar uma flecha contra ela. Uma dúzia de flechas contra a barreira de Éter. Ele teria gostado de ser o responsável por derrubá-la.

— Hora de fazer o que você nos prometeu, Cinder – disse Sable. – Faça isso e nós vamos levar vocês dois para casa. Willow está esperando por você.

Os olhos de Cinder se encheram de lágrimas, que escorreram, silenciosas, por seu rosto.

Perry tirou o cinto de segurança e se levantou, sabendo que aquela era a coisa mais difícil que ele já havia feito. Ele firmou as pernas para manter o equilíbrio e soltou o cinto de segurança de Cinder.

— Estou bem aqui – disse ele, mantendo as mãos abaixadas. – Está tudo bem. Eu vou ajudá-lo. – O braço de Cinder sacudia violentamente enquanto Perry o ajudava a ficar de pé.

Juntos, eles foram até o pequeno compartimento atrás da cabine de comando, com Perry quase a carregá-lo.

As portas do compartimento se abriram. O vento irrompeu para dentro da aeronave, numa rajada violenta. O ar era fresco e tinha gosto de sal, muito familiar para Perry, exceto pela sensação de ardência que ele provocava, como picadas por toda sua pele e sobre seus olhos.

A muralha de Éter revolvia e se enroscava diante dele; os pilotos de Sable haviam posicionado a aeronave paralelamente à barreira. Por longos momentos, ele ficou olhando admirado, sem conseguir desviar os olhos, até que, de canto de olho, percebeu movimento.

Cinder estava curvado num canto da nave, com as costas convulsionando enquanto vomitava.

– O que está acontecendo? – A voz de Sable entrou pelos alto-falantes. – Não consigo ver o que está acontecendo.

– Nós precisamos de um minuto – gritou Perry.

– Não temos um minuto! Mande trazer a Ária aqui, agora mesmo – ordenou Sable.

– Não! Espera!

Cinder se recuperou e ficou de pé.

– Desculpa... está sacudindo muito.

Perry soltou um suspiro de alívio, percebendo que Cinder só estava mareado, não nauseado de medo.

– Tudo bem. Estou surpreso por não ter acontecido comigo também.

Cinder deu um sorriso fraco.

– Obrigado – disse ele. – Por estar aqui comigo.

Perry acenou com a cabeça, aceitando o agradecimento.

– Você quer que eu fique ao seu lado?

Cinder negou, balançando a cabeça.

– Eu consigo.

Ele foi até a porta da aeronave, pousando uma das mãos no umbral. Então, fechou os olhos e o medo foi sumindo de seu rosto. Teias de Éter se espalhavam por baixo de sua pele, subindo por seu pescoço até seu queixo, depois até seu couro cabeludo.

Cinder parecia relaxado. O mundo rugia ao redor dele, mas não parecia assim para Perry. Enquanto observava a cena, Perry sentia como se o mundo rugisse *por* Cinder.

Os segundos se passavam. Perry começou a se perguntar se Cinder tinha mudado de ideia.

– Peregrine – a voz de Sable voltou a invadir a aeronave –, faça com que ele...

Um estouro de ar lançou Perry para trás. Ele bateu as costas na parte traseira do interior da nave, atordoado.

Cinder não se mexera. Ele continuava parado junto à porta.

Além dele, a distância, um vão se formou na barreira de Éter; um vácuo ao redor do qual as correntes fluíam, como se fossem um rio passando por uma pedra.

A abertura parecia quase insignificante em comparação ao resto. Algo em torno de seis ou dez metros. Não era grande o suficiente para caber nem as Asa de Dragão, muito menos as aeronaves maiores.

Porém, através dela, Perry podia ver claramente o que havia além da parede: o oceano calmo, sob a luz do sol. Aquela cor dourada que ele vira de relance, através da cortina de Éter, parecia ainda mais quente. E ele via o céu. Um céu azul e infinito.

– O que ele está esperando? Isso não é o bastante! – gritou Sable.

Não adiantava nada falar com Cinder agora. Perry já o vira assim. Ele estava em outro lugar. Em um transe do qual ninguém conseguia tirá-lo.

– Peregrine! – insistiu Sable.

À medida que os segundos se passaram, um alívio foi tomando conta de Perry. Talvez eles não conseguissem fazer a travessia, mas Cinder continuaria vivo.

O pavor veio logo em seguida. O que eles fariam, agora? Seguiriam, atravessando a barreira, torcendo para conseguir passar? A alternativa era voltar para a caverna, e isso parecia pior. Eles não podiam voltar.

Cinder virou o rosto, fixando um olhar faiscante sobre ele, e Perry entendeu.

O que Cinder acabara de fazer era apenas o começo. Um teste para ver o que aquilo lhe custaria. Olhando nos olhos dele, Perry soube a resposta.

Cinder se virou de volta para o Éter.

Perry viu tudo branco, depois não viu mais nada.

Capítulo 43

ÁRIA

— Você está vendo eles? — perguntou Brooke. — Eles estão bem ali.

Ária assentiu. A Asa de Dragão de Perry e Cinder era apenas um pontinho minúsculo diante da barreira de Éter, mas ela estava vendo.

Uma explosão de luz a cegou.

Gritos irromperam quando a aeronave caiu, vertiginosamente. Ária voou contra a pessoa que estava atrás dela. Piscando, lutando para enxergar, ela recuperou a postura e correu de volta até a janela.

Havia agora uma abertura na muralha. Uma fenda larga, como cortinas abertas. Através da barreira, o oceano cintilante se estendia promissor como nada que ela já vira. Ária queria ficar contemplando aquela paisagem para sempre, mas ela desviou os olhos à procura da Asa de Dragão.

— Para onde eles foram? — perguntou ela. A aeronave de Perry havia desaparecido.

— Estou procurando — disse Brooke.

Roar também estava ali, procurando. Segurando o braço dela, mantendo-a de pé, quando a aeronave deles voltou a acelerar. Ele xingou entre dentes quando a voz de Sable surgiu nos alto-falantes, anunciando que eles seguiriam com a travessia.

– Onde eles estão? – exasperou-se Ária.

O rosto de Brooke empalideceu, sua concentração silenciosa subitamente se transformando em uma expressão aterrorizada.

– Na água – disse ela.

O olhar de Ária se voltou para o oceano, onde a aeronave de Perry era sacudida violentamente pelas ondas ferozes.

Capítulo 44

PEREGRINE

Quando Perry abriu os olhos, ele estava deitado de costas, e viu o teto côncavo da cabine de comando acima dele. Ele não conseguia se mexer e levou um instante para perceber que não estava paralisado, somente preso no pequeno espaço entre a parede e o encosto da poltrona do piloto.

Seu ombro direito latejava, a dor era tão intensa quanto da vez em que ele o deslocara, semanas antes, e sua canela esquerda ardia intensamente. Havia outras dores, porém, menos intensas. Bom sinal. Dor significava que ele ainda estava vivo.

Ele se ergueu, segurando no encosto da poltrona para se equilibrar. A nave balança terrivelmente. As ondas batiam no para-brisa e o cobriam completamente, cada torrente de água tão espessa que a cabine mergulhava em total escuridão.

Perry voltou ao compartimento posterior, oscilante, nauseado. Ele limpou os olhos, que ardiam, e sua mão ficou manchada de sangue.

Através das portas abertas, ele viu o mar. Ondas de quase dez metros, em tons de branco e prata, e o azul do Éter. A aeronave tombou para o lado e água bateu em seus tornozelos.

A aeronave tinha se tornado um barco. Milagrosamente, ainda estava flutuando, mas isso mudava com cada onda que batia nela.

– Cinder! – gritou. – Cinder!

Ele mal conseguia ouvir a própria voz acima do ruído das ondas. De qualquer forma, gritar era inútil. Seus olhos vasculharam o pequeno compartimento. Não havia nenhum lugar onde Cinder pudesse estar escondido. Nenhum lugar onde pudesse ter se perdido. Perry foi cambaleando até a porta, quase sendo lançado ao mar, quando a aeronave virou com a batida de uma onda.

– Cinder!

Ele colidiu com a parede da cabine quando a nave balançou novamente, e ali ele ficou, pressionado contra a parede, com o ar fugindo de seus pulmões. Fugindo, fugindo, fugindo. Ele achava que não ia parar nunca, essa expansão de vazio dentro dele.

– Você sobreviveu, Peregrine – disse uma voz estática, através do alto-falante. – Mas o Cinder, ao que parece, não. Eu lamento muito.

Perry voltou correndo para a cabine. O bico da nave subitamente emborcou, fazendo-o voar de encontro ao para-brisa. A água dentro da aeronave o cobriu como uma onda, encharcando-o completamente.

– Me tira daqui!.

As portas começaram a se fechar logo depois que as palavras deixaram sua boca. Do outro lado da cabine, os controles do painel piscaram e acenderam.

– O que você está fazendo? – questionou Sable.

– Reiniciando os motores, senhor – respondeu uma voz aterrorizada.

– Eu não dei essa ordem – ralhou Sable.

– Senhor, se não agirmos agora...

– Desligue-a.

Um instante de silêncio.

– Eu disse para desligar.

Perry xingou, virando bem a tempo de ver o fechamento das portas se interromper por um instante, e elas voltarem a se abrir para o mar enfurecido. Na cabine de comando, o painel apagou.

– Isso é doloroso para mim, Peregrine. Eu gosto muito de você e, realmente, não era isso o que eu queria. Mas não posso correr riscos.

Então, Perry não ouvia mais a voz de Sable, somente as ondas batendo na aeronave.

Capítulo 45

ÁRIA

– Faça alguma coisa! – gritava Ária. – Eles ainda estão lá!

Loran estava na porta da cabine de comando, impedindo que ela entrasse. Era a primeira vez que ela o via dentro da aeronave, desde que a viagem começara.

– Eu não posso deixá-la entrar lá.

– Você tem que deixar! Você precisa ajudá-los! *Me* ajude!

Loran a encarou. Ele não disse nada, mas dava para ela ver que ele estava travando uma batalha com ele mesmo.

A voz de Sable saiu pelos alto-falantes novamente:

– Nós não tivemos nenhum contato de Cinder ou Peregrine. Também não há nenhum sinal deles. Perdemos controle da aeronave e eu receio que seja perigoso demais tentar um resgate.

Roar a tirou do caminho, parando quase nariz com nariz na frente de Loran.

– Não podemos desistir deles. Temos que descer até lá!

Reef explodiu em seguida.

– Sable pode estar mentindo! Como podemos saber se ele está dizendo a verdade?

Um zunido ruidoso ecoou nos ouvidos de Ária e ela foi empurrada em meio a homens corpulentos, que forçavam passagem e gritavam. Através do barulho e da confusão, ela ainda ouvia Sable.

– Ninguém sabe por quanto tempo a muralha continuará aberta. Nossa prioridade tem que ser fazer a travessia, enquanto ainda podemos.

Ele continuou falando com uma voz racional e tranquilizadora, enquanto explicava por que precisavam deixar Perry para trás e o quanto ele lamentava pelos Marés. Ária não ouviu o restante. Ela não conseguia ouvir nada acima do som estridente em seus ouvidos.

De alguma forma, ela conseguiu voltar até a janela.

Eles estavam quase junto à barreira de Éter. Lá fora, o vento era brutalmente forte, remexendo o mar. A água obscurecia tudo, mas ela avistou a aeronave de Perry, perto do anel branco de ondas que se quebrava em volta dela.

Ela estava virada de lado e já meio engolida pelo mar.

Enquanto ela olhava, eles passaram pela aeronave voando, rumo ao Azul Sereno.

– Ária, olhe – disse Brooke, cutucando-a.

Ária ainda estava junto à janela. Ela tinha ficado ali, desde que eles atravessaram a barreira e deixaram o Éter para trás. O zunido nos ouvidos já tinha passado, mas agora havia algo errado com seus olhos. Ela tinha perdido a capacidade de focar. Ela estava olhando pela janela sem enxergar nada.

Roar estava ao seu lado, com o braço em volta dela. Twig segurava Talon no colo, do outro lado de Roar. O ponto onde Talon tinha chorado, junto à barriga de Ária, ainda estava úmido.

– Terra – disse Brooke, e apontou. – Lá.

Ária viu uma quebra na linha do horizonte. A distância, parecia um morro preto, mas, à medida que eles se aproximavam, ele foi se alargando, ganhando cor e profundidade. Transformando-se em colinas verdejantes, cobertas por uma suntuosa folhagem.

Essas colinas eram onduladas e não poderiam ser mais diferentes dos penhascos rochosos que eles tinham deixado para trás.

As cores que ela via agora eram vivas, em nada se pareciam com o embotamento provocado pela fumaça que pairava sobre o território dos Marés. Neste lugar, a terra tinha um tom verde vibrante e a água, azul-turquesa, ambos quase berrantes.

Um murmúrio de empolgação percorreu a aeronave conforme o assunto se espalhou. Terra havia sido avistada.

Ária os detestava por sua felicidade. Ela odiava a si mesma por detestá-los. Por que eles não deveriam aproveitar o momento? Estavam diante de um novo começo, mas ela não tinha a mesma sensação.

Ela queria voltar – como ela poderia querer *voltar*? Mas ela queria. Perry era os penhascos rochosos e o mar revolto. Ele era a aldeia dos Marés e as trilhas de caça e tudo que ela deixara para trás.

Talon se mexeu nos braços de Twig. Sonolento, ele ergueu a cabeça e passou dos braços de Twig para os de Roar. Ária desviou o olhar de um para o outro.

Eles tinham de ser o suficiente. Talvez, algum dia, ela sentiria que eles eram.

As vozes da cabine vinham ecoando até ela. Os pilotos e engenheiros analisando o terreno. Durante uma hora – depois duas – tudo que ela ouvia era a troca cautelosa de coordenadas. A execução de testes que avaliavam as fontes de água potável, as elevações e a qualidade do solo. A catalogação de cada conformação do terreno, a partir do ar, era tão cautelosa quanto uma aranha percorrendo sua teia, utilizando uma tecnologia tão sensível, tão avançada, que parecia até mágica. Um dia, esse tipo de mágica foi usada para construir mundos para ela nos Reinos. Agora, descobria um novo mundo, media sua temperatura. Mapeando o melhor lugar para estabelecer um assentamento.

Ela sabia o que eles realmente procuravam, *todos* sabiam; eles procuravam pessoas. Tal descoberta traria uma série de questões a serem consideradas. Eles seriam bem-vindos? Seriam escravizados? Rejeitados? Ninguém sabia.

Até que Sable surgiu da cabine de comando.

– É nossa. Não é habitada – disse ele, parecendo ligeiramente ofegante.

– Finalmente, alguma sorte – disse Hyde. Ele estava atrás dela, olhando pela janela, alto o suficiente para enxergar acima de sua cabeça. Todos os Seis estavam ali, aglomerados ao seu redor. Eles estavam ali desde a travessia da barreira.

Ela não sabia como analisar isso. Não sabia se isso deveria significar alguma coisa; o fato de que todos eles se mantinham ao seu redor, como um muro.

– Já não era sem tempo – disse Hayden. – Eu já não aguento mais lutar.

Twig exalou. Reef cruzou com o olhar de Ária. E ela ficou imaginando se ele estivera torcendo, irracionalmente, pela mesma coisa que ela. Que os instrumentos encontrassem um humano. Um jovem de quase 20 anos, com olhos verdes e cabelos louros, com um sorriso torto que ele raramente usava, mas que tinha um efeito poderoso. Um jovem com o coração mais puro que se podia imaginar. Que acreditava na honra e que nunca, nem por um instante, se colocava acima dos outros. Mas é claro que essa pessoa não havia sido encontrada. Mágica não era real.

Marron entrou no meio de Hyde e Twig, juntando-se a eles.

– Eu não chamaria isso de sorte. Milhões de pessoas viveram aqui um dia. Agora não há uma única alma viva. Isso não me parece sorte. E nós talvez fôssemos beneficiados por alguma compaixão e alguma ajuda. Somos tão poucos.

Ária mordeu o lábio para evitar brigar com ele. Ela não sabia por que estava subitamente tão zangada. Foram aquelas palavras: "Somos tão poucos." Por que ele precisou dizer isso? Eles não eram poucos. Eles estavam *desfalcados*. Faltava o Perry.

As aeronaves se reagruparam e ela sentiu a velocidade diminuir. Houve uma descida súbita, que fez as pessoas se assustarem e se segurarem umas nas outras. Então, as aeronaves foram pousadas numa praia, uma após a outra, um bando de pássaros iridescentes pousando.

Quando a aeronave deles pousou, Twig disse:

— Estamos aqui. Não posso acreditar que estamos aqui.

Ária não estava. Ela não se sentia nem um pouco ali.

Reef gesticulou para que Roar se aproximasse. Talon ainda estava dormindo no colo dele.

— Eu quero que vocês três fiquem juntos — disse Reef, olhando dela para Roar. — Hyde e Hayden ficarão vigiando vocês a partir de agora.

Vigiando? Ela não entendeu. Roar fechou os lábios e assentiu, resignado, e então começou a fazer sentido. Ele estivera no encalço de Sable desde a morte de Liv. Não era segredo para ninguém, muito menos para Sable. E Talon era sobrinho de Perry. Oito anos de idade, contudo um sucessor. Ária não tinha certeza por que Reef achava que ela precisava de proteção, mas sua cabeça não estava funcionando bem.

Reef desapareceu e, de repente, Ária ergueu os olhos e viu os irmãos, Hyde e Hayden, e os desviou, porque eles estavam com os arcos nos ombros. Porque eram da mesma altura, tinham os mesmos cabelos louros, embora não fossem do mesmo tom. Será que ela passaria o resto da vida vendo fracassos e deficiências em todo lugar? Desejando que todos fossem mais parecidos com Perry? Desejando que todos fossem *ele*?

Sable foi o primeiro a descer da aeronave, com um grupo de soldados. Ela só o ouviu sair. Todos na cabine maior estavam de pé, e, com Hyde e Hayden na frente dela, ela só via as costas deles, e as flechas, com as pontas espetadas para fora das aljavas. Ela ouviu o zunido da rampa sendo abaixada; um som que, agora, já era familiar. A luz do dia inundou a aeronave, depois uma brisa suave e morna entrou flutuando, trazendo o canto dos pássaros e o farfalhar das folhas balançando.

A multidão ao redor dela foi se dissipando conforme as pessoas começaram a desembarcar.

Uma nova terra.

Um novo começo.

Ela passou o braço em volta de Roar, dizendo a si mesma que podia fazer isso. Ela podia dar alguns passos.

À medida que a aglomeração ia dispersando, ela conseguia enxergar mais adiante. Marron estava descendo a rampa, acompanhado por alguns dos homens de Sable. Ela ia começar a procurar Loran, quando avistou as tranças de Reef. Ele estava deixando a aeronave ladeado por Gren e Twig.

Um temor inexplicável e repentino irrompeu nela, arrancando-a de seu torpor.

Sable sempre era o primeiro a sair. Nunca esperava. Nunca hesitava em fazer uma ameaça antes que o fato acontecesse.

— Reef! — gritou ela.

Um instante depois, tiros.

Um. Dois. Três. Quatro.

Sons precisos. Premeditados. Os tiros continuaram, enquanto gritos irrompiam pelo ar.

A multidão correu, recuando de volta à aeronave. As costas de Hyde bateram no rosto de Ária, colidindo com seu nariz. Ela se desequilibrou para trás, vendo tudo escuro por um instante.

— O que está acontecendo? — gritou Talon, acordando assustado.

— Roar, volte! — gritou Ária, puxando-o mais para dentro da aeronave. De canto de olho, ela viu Hyde e Hayden disparando flechas. Ela teve um vislumbre de Twig na rampa de saída, deitado de lado. Sangrando. Então veio o silêncio, tão repentino e gritante quanto os primeiros tiros.

— Abaixem as armas, todos vocês — ordenou Sable, friamente.

Ela ouviu o ruído das armas de madeira e metal, arcos e facas sendo largados no chão.

Sable passou por eles. Passou por Twig, que estava segurando a perna e chorando. Ária viu que mais abaixo, na rampa, estavam Reef e Gren. Ambos mortalmente imóveis.

Os olhos de Sable lentamente percorreram a aeronave e encontraram Ária. Ele a encarou, por um longo momento, com os olhos cintilando e energizados. Então, seu olhar passou a Roar.

– Não! – gritou Ária. – *Não!*

Sable ergueu as mãos.

– Acabou – disse ele. – Não quero mais derramamento de sangue. – Ele olhou diretamente para Marron, que estava a poucos metros dele, cercado por soldados dos Galhadas. – Mas se algum de vocês estiver interessado em assumir a posição de Peregrine, como Soberano dos Marés, fiquem avisados que essa posição não existe mais. Qualquer tentativa de reivindicá-la será recebida de forma letal, como vocês acabaram de ver.

"Se ainda acham que podem me desafiar, eu quero que se lembrem de uma coisa: eu sei tudo. Sei dos seus desejos e temores, antes mesmo que estes se tornem conhecidos por vocês. Submetam-se a mim. Essa é sua única opção. – Seu olhar azul gélido vasculhou a multidão, evocando uma onda de suspiros tensos. – Eu fui claro?"

Ninguém se atrevia a falar.

– Que bom – continuou Sable. – Esse é um novo começo para todos nós, mas não é hora de jogar nosso passado fora. Nossas tradições se mantiveram durante séculos. Se nós as respeitarmos, nossos costumes novos e antigos, então vamos prosperar aqui.

Silêncio. Nada além do som dos gritos agonizantes de Twig.

– Então está certo – disse Sable. – Vamos começar. Deixem todos os seus pertences na aeronave e saiam, formando filas.

Capítulo 46

ÁRIA

Ária olhava enquanto Sable e seus homens separavam seus amigos em filas ao longo da praia.

Roar foi primeiro, para bem distante dela. Depois foi Caleb, Soren e Rune. Brooke, Molly e Willow. Ela tentou identificar a estratégia de Sable ao formar os grupos, mas parecia não haver uma ordem. Ele estava misturando velhos e jovens. Ocupantes e Forasteiros. Homens e mulheres. Então, ela entendeu: esse era o objetivo. Ele estava formando filas de pessoas que teriam menos probabilidade de se unirem para se rebelar.

Conforme a seleção prosseguia, e enquanto o sol começava a se pôr, detrás das belas colinas, ela não sentia raiva, nem medos. Ela não sentia nada, até que viu Talon sendo colocado no grupo de Molly. Ela cuidaria dele. Assim como Perry, ela cuidava de todos.

Preocupada com os outros, Ária custou a perceber que estava sozinha. As aeronaves estavam vazias. Todos estavam em filas ao longo da praia, exceto ela.

Sable estava ali perto; ela sentia seu olhar, mas não olhava para ele.

– Levem-na de volta para a aeronave – disse ele.

Soldados dos Galhadas a escoltaram de volta à janela da aeronave que dava vista para as águas calmas que eram mais verdes do que azuis, e tão claras que ela conseguia enxergar a areia por baixo. Ela ficou ali, vigiada, olhando a luz do dia sumindo da janela. Embora a rampa estivesse aberta para a praia, ela não conseguia olhar na direção da terra. As horas passaram. Seus olhos não desviavam da água.

Isso precisava mudar. Ela precisava aceitar o que havia acontecido, tinha que encontrar um jeito de continuar de alguma forma. Ela tentou arranjar um plano para chegar a Talon e Roar, mas não conseguia se concentrar por mais que alguns segundos. E apenas salvar Talon e Roar? De que adiantaria? Sable tinha todos eles.

De algum jeito, ele havia conseguido manter o controle de *tudo*.

– Ora, não fique tão carrancuda.

Ela virou e viu Sable subindo a rampa e entrando na aeronave.

Ele dispensou os dois soldados que a estavam vigiando. Então recostou na parede interna da aeronave e sorriu pra ela.

Lá fora, a escuridão havia caído – uma escuridão suave, diferente do interior da caverna dos Marés. Essa escuridão tinha sombras aquecidas e o som de árvores remexendo. Ela notou que o sangue de Reef e Gren havia sido lavado da rampa.

– Seus amigos estão bem. – Sable cruzou os braços e o movimento fez cintilarem as pedras de seu cordão no compartimento pouco iluminado. – Algumas bolhas, mas nada de terrível. Eu os coloquei para trabalhar, o que não irá surpreendê-la. Há muito a ser feito. Temos um acampamento para montar.

Ária olhou o cordão e se imaginou estrangulando-o com ele.

– Você não é a primeira a querer fazer isso – disse ele, após um momento. – O primeiro foi muitos anos atrás. Um proprietário de terras em Rim, um dos homens mais abastados que jurou lealdade a mim. Eu só estava usando o cordão fazia alguns meses, quando ele me acusou de exigir tributos demais dele – o que eu não fiz. Eu sou justo, Ária. Sempre fui justo. Mas eu o puni por fazer a acusação. Uma multa robusta, mas que achei ser branda e apropriada. Em resposta, ele tentou me enforcar no meio de um banquete, numa noite, diante de centenas de pessoas. Se tivesse sobrevivido, ele teria se arrependido daquela decisão.

"Eu posso não andar por aí com uma arma, com Peregrine, ou Roar, mas sei me defender. Muito bem, na verdade. Seria inteligente de sua parte afastar esse tipo de pensamento."

– Eu encontrarei um meio de fazê-lo – disse ela.

Os olhos dele faiscaram por um instante, mas ele não respondeu.

– Você vai mandar que me matem por eu ter dito isso? Você deveria. Eu não vou parar, até que você esteja morto.

– Você está zangada por eu ter estabelecido uma regra aqui. Eu tenho sido agressivo, talvez excessivamente. Eu compreendo. Mas, deixe-me explicar uma coisa a você. As pessoas *precisam* ser comandadas. Elas não podem ter dúvidas quanto a quem está liderando. Você quer ver outra situação como a que ocorreu no Komodo? Quer que aquele tipo de caos volte a acontecer? Aqui, quando nós temos a oportunidade de recomeçar?

– O que aconteceu no Komodo foi obra sua. Você traiu Hess.

Sable fechou os lábios contraídos, decepcionado.

– Ária, você é mais inteligente que isso. Você realmente achava que Ocupantes e Forasteiros dariam as mãos e se esqueceriam de trezentos anos de separação e hostilidade? Você conhece alguma uma civilização que tenha sido liderada por duas pessoas, um par? Isso nunca aconteceu. Você sabe qual é o caminho mais rápido para criar inimigos? Fazer uma parceria. Eu sou um Soberano de Sangue melhor para os Marés do que Reef teria sido. Ou Marron, embora ele até pareça bem capaz. Sou mais indicado para essa responsabilidade.

Ela não conseguia mais olhar para ele. Ela não conseguia discutir com ele. Não tinha forças.

Cheiro de fumaça vinha lá de fora. Tinha um cheiro diferente daquele com que ela se acostumara. Não o cheiro de floresta queimando, ou cheiro bolorento das fogueiras da caverna. Esse era um cheiro de fogueira, limpo e vivo, como o que ela e Perry fizeram juntos na noite anterior. Sua mente foi tomada pela lembrança dele fazendo o fogo ganhar vida entre as mãos. E era tudo que ela via, até notar que Sable a encarava.

A cada segundo, a irritação dele ficava mais evidente. Ele queria que ela o compreendesse. Queria sua aprovação. Ela não queria se perguntar o *motivo*.

— Na verdade, você está me fazendo sentir falta do Hess — disse ela.

Sable riu. Não era o que ela esperava. Ela se lembrava do som da risada dele de seu tempo em Rim. Naquela época, ela a julgou sedutora. Agora, a risada dele fazia um arrepio percorrer seu corpo.

— Eu já liderei milhares — disse ele. — Eu já era um líder na sua idade. Isso deve confortá-la. Eu sei o que estou fazendo.

— Onde estão esses milhares, agora?

— Os que eu preciso estão onde eu os quero. E toda aquela gente lá fora, Galhadas e Marés, agora é minha. Eles não vão dar um suspiro, a menos que eu permita. Isso significa que não haverá desorganização enquanto nós reconstruímos. Por minha causa, nós iremos sobreviver aqui. Por minha causa, eles irão progredir. Estou simplesmente nos concedendo as melhores chances possíveis. Não vejo como isso possa estar errado.

— Matar Reef e Gren não foi errado?

— Reef teria me desafiado. Ele era uma ameaça e agora não é mais. Gren estava no caminho.

— Reef só estava tentando proteger os Marés.

— O que eu também quero fazer, agora que eles são meus.

— Por que você está aqui, Sable? Por que está tentando me convencer de que você fez a coisa certa? Eu nunca vou acreditar em você.

— Você respeitava o Peregrine. Isso significa que você é capaz de um bom discernimento.

– O que você está dizendo? Você quer que eu o *respeite*?

Ele ficou totalmente imóvel por longos momentos. Ela viu a resposta em seu olhar perfurante.

– Se lhe for dado o tempo suficiente, você irá respeitar.

Novamente, ela não conseguiu pensar em nada para dizer. Se ele acreditava nisso, então ele estava realmente insano.

Uma hora depois, Sable começou a campanha para conquistá-la com um convite para cear com ele. Ele havia montado uma área externa, na praia com uma fogueira, para ele e seu círculo de confiança. Ele a convidou a acompanhá-lo.

– Caldo de peixe – anunciou ele. – Especialidade dos Marés, segundo me disseram. Nada de excepcional, para ser sincero, mas é fresca, ao contrário daquelas refeições horrendas pré-embaladas dos Ocupantes. E as estrelas, Ária... Nem posso começar a descrevê-las para você. É como se o próprio céu, o universo em sua infinita beleza, tivesse sido pontilhado com brasas. Uma visão inacreditável. Eu quero mostrar esse espetáculo a você, Ária, mas se você preferir não vir, eu compreendo.

Ele era um manipulador nato, oferecendo o céu a ela. As estrelas! Como ela poderia recusar?

Ela se lembrou de como ele também havia manipulado Liv. Sable disse a Liv, a noiva que ele havia comprado, que daria liberdade a ela, se ela quisesse. Ele sabia ser bondoso quando a bondade levasse alguém a tomar um gole de veneno. Ele sabia ser encantador e atencioso. Ele sabia como ninguém fazer uma pessoa acreditar que ele tinha um coração.

Será que só havia dois tipos de Olfativos? Tão francos quanto Liv e Perry, ou tão desonestos quanto Sable?

Ela balançou a cabeça. Não queria comer. Não queria ver estrelas. Ela queria ver Roar e Talon. Mas Sable não estava oferecendo isso.

– Eu não quero ver o universo em sua infinita beleza – disse ela. – Não quero ver você, nem um segundo além do que sou obrigada.

Sable inclinou a cabeça.

– Então, fica para outra vez.

Em vez de decepção, Ária viu determinação nos olhos dele.

Depois que ele saiu, ela tentou se acomodar melhor conforme a noite avançava. Quando o vento soprava na direção certa, e quando as ondas quebravam com menos força, ela ouvia a voz de Sable flutuando para dentro da aeronave, misturada à fumaça da fogueira.

Ele falava com seus soldados sobre planos para as semanas seguintes. Prioridades.

Abrigo. Alimento e água. Controle dos Marés.

Ela tentou se concentrar. Talvez descobrisse algo útil. Mas as palavras passavam direto por sua cabeça; ela não conseguia registrar nada.

Não demorou até que ela começasse a tremer. Ela percebeu que o choque era o que lhe causava esse tremor incontrolável. A temperatura quase não caíra após o pôr do sol, e ela só sentia ficar mais fresco quando uma brisa soprava ali pra dentro. Encolher-se num canto não ajudou. Seus captores acabaram notando.

– Eu vou buscar um cobertor para ela – disse um dos homens. Ela ficou observando enquanto ele mexia nos armários de suprimentos. Ela o viu voltando.

– O Sable não vai cortar a sua garganta por me dar isso? – perguntou, quando ele estendeu o cobertor para ela.

O homem se assustou, surpreso em ouvi-la falar. Então, ele soltou o cobertor sobre ela.

– De nada – disse ele, grosseiramente, mas ela viu um lampejo de medo em seus olhos. Até os próprios homens de Sable tinham medo dele.

Quando ele se afastou, voltando ao posto dele perto da rampa, uma sensação muito estranha a tomou. Ela não estava só sentindo a falta de Perry, ansiando por ele, sangrando por ele. Ela estava sofrendo a perda de si mesma. Aquilo tudo a estava modificando. Ela jamais seria a mesma.

Em determinado momento, o pai dela apareceu.

Loran carregava uma tigela de caldo. Ele caminhava com uma graça natural, com rapidez e suavidade, sem derramar o líquido. Como todos os Audis, ele tinha um equilíbrio excelente. Como ela. Independentemente de Ária admitir ou não, havia uma ligação entre eles.

Ela cruzou com o olhar dele e viu essa ligação em seus olhos. A expressão de franqueza e compreensão que ele tinha nos olhos a abalou. Ela subitamente se viu piscando para conter as lágrimas.

Ela *não* ia chorar. Se o fizesse, então tudo aquilo seria real e nada daquilo podia ser real. Nem a morte de Perry, ou o controle que Sable tinha sobre tudo, ou seu cárcere solitário ali dentro da aeronave.

Loran colocou a tigela perto dela, e dispensou os dois homens que a vigiavam. Ele ficou ouvindo por um tempo, olhando lá pra fora, sem dúvida para se certificar de que eles tinham privacidade, antes de começar a falar. Ou, talvez, dando a ela algum tempo para se recompor. Ela precisou se esforçar muito para isso, respirando para sufocar a dor que sentia no peito e tentando se concentrar nos sons da noite, até que o nó que sentia na garganta foi se desfazendo.

Tinha ficado tudo quieto e imóvel. Nem traço de Sable ou de seus conselheiros. A impressão era que o tempo havia parado, até Loran começar a falar:

— Ele divide as pessoas para destruir o moral, como você provavelmente imaginou, e está dando certo. Os Marés estão confusos e zangados, mas estão ilesos; exceto seu amigo.

— O Roar?

Loran assentiu.

– Ele atacou um de meus homens. O filho de Hess também se envolveu na confusão. Eles estavam tentando chegar a você. Eu tentei informá-los que você estava bem, mas eles não acreditaram em mim.

"Estão vivos, por enquanto, mas quando Sable ficar sabendo, o que acontecerá em breve, eles não continuarão assim por muito tempo. Ele apaga qualquer fagulha que avista; você viu isso mais cedo. Ele elimina qualquer ameaça imediatamente, principalmente agora. Esse é o momento mais crítico pra ele. Ele precisa se afirmar no poder, antes que os Marés possam se organizar e reagir."

Ária exalou lentamente. Era coisa demais para assimilar. Perry e Reef se foram, e agora Roar e Soren também estavam em perigo?

– O que nós podemos fazer? – perguntou ela.

– *Nós*, não – disse Loran, enfaticamente. – Eu lhe trouxe caldo. Quando eu fiz isso, eu lhe dei uma informação sobre seus amigos, mas *não* ajudei você. Ele saberia, se eu a ajudasse. Mesmo assim, não vai demorar até que ele comece a desconfiar de nós. Ele vai descobrir, através de nosso temperamento, que há algo mais entre nós.

Ária pensou nas palavras "algo mais". Ela até que podia aceitar essa descrição sobre eles. Era bem vaga. Isso lhe dava espaço para decidir exatamente que tipo de *algo mais* existia entre eles.

– Se ele ficasse sabendo sobre nós, ele viria atrás de você?

– Se acreditar que eu possa, em algum momento, me interpor entre vocês dois, sim. Sem dúvida.

– Não existe nada disso de "*vocês dois*", nunca vai existir nada entre Sable e mim.

– Você está aqui, Ária. Sozinha, enquanto todos estão lá fora.

– Por quê? – questionou ela, voltando a elevar a voz. – O que ele quer comigo? Eu sou só mais uma ferramenta na mão dele, como Cinder e Perry? Por que me contou sobre o Roar, se não quer me ajudar?

– Eu já lhe disse quem tem minha lealdade, Ária. Fiz um juramento a ele.

— *Por quê?* — gritou ela novamente. — Como pode servir a um homem como aquele? Ele é insano. Ele é um monstro!

Loran se aproximou mais dela.

— Abaixe o tom de voz — ordenou ele, irritado.

Será que ele estava tentando intimidá-la com seu tamanho? Ela se levantou, enfrentando-o.

— Você me dá nojo! Você é patético e fraco, e eu odeio você. — O ódio foi ganhando força dentro dela enquanto ela falava, irrompendo em meio ao torpor e o choque. Os pensamentos dela vinham em torrentes. — Odeio você ter deixado a minha mãe. Odeio o que fez comigo. Odeio ser metade sua.

— Eu também não te acho grande coisa. Achei que você tivesse firmeza de espírito, mas tudo que parece ser capaz de fazer é olhar pelas janelas. Eu nunca imaginaria que uma filha minha pudesse ser tão apática.

Num ímpeto de fúria, ela pegou a tigela que ele trouxera e jogou o líquido em cima dele.

— Pode engolir esse caldo nojento! Não quero nada que venha de você.

Xingando, Loran chegou para trás, pasmo diante da comida, que escorria pelo emblema dos Galhadas em seu casaco preto.

Sem vacilar, ela deu um chute no rosto dele, enquanto ele estava distraído olhando para baixo. A bota dela acertou a têmpora dele.

Ele deveria ter bloqueado o golpe. Loran era o soldado de maior patente dentro do exército de Sable. Ele deveria ter feito algo para se proteger, mas recebeu o chute e caiu para trás.

Por um instante, Ária ficou perplexa. Então, ela disparou como um raio rampa abaixo.

Ela tinha acabado de chegar à areia, quando ouviu duas palavras que foram ditas, baixinho, atrás dela.

— Boa garota — disse seu pai.

Capítulo 47

ÁRIA

Ela correu.

Ela disparou pela areia dura próxima à água. Uma trilha de luzes fortes, saindo das aeronaves, iluminava o caminho da praia larga até a margem onde começavam as árvores. Ali, através da vegetação, ela viu uma concentração mais forte de luz. O acampamento.

Ária correu na direção oposta, deixando para trás as pessoas e as aeronaves, sem qualquer noção de para onde estava indo, exceto que seguia em direção à escuridão.

Quando as luzes estavam bem atrás dela, ela pegou um toco de árvore, caso se deparasse com alguém, e seguiu em direção à floresta.

Suas coxas queimavam, enquanto ela corria pela areia mais fofa. Na metade do caminho em direção à floresta, ela notou que algo parecia diferente. Algo além do formato da praia, ou das árvores tropicais delicadas.

Então, ela notou que *tudo* parecia diferente.

Ária quase perdeu o fôlego. Ela ainda não tinha olhado para o céu. Estivera tão perdida, tão anestesiada, que nem havia olhado para o *alto*.

Ela caiu de joelhos e ergueu a cabeça. Ela tinha ficado tão acostumada com as ondas azuladas de Éter rasgando o céu nebuloso, mas esse céu era aberto... a *noite* era infinita.

Ela se sentia como se pudesse pular e mergulhar naquele céu, como se pudesse sair flutuando pelo espaço. Flutuando em meio às estrelas. Sable havia falado em brasas espalhadas. Era uma boa descrição.

Ária sacudiu a cabeça, querendo evitar a voz dele. Ela não ligava para o que Sable achava do Azul Sereno.

Esse era o pior momento para pensar em Perry, mas ela não pôde evitar. Ela o imaginou ali, rindo, segurando a mão dela.

Um soluço de choro escapou de seus lábios. Ela se levantou correndo e continuou em disparada. Ela chegou às primeiras árvores, no final da praia e avançou floresta adentro, onde foi desacelerando aos poucos, ofegando. O ar noturno tinha um cheiro argiloso e verde, e ela ficou imaginando o que Perry acharia...

Não. Não. Não.

Agora, não. Ela o afastou da cabeça. Concentrando-se em sua audição, ela sorrateiramente foi voltando na direção da praia, na direção do acampamento de Sable, percorrendo lentamente a mata suntuosa. O som de vozes ecoou em seus ouvidos. Ela seguia na direção delas, ficando mais focada a cada passo. Ela tinha que encontrar Roar e Soren.

As vozes a conduziram até uma grande clareira. Ária agachou, com o coração disparado.

Havia dúzias de pessoas dormindo em cobertores, sob o céu aberto.

Os homens que ela ouvira eram guardas, dois deles, que falavam baixinho um com o outro. Eles estavam sentados num tronco virado, do lado oposto da clareira, o que dava a eles uma visão elevada do acampamento.

Ela observou as pessoas que estavam ali perto, incerta quanto ao que fazer em seguida. Devia haver cerca de cem pessoas, só naquele grupo. Como todos estavam sendo vigiados, ela sabia que tinham de ser Ocupantes, ou seus amigos dos Marés, porém na escuridão, embrulhados em cobertores, todos pareciam iguais.

Como ela ia encontrar Roar e Soren?

Ela ficou de pé e usou a força de seu Sentido para se deslocar em absoluto silêncio enquanto contornava a clareira. Vinte metros de terreno descampado se estendiam entre as pessoas que dormiam e a margem da floresta, onde ela estava escondida, mas no ponto onde estavam os guardas a distância era bem menor. Se ela se aproximasse deles, ela teria uma chance melhor para avistar as pessoas que esperava encontrar.

Ao seguir na direção dos guardas, seus olhos recaíram numa silhueta maior adormecida, atraída pelo brilho de cabelos louros. Hyde. Mas ela não via Hayden, ou Straggler. Era a primeira vez que ela via Hyde sem um de seus irmãos. Não muito longe, ela também avistou Molly, com Talon encolhido entre ela e Bear.

Ela deveria tentar libertar todos eles? Para onde iriam? Roar e Soren corriam risco de vida. Eles poderiam correr para dentro da mata e se esconder, mas será que Molly conseguiria, com aquelas articulações que a incomodavam tanto, mesmo ao fazer coisas simples? E quanto a Talon? Sable tinha todos os soldados e as armas. Ele iria caçá-los e puni-los por fugirem.

Ela *não tinha* como ajudar a todos, mas somente Roar e Soren estavam em perigo iminente. Silenciosamente, Ária se aproximou mais dos guardas. Soren e Roar já tinham causado problemas para os Galhadas. Eles provavelmente estariam sob vigilância direta.

Ela chegou mais perto – o mais perto que pôde, sem arriscar se expor –, mas ainda não conseguia distinguir entre os corpos adormecidos. Muitas das silhuetas estavam viradas de costas, ou com as cobertas cobrindo a cabeça, ou simplesmente estava escuro demais para identificá-los.

A conversa dos guardas chamou sua atenção.

– Quanto tempo mais, você acha? – disse um deles.

– Disso? Quem pode saber. Não acho que os Marés vão mudar de ideia tão cedo.

– Ele vai dominá-los. Sable sempre encontra um jeito.
– É... encontra, mesmo.

Lá estava, novamente. O medo que os Galhadas tinham de Sable, seu próprio líder. Ária ouvia na voz deles.

Ela sentiu o pânico revirar em seu estômago enquanto examinava o trecho final que a separava dos homens. Ela achava que havia passado meia hora desde que tinha fugido. Quanto tempo mais demoraria, até que o pessoal de Sable começasse a procurar por ela? Será que já estariam atrás dela?

Uma imagem de Liv caída na sacada, em Rim, surgiu num lampejo diante de seus olhos, fazendo-a entrar em ação. Ela seguiu rapidamente e estava quase junto aos guardas, quando pisou num graveto e ouviu o estalo. A sola de sua bota abafou o som, mas ela gelou, silenciosamente xingando a si mesma. A pressa a tornara negligente. Não havia onde se esconder na posição em que ela estava, e qualquer Audi, num raio de cinquenta metros, teria ouvido aquele barulho – os guardas estavam a menos da metade disso. Ela esperou, a adrenalina correndo por suas veias, fazendo-a se sentir anestesiada.

Os dois homens não olharam para trás. Eles sequer interromperam a conversa. Porém, em meio às pessoas que dormiam na frente deles, uma cabeça escura se ergueu, virando lentamente na direção dela antes de se abaixar novamente.

Ela não conseguia enxergar as feições de Roar no escuro, mas sabia que era ele. Ela conhecia sua silhueta e o jeito como ele se mexia.

Ária abaixou no chão, pousando o toco pesado. Ela pegou o graveto embaixo de seu pé. Sua mão direita ainda estava fraca, mas aquilo ela podia fazer.

Funcione, por favor, ela rezou. Aquele seria o teste ou o suicídio perfeito.

Ela estalou o galho outra vez.

Nenhum dos guardas se virou. Não eram Audis. Ao contrário de Roar, que reagiu ao som erguendo os dois braços ao alto com os dedos entrelaçados, como se estivesse se espreguiçando.

Ela balançou a cabeça. Aquilo não fora nada discreto, mas Roar fazia tudo com um pouco de afetação.

Era hora de se mexer. Ela tinha certeza. Os guardas não eram Audis. Roar sabia que ela estava ali. Ela pegou o toco e seguiu, chegando o mais perto que ousou dos guardas. Então, parou e segurou o toco com firmeza, lambendo os lábios.

– Em cinco segundos, comece a tossir bem alto – sussurrou ela, sabendo que Roar a ouviria.

Ela contou os segundos. Quando Roar tossiu, ela avançou os últimos passos até os Galhadas.

Os homens olharam para Roar, alheios à presença dela, que os atacou por trás.

Ela girou o toco na direção do homem que estava mais perto, com toda sua força. O golpe foi tão forte que ela sentiu os músculos das costas repuxarem. O barulho do impacto foi tão assustador, que ela própria deixou escapar uma exclamação de espanto, sem nem perceber.

Ele caiu por cima do tronco em que estava sentado, depois caindo inerte no chão.

Ela virou em busca do segundo homem. Roar já o derrubara no chão, e o sufocava com o braço em volta de seu pescoço. Ela ouviu os pés do guarda arrastando na terra. Um engasgo e depois nada.

Roar se levantou num pulo. Ele estendeu as mãos à frente do corpo num gesto estranho. Então, ela viu por quê.

– Você está com as mãos *amarradas*? – sussurrou ela.

– Sim. Eu *mostrei* para você.

– Vá logo buscar o Soren.

Roar se abaixou junto a uma das silhuetas adormecidas. Um segundo depois, Soren estava de pé.

O barulho dos dois havia despertado Twig, outro Audi. Ária viu que ele avaliou a situação e chegou à mesma conclusão que ela. Se todos eles tentassem fugir, acordariam os guardas de Sable em outros lugares; provavelmente armados e que não hesitariam em atirar.

– Depois – disse ela a ele. Depois ela descobriria como ajudar o restante.

Twig acenou a cabeça positivamente.

– Tire os dois daqui.

Ária voltou para a mata. Ela alcançou Roar e Soren, que parecia um rinoceronte pisoteando a vegetação rasteira, mas ela não podia fazer nada quanto àquilo.

Eles correram por meia hora, até que Roar os fez parar.

– Aqui está bom – disse ele. – Não tem ninguém atrás da gente.

O suor escorria pelas costas de Ária e suas pernas tremiam. As ondas quebravam suavemente a distância, e as árvores farfalhavam com a brisa.

Ela olhou para Roar, notando uma mancha escura em seu olho esquerdo. Um olho roxo. Da briga com os homens de Sable.

– Onde você estava com a cabeça, Roar? – gritou ela, extravasando a raiva e o medo que contivera até então. – Você *atacou* os guardas de Sable?

Ele tomou um susto.

– Ataquei! Você estava sozinha naquela aeronave, e eu achei... Eu estava preocupado, está bem?

Roar olhou para Soren, que ergueu as mãos espalmadas.

– Eu não estava preocupado – admitiu Soren. – Só fiquei com vontade de bater em alguém quando ele bateu.

Ária balançou a cabeça, ainda furiosa, mas não podia perder mais tempo.

– Vocês têm que ir. Os dois. Escondam-se em algum lugar. Eu preciso voltar.

Roar fez uma cara feia.

– O quê? Ária, você vem conosco.

– Eu não posso, Roar! Eu prometi ao Perry que cuidaria do Talon. Preciso voltar.

– Eu fiz a mesma promessa a ele.

– Mas você não pode mais manter a promessa, pode? Você deveria ter *pensado* antes de se tornar um alvo.

– Eu já era um alvo!

– Bem, você agora conseguiu piorar as coisas! – gritou novamente, estreitando os olhos.

– Ele *matou* a Liv e *espancou* o Perry. Eu tinha que tentar pegar você! – Roar puxou os próprios cabelos de raiva, depois baixou as mãos. – Qual é a diferença entre o que eu fiz e isso que você acabou de fazer?

– É diferente porque o meu plano *funcionou*.

Ele apontou na direção do acampamento.

– Você voltar para lá, para *Sable*, é um plano que funcionou?

– Eu acabei de salvar a sua vida, Roar!

Ele soltou um palavrão e saiu andando. Ela queria gritar com ele por deixá-la falando sozinha, o que não fazia o menor sentido. Ela estava prestes a sair andando, deixando-o sozinho.

Soren estava recostado numa árvore, fingindo não prestar atenção. Então, ocorreu-lhe o quanto isso era estranho. Ela e Roar discutindo, enquanto Soren estava ali, calmo e quieto.

Roar voltou. Ele parou na frente dela, com os olhos gentis e suplicantes. Ela olhou pra ele e não podia suportar a dor que via no rosto dele.

– Ária, se eu perder você também...

– Não diga mais nada, Roar. Não me faça questionar minha decisão. Não me faça querer ir junto com você.

Ele chegou mais perto, baixando o tom de voz para um sussurro desesperado:

– Então, apenas diga *sim*. Venha comigo. Não volte para *lá*.

Ela passou as mangas nos olhos embaçados, odiando a facilidade com que sentia vontade de chorar ultimamente. Era um reflexo. Qualquer coisa que a fizesse se lembrar de Perry provocava essa reação. Ela não podia deixar que as lágrimas viessem, mas as sentia. Seguiam com ela, aonde quer que fosse. Ela imaginou prendê-las para o resto da vida. Um oceano de lágrimas dentro dela.

– Ária... – insistiu Roar.

Ela sacudiu a cabeça e recuou.

– Não posso. – Ela tinha prometido ao Perry. Tinha que cuidar do Talon. Não importava o quanto isso lhe custasse. – Preciso ir – disse ela.

Então, ela voltou correndo para o acampamento de Sable.

Capítulo 48

PEREGRINE

– Ele está respirando, Roar? Está vivo?
– Cale a boca. Estou tentando ouvir o coração dele.

Perry forçou os olhos para que se abrissem. Através de uma imagem embaçada, ele viu Roar inclinado sobre seu peito.

– Sai. Sai de cima de mim, Roar.

A garganta de Perry estava tão seca que as palavras não passavam de rouquidos. Ele só conseguia pensar em água. Ansiava por ela. Cada célula de seu corpo pedia água. Sua cabeça latejava. Doía tanto que ele tinha medo de se mexer.

Roar ergueu a cabeça em sobressalto, arregalando os olhos.

– Rá! – gritou. – *Rá!* – Ele sacudiu Perry pelos ombros. – Eu sabia! – Ele ficou de pé num salto e gritou que sabia repetidamente, até que finalmente se esparramou na areia. – Isso foi horrível. Foi péssimo – disse, ofegante, caçoando da própria reação.

Soren, que observava Roar silenciosamente, surgiu acima de Perry.

– Quer um pouco de água?

Eles se reuniram ao redor de uma fogueira, ao pôr do sol, cercados por aromas e sons estranhos. Cada vez que respirava era como ouvir uma nova linguagem – um processo de reconhecimento do cheiro da terra, das plantas e dos animais, mas também de aprendê-los como novos. Essa terra era verde e jovem, e, por mais exausto que ele se sentisse, seu coração disparava de vontade de explorá-la.

Depois de beber água suficiente para deixar sua barriga doendo, Perry ficou sabendo que Roar e Soren tinham escapado do acampamento de Sable dois dias antes. Eles também vinham se familiarizando com o terreno, encontrando água potável e alimento, enquanto tentavam elaborar um plano para derrubar Sable. Então, foi a vez de Perry falar. Ele contou a eles o que havia acontecido com Cinder, na aeronave.

— Essa foi a última vez que você o viu? — perguntou Roar. — Antes de apagar?

Perry ficou pensando antes de responder, relembrando aqueles momentos finais. Dizer que ele tinha apagado não parecia certo. Ele vira tudo branco. Mas ele assentiu.

— Foi. Não o vi depois disso.

Roar esfregou o queixo, encolhendo os ombros.

— Talvez tivesse de ser assim. Eu duvido que você pudesse ajudá-lo.

— Mas eu teria tentado — disse Perry. — Eu teria feito tudo que podia.

Soren cutucou a fogueira com uma vareta.

— Pelo que eu sei, você ajudou.

Foi uma coisa decente a dizer. Perry agradeceu com um aceno de cabeça.

Ele recostou no bote — que salvara sua vida — e enlaçou os dedos sobre a barriga. Ele queria ir correndo até Ária, mas estava fraco demais. Precisava repor a água que seu corpo precisava, desesperadamente. A cada hora, as câimbras de seus músculos e sua dor de cabeça iam passando e ele se sentia mais normal.

Ele olhou as cicatrizes em sua mão, as cicatrizes que Cinder lhe dera, e sentiu um aperto no peito. Aquela sensação que ele tinha de estar incompleto, desejando ter feito mais, ou de outra forma, de um jeito melhor, não era nova. Mas ele estava cansado de bater a cabeça contra o passado. Ele tentou fazer a coisa certa, em cada situação. Às vezes, não era o suficiente, mas era tudo que ele podia fazer. A única coisa que ele realmente podia dominar. Ele estava começando a aprender a aceitar isso.

Ele observava as cinzas da fogueira tremulando na escuridão, ao alto. Em direção às estrelas. O céu havia sido destampado e agora eles estavam conectados, a terra com todo o resto. Ele a Cinder. A Liv, ao irmão e ao pai.

Ele estava bem próximo de sentir a paz. Agora, só havia uma coisa em seu caminho.

– Per, como você soube que esse negócio estava na aeronave? – perguntou Roar, apontando com o queixo para o bote.

Perry desviou os olhos para Soren, lembrando-se do comentário do Ocupante quando eles estavam se preparando para ir atrás de Cinder, no Komodo.

Isso é um bote inflável, Forasteiro. Se é isso que você vai usar, eu estou fora dessa missão.

Soren sorriu.

– Pode admitir, vai. Eu salvei sua vida.

Seu tom foi amistoso. Ele tinha mudado na última semana, Perry pensou. Seu modo de olhar, seu jeito de falar.

– Você ajudou – disse Perry. Quando Sable o abandonou para morrer, Perry correu até os armários de suprimentos, e a piada de Soren lhe veio à mente. Ele torcera para que a Asa de Dragão, aeronave menor que a Belcisne, também tivesse um bote salva-vidas. A sorte estava do lado dele. Ele, imediatamente, localizou o bote inflável, que foi acionado apenas com um botão. Ele podia dizer uma coisa dos Ocupantes: eles construíam boas embarcações.

Perry tinha escapado da Asa de Dragão com apenas alguns segundos sobrando. Ele viu a aeronave afundar atrás dele, depois atravessou a barreira de Éter enquanto as últimas aeronaves da frota passavam voando acima.

Elas dispararam na frente dele depois disso. A frota provavelmente concluíra a jornada em algumas horas, enquanto ele havia levado um dia inteiro lutando contra o mar bravio, e mais dois dias em águas mais calmas.

Três dias sozinho, mas não haviam sido difíceis. Ele preferia caçar, mas era um pescador de nascença. Ele ficou bem com o mar à frente e um novo céu acima. Seu único verdadeiro problema tinha sido a falta de água.

Ele logo percebeu que a desidratação era pior que queimaduras, ou o golpe de uma marreta. Até ele conseguir arrastar o bote e a si mesmo até a praia, para dentro da proteção das árvores, onde Roar e Soren o encontraram, a realidade tinha perdido a nitidez. Ele achou que talvez só estivesse imaginando que havia chegado à terra firme, quando Roar e Soren apareceram.

– Teria sido mais fácil pra mim, se você tivesse me ensinado a pilotar a aeronave – disse Perry, olhando para Soren. – Isso teria me poupado alguns dias.

Soren sorriu.

– Você está sempre dizendo que quer aprender, Forasteiro. Eu estou pronto. A hora que quiser.

– Eu estou orgulhoso de vocês dois – disse Roar. – Só preciso dizer isso.

Ele estava brincando, mas havia uma ponta de honestidade naquilo. Perry estava compartilhando um odre de água com Soren. A conversa fluía fácil entre os dois. Perry nunca achou que isso seria possível.

Ele sentou e fez a pergunta que estivera em sua cabeça o dia todo:

– Como está ela, Roar?

Roar olhou diretamente em seus olhos.

– Como você ficaria, se achasse que ela estivesse morta?

Perry não conseguia nem pensar nisso. Ele se pegou cerrando os dentes.

– O que o Sable fez?
Silêncio.
– Conte a ele, Roar – disse Soren.
Perry recostou e fechou os olhos. Ele já sabia.
– Reef.
– Sim – confirmou Roar. – Gren também. No instante em que chegamos aqui. O Twig foi baleado, mas estava bem quando nós partimos.

Reef. Perry tragou o ar e prendeu, lutando contra a pressão. Em meio ano, ele havia se tornado muita coisa para Perry. Irmão. Pai. Amigo. Conselheiro. Os olhos de Perry embaçaram, e outro vácuo se abriu dentro dele.

– Eu lamento, Per – disse Roar.

Perry gesticulou levemente com a cabeça. Ele, então, preparou-se para a resposta à pergunta seguinte.

– Marron?
– Ele está bem. Pelo menos estava quando nós partimos.

Fazia sentido. Marron era brilhante e respeitado, mas não era ambicioso, nem agressivo. Ele jamais desafiaria Sable pelo poder; ele tentaria argumentar com ele. Reef representava a única ameaça a Sable. Ele teria adotado os Marés como seus, o teria feito por Perry.

– Sable tem o controle de tudo – disse Soren. – Dava pra sentir, antes mesmo de pousarmos na praia. Assim que você partiu com o Cinder, ele assumiu o controle. Ele é um maluco. Totalmente psicótico.

– Em breve, ele estará totalmente morto – disse Perry.

Durante as horas seguintes, ele conversou com Roar e Soren sobre o acampamento que Sable tinha montado. Eles discutiram sobre a estrutura básica do assentamento, a geografia dos arredores e as vantagens que Sable tinha – que eram muitas.

– Em que você está pensando, Per? – Já era noite alta quando Roar fez a pergunta.

Perry remexeu os ombros para trás, finalmente soltando os músculos e se sentindo mais recuperado.

– Vamos atrás dele. Mas temos que fazer isso do jeito correto. Se eu aparecer e os Marés me virem, a coisa pode virar uma rebelião. Pode ganhar volume e, aí, seremos nós contra os Galhadas. Isso não pode acontecer. Eles têm todas as armas... Seria um banho de sangue. Pior do que aquele no Komodo.

Roar cruzou os braços.

– Então, precisamos atacar na surdina.

– Isso. E quando ele não estiver esperando. Vamos pra cima dele amanhã à noite, no escuro. Nós chegamos bem perto e o derrubamos quando ele estiver distraído. – Ele lançou um olhar severo sobre Roar e Soren. – Isso significa que vocês dois precisam confiar em mim e fazer exatamente o que eu disser desta vez. Nada de erros.

Capítulo 49

ÁRIA

Sable estava planejando uma festa.

– O que precisamos é comemorar nosso triunfo. Um evento para marcar o novo começo – disse ele, com a voz altiva dominando a tarde tranquila, acenando para além das portas da aeronave, na direção da areia da praia. – A escuridão e a ruína ficaram para trás. Nós deixamos aquela terra envenenada e conseguimos chegar aqui. A maioria de nós. Uma boa parte de nós. E essa terra mostra todos os sinais de ser muito mais hospitaleira. Mais robusta. Nós vamos prosperar aqui. Nossas vidas serão muito melhor e isso merece um banquete.

Eles estavam no compartimento de carga da Belcisne. Ária não saíra desde que havia libertado Roar e Soren, dois dias antes. Ela tinha voltado ao acampamento pouco antes de amanhecer e encontrou seu pai andando de um lado para outro na entrada da aeronave.

– Você demorou demais – censurou-a Loran, enquanto ela entrava na Belcisne. Enquanto voltava, por conta própria, para o seu cárcere privado.

Ela não tivera nenhuma companhia desde então, além dos dois guardas mudos que a vigiavam, e Sable, que a visitava pela manhã e durante as tardes. Cada vez que ele vinha, ele falava longamente sobre sua busca pelo melhor local para estabelecer uma cidade, conduzindo uma conversa em monólogo sobre *progresso* e o *futuro*; as palavras dele não tinham peso, e passavam por ela flutuando.

Mas, agora, parecia que sua busca havia terminado.

Sable tinha uma expressão inquieta e insana nos olhos.

– Eu mandei limpar um campo, esta manhã. É lindo, Ária. Fica bem ao lado de um riozinho que desce das montanhas. Você se lembra da minha casa, em Rim? A proximidade da água é essencial para qualquer civilização próspera. Eu vou construir uma cidade semelhante, mas farei melhor. – Ele sorriu. – Estou me adiantando. Cada coisa a seu tempo. Primeiro, nós vamos dançar no mesmo chão que um dia se transformará nas ruas de Cabo Rim. E amanhã nós vamos começar o trabalho para estabelecer uma nova civilização.

Finalmente, ele voltou toda sua atenção a ela e franziu o rosto. Ele pareceu surpreso por ela não estar arrebatada por ele.

– Ária – disse ele, aproximando-se do lugar onde ela estava amuada, junto à parede, abaixo da janela onde ela vira a aeronave de Perry pela última vez.

Sable ajoelhou-se, observando-a.

– Você viria comigo, esta noite, como minha convidada? Eu adoraria não precisar forçá-la.

Ela sorriu.

– E eu adoraria ver você morto.

As pupilas de Sable dilataram de surpresa ao ouvi-la falar. Mas ele rapidamente se recuperou.

– Isso irá mudar. Um dia, as coisas serão melhores entre nós.

– Não, não serão. Eu sempre vou odiá-lo.

– Então, será que você será a única? – perguntou ele. Uma avidez tingia suas palavras. – A única pessoa que nunca conseguirei subjugar?

Ária não podia responder aquela pergunta. Se ela lhe dissesse sim, ela estaria apenas alimentando sua obsessão doentia.

Lá fora, Kirra aproximava-se com Marron. Sable deve tê-los ouvido, mas não se virou para olhar para eles. Ele manteve os olhos em Ária, como se pudesse obrigá-la a ceder aos seus desejos só pela força de sua intensidade.

Kirra entrou, e seus cabelos ruivos foram perdendo o brilho na pouca luz do interior da aeronave. Ela ainda tinha um hematoma feio no queixo, onde Ária a acertara.

Marron estava todo desgrenhado e queimado de sol. Ele levou a mão trêmula aos lábios quando viu Ária. Será que ela parecia tão morta quanto se sentia?

Os lábios de Kirra se curvaram num sorriso cruel.

– Ele está aqui, Sable – disse ela.

– Espere lá fora com ele – respondeu Sable. – Eu já vou.

Era enervante a forma como ele falava com Kirra, atrás dele, enquanto continuava encarando Ária.

– Ela vai trair você, como Olivia fez – sentenciou Kirra, com a voz repleta de raiva.

– Obrigado, Kirra. Lá fora, por favor.

Kirra balançou a cabeça para Ária e arrastou Marron junto com ela.

– Você vai machucá-lo? – perguntou Ária, depois que eles saíram.

– Marron? Não! Eu preciso dele. Eu mandei chamá-lo aqui porque preciso de um relatório atualizado. Nada além disso.

Por um longo momento, Ária só respirou, enquanto era tomada pelo alívio.

Kirra tinha parado para falar com alguém lá fora, e a voz dela era carregada para dentro da aeronave.

– Como você consegue suportá-la? – perguntou Ária.

Sable sorriu.

– Ela me serve há muitos anos. Ela dá para o gasto, particularmente quando não há ninguém melhor por perto. Antes que você diga qualquer coisa, lembre-se de que ela é uma Olfativa. Kirra sabe qual é minha posição em relação a ela e a aceita.

Essa palavra, *Olfativa*, levou Ária diretamente a Perry. Ela olhou para as mãos, pousadas sobre as pernas, sem conseguir encarar Sable.

– Eu estou cansado, Ária. Quero paz.

– Você quer paz agora, que já se apoderou de tudo.

– Nem tudo.

Ela ergueu os olhos. O desejo na expressão dele deixou-a nauseada. Pelo menos, ele sabia disso. O temperamento dela dizia a ele, sem que ela precisasse dizer uma palavra.

– Nós poderíamos conquistar grandes coisas, juntos – disse ele. – Os Ocupantes a veem como uma líder e você tem o respeito dos Marés. Nós podemos reconstruir a vida aqui. Podemos aproximá-los. Você não consegue ver isso? Não consegue imaginar como a vida poderia ser boa se ficássemos juntos?

– Eu consigo imaginar como eu poderia acabar com a sua vida de muitas maneiras diferentes.

Sable sentou nos calcanhares, dando um suspiro.

– Você precisa de um tempo. Eu entendo. Não estou com pressa. Você sofreu um bocado. – Ele se levantou, curvando os lábios. – Mais tarde, mandarei seu pai vir buscá-la.

Ela gelou, sentindo o coração diminuir dentro do peito. Há quanto tempo ele sabia sobre Loran?

O sorriso de Sable aumentou.

– Não precisa se preocupar. Ele é um guerreiro de confiança. Um homem de grande caráter, o que deveria deixá-la muito orgulhosa. Ele é muito valioso para mim. Quase indispensável – acrescentou ele, com um sorriso. Ele seguiu até a rampa, virando no último instante. – Ah, eu esqueci de lhe dizer. Seus amigos, os que sumiram misteriosamente? Roar e Soren? Não se preocupe. Eu vou encontrá-los para você. Meu pessoal está procurando por eles.

Loran chegou para buscá-la ao anoitecer.

– Ele sabe – disse Ária, enquanto ele subia a rampa.

Loran agachou na frente dela.

– Sim.

– Você está em perigo por minha causa.

– Eu quero estar.

– Você *quer* estar em perigo porque ele sabe que você é meu pai?

– Eu preferiria que ele não soubesse, mas ele sabe. Ele saberia mais cedo ou mais tarde. Certamente saberia como eu me sinto. Ele é como qualquer outro Olfativo... um mestre em usar a fraqueza do outro para obter o que deseja. Um manipulador nato.

– Nem todos os Olfativos são assim – disse ela.

– Não... você está certa. Nem todos. – Com um suspiro, Loran se sentou. – Sable faz pressão psicológica – disse ele, com uma voz despreocupada. – Ele está muito satisfeito em saber que nós somos ligados. Eu tenho o respeito de seus soldados e ele é sábio o bastante para saber que precisa manter a ordem. E agora ele está confiante de que eu nunca me recusarei a acatar suas ordens. Ele encontrou algo que pode usar contra mim; minha maior fraqueza.

– Você teria desacatado ordens dele em algum momento?

– Até pouco tempo, não – respondeu rapidamente. – Mas, recentemente... recentemente, alguém que conheci me levou a questionar coisas como integridade e o quanto ela vale.

– E o quanto ela vale?

– Muito.

– Então agora você o questiona, mas ele tem um meio de controlá-lo... e esse meio sou eu?

Loran balançou a cabeça.

– Você me entendeu mal. Eu não *o* questiono. Eu sempre soube quem ele é. O que estou questionando é quem *eu* sou, graças a uma garota com um chute de abalar os dentes.

Ela abraçou os joelhos, incerta quanto ao que dizer. Ela torcera para que, ao encontrar seu pai, ela pudesse conhecer melhor a si mesma. Nunca imaginou que o contrário também pudesse ocorrer.

— Então... quem é você?

O olhar dele recaiu sobre as botas dela.

— Não sei por onde começar, Ária. Isso é novo para mim. Eu quero lhe contar muita coisa, mas não quero sobrecarregá-la com mais do que você quer saber.

— Eu quero saber tudo.

Ele ergueu os olhos e Ária viu uma mudança em seu olhar. A princípio, ela achou que fosse surpresa. Depois percebeu que era afeto.

— Minha família – começou ele –, e a sua, serve aos Soberanos de Sangue dos Galhadas há muitas gerações. Nós somos soldados e conselheiros que detêm as mais altas patentes militares. É a vida para qual nasci, a que eu sabia que acabaria levando em algum momento, mas há vinte anos, quando eu tinha perto de sua idade, eu não queria nada a ver com isso. Quando pedi ao meu pai alguns anos para viver como eu escolhesse, ele me concedeu um. Foi mais do que eu esperava.

Loran tinha musicalidade na voz. Era lindo.

— Eu estava viajando havia apenas um mês, quando uma aeronave me perseguiu, perto da margem do Vale do Escudo. Eu me vi dentro de um núcleo de Ocupantes, lugar sobre o qual eu só ouvira rumores.

Loran olhou para trás, na direção da praia.

— Não há perdão no Norte. Nós fazemos as coisas de um determinado modo, como você já sabe a esta altura. Portanto, quando eu fui levado como prisioneiro, eu esperava algo como o que aconteceu com Peregrine. Sua mãe foi a primeira pessoa que eu vi quando recuperei os sentidos. Ela não parecia nem um pouco assustadora. – Ele sorriu, perdido em pensamentos, mentalizando alguma imagem de Lumina que Ária desejou poder compartilhar. – Ela prometeu que eu não seria maltratado. E me disse que eu voltaria pra casa um dia. Eu ouvi sinceridade na voz dela. Ouvi bondade. Acreditei nela.

Enquanto ele falava, Ária se sentia como se estivesse usando um olho mágico. Parte dela estava ouvindo Loran. Parte dela estava num Reino onde Lumina era uma jovem pesquisadora, fascinada por um Forasteiro.

– A partir daquele momento, eu não me preocupei. Eu havia deixado Rim para viver algo diferente do que eu conhecia. – Ele encolheu os ombros. – Eu não poderia ter ido parar num lugar melhor.

"Os estudos dela tratavam de adaptação ao estresse. Segundo ela me explicou, os Ocupantes tinham menos resiliência que nós. Às vezes, ela me colocava em simulações dentro dos Reinos, mas, na maior parte do tempo, ela me fazia perguntas sobre o Real. No fim das contas, ela que estava respondendo às *minhas* perguntas. – Ele passou a mão no queixo. – Eu não sei quando foi o momento exato em que me apaixonei por ela, mas nunca vou me esquecer do momento em que ela me disse que estava esperando uma criança.

"Por mais que eu gostasse dela, Ária, e eu gostava, muito, eu percebi que jamais seria aceito em seu mundo. Seu povo nunca seria o meu. Ela também não poderia viver comigo no meu mundo. Eu sabia disso, mas, ainda assim, mil vezes eu pedi que fosse embora comigo. Mas ela queria que nosso bebê crescesse em segurança. No fim, nós dois concordamos que o núcleo seria o melhor lugar para você."

Ária mordeu o lábio até doer. "Nosso bebê." Por alguns segundos, as palavras ecoaram em sua cabeça.

– Então, você foi embora?

Loran assentiu.

– Eu tive que ir. Quando voltei a Rim, eu tinha ficado fora exatamente um ano. Deixá-la foi a coisa mais difícil que eu já fiz.

Uma sensação de irrealidade a tomou enquanto ela olhava pra ele. Seus olhos se encheram de água e seus pulmões pareciam prestes a explodir.

– O que foi, Ária?

– Eu perdi minha mãe e perdi Perry. Se eu começasse a gostar...

As lágrimas caíram em torrentes. Vieram com tanta impetuosidade, a erupção foi tamanha que só lhe restou render-se a elas, deixando que a dor a sacudisse, a desfizesse pedaço por pedaço.

Depois de um longo tempo, sua tristeza se transformou em algo diferente.

Surpresa.

Os braços de Loran estavam em volta dela, amparando-a. Quando ergueu os olhos, ela viu a preocupação no rosto dele, uma *imensa* preocupação, e um lampejo de outra coisa.

– Lamento que você esteja sofrendo – disse ele, respondendo à pergunta que não havia sido feita –, mas essa é minha primeira atitude como seu pai. Pelo menos, é o que parece pra mim. E é... muito gratificante.

Ela passou os dedos sobre os olhos.

– Eu quero tentar. Também quero dar uma chance a nós.

Aquelas não foram as palavras mais belas que ela já dissera, mas era um começo. E, a julgar pelo sorriso de Loran, já era o suficiente.

Eles se viraram para a rampa aberta simultaneamente, seguindo o som que vinha lá de fora. O toque de tambores a distância.

– É melhor irmos – disse Loran.

A festa de Sable tinha começado.

A clareira na floresta era bem maior que a no coração da aldeia dos Marés. De um lado, era limitada por um rio que descia pelo vale e serpenteava em meio a seixos rolados. Uma bela vegetação decorava as margens e as árvores se curvavam sobre ele, com seus galhos banhados na água borbulhante. Não poderia ser mais diferente das margens alpestres terrivelmente gélidas e inférteis do rio Cobra.

Ao redor da área, a luz de tochas tremulava. A noite caía, e o céu de azul profundo era pontilhado por estrelas que ganhavam vida uma a uma. Ária ouvia música. Dois tambores marcando ritmo, e instrumentos de cordas também. Alguns instrumentos haviam sobrevivido à travessia.

Sable estava certo. Esse lugar *era*, mesmo, lindo. A terra *era*, sim, promissora. Mas ela não conseguia separar o sofrimento das pessoas da beleza do lugar.

Do outro lado do campo, os Marés estavam reunidos em grupos reprimidos em pé, ou sentados em círculos. Ela os observava, sentindo um nó de raiva no estômago. Eles não pareciam convidados de uma festa, ou fundadores orgulhosos de um novo assentamento. Eles pareciam o que eram: prisioneiros.

Ela viu Hyde. Ele era fácil de avistar, alto como era. Hayden e Straggler estavam em outros lugares; o primeiro, não muito longe, o segundo, do lado oposto do campo, perto de Twig. Os demais membros dos Seis pareciam perdidos sem Reef, Gren e Perry. Uns sem os outros.

Ária localizou Marron com uma roda de crianças em volta, e viu Molly e Bear ali também.

Os homens de Sable pareciam cães de guarda, estrategicamente posicionados ao redor da clareira, imponentes com suas armas e uniformes pretos, com galhadas entrelaçadas de forma sinistra no peito.

– Que festa ótima – disse ela.

Ao seu lado, Loran não disse nada.

Ao caminhar em direção ao centro da clareira, onde havia uma mesa montada numa plataforma, ela avistou Caleb e Rune, com alguns outros Ocupantes. Das mil e poucas pessoas na clareira, os Ocupantes eram só uma fração. De nada valia agora a suposta superioridade que eles tinham sobre Forasteiros.

– Ária!

Talon veio correndo na direção dela, com Willow logo atrás. Ele enlaçou os braços em volta da cintura de Ária.

– Oi, Talon. – Ela o abraçou por um segundo, sentindo-se melhor do que se sentira desde que deixara a caverna. E tê-lo perto também significava ter Perry, de certa forma.

Não muito longe, alguns homens de Sable os observavam.

– Nós não sabemos onde está o Roar – disse Willow. – Ninguém nos diz nada.

Os olhos dela estavam inchados e amedrontados. Ela não parecia em seu estado normal. *Ninguém* parecia.

– Ele está bem – afirmou Ária. – Tenho certeza de que ele está bem.

– E se ele não estiver? – Várias pessoas olharam para a voz elevada de Willow. – E se atiraram nele?

– Não atiraram.

– Como você sabe? Eles atiraram no Reef e no Gren. Eles atiram em todo mundo!

Um rosnado baixinho desviou a atenção de Ária para Flea.

– Eu vou mandar atirar nesse cachorro também, se vocês não conseguirem controlá-lo – disse Sable, ao se aproximar. Ele falava pausadamente, como se estivesse afirmando um fato.

– Eu te odeio! – berrou Willow.

– Você não pode fazer isso! – berrou Talon. Os latidos de Flea ficaram mais bravios e ruidosos. Hyde chegou, levando Talon e Willow. Hayden pegou Flea e o carregou.

Ária não podia acreditar que somente as crianças enfrentavam Sable. Esse lugar, que deveria representar a sobrevivência e a liberdade, era uma prisão.

O olhar de Sable recaiu sobre ela. Ele sorriu e estendeu a mão.

– Pode me acompanhar? Mandei providenciar um lugar especial para nós.

Ela pegou sua mão fria, com apenas um pensamento em mente.

Sable precisava morrer.

Capítulo 50

PEREGRINE

Do ponto em que estava escondido na escuridão, Perry viu Ária pegando a mão de Sable.

– Não é possível que eu seja o único sentindo vontade de vomitar – disse Soren, ao ver Sable e Ária juntos.

– Não é – respondeu Roar.

Perry não estava enojado, ele estava focado. Ele estava caçando e isso era o que ele fazia melhor.

Por trás de uns arbustos de folhas largas, ele se apoiou num dos joelhos e ficou analisando a situação. Roar e Soren estavam agachados ao lado dele.

Eles não esperavam encontrar um banquete. Isso mudaria as coisas.

Marés e Ocupantes estavam sentados em grupos espalhados pela clareira, mas Sable tinha erguido uma plataforma no centro, onde havia sido colocada uma mesa decorada com velas e arranjos de folhagem suntuosa e flores coloridas. Sable levou Ária até lá, juntando-se a alguns de seus homens e um punhado de Guardiões.

Perry notou que seus próprios guerreiros estavam espalhados. Sable, sabiamente, os dividira para melhor controlá-los.

– Acho que acabar com ele discretamente já não é mais uma opção – disse Roar.

Perry sacudiu a cabeça.

– Ele não poderia estar numa posição pior para eu pegá-lo.

A plataforma estava no meio de centenas de pessoas e metade delas eram Galhadas. Perry sabia que no instante em que aparecesse, se ele não fosse morto no ato, ele provavelmente incitaria uma rebelião absoluta. Por mais subjugada que a multidão parecesse, os temperamentos que emanavam na direção dele traziam uma ebulição irada. Os Marés não estavam derrotados. Eles eram como gravetos secos, apenas esperando uma centelha.

A posição de Talon foi a única coisa que não o incomodou naquela situação. Seu sobrinho estava sentado entre Hyde e Molly. Marron e Bear, a apenas a alguns metros de distância.

Perry sabia que isso não era acidental. Acreditando que ele estivesse morto, os Marés haviam assumido Talon como alguém do próprio sangue, protegendo-o. Ver aquilo fez seu coração se partir.

– Você consegue acertar Sable daqui? – perguntou Roar.

Perry ponderou. Ele não estava com seu arco, mas talvez eles conseguissem pegar uma das pistolas usadas pelos Galhadas que vigiavam a clareira. A distância era de mais ou menos cem metros – acertar um alvo àquela distância seria algo fácil, se ele estivesse usando o próprio equipamento. Mas ele não estava tão familiarizado assim com as armas dos Ocupantes.

– Ária está bem do lado dele – disse ele, finalmente. – Não posso arriscar. Não com uma arma que não conheço direito.

Sable a pusera sentada à sua direita. O pai de Ária estava sentado do outro lado.

– Você não pode fazer um arco? – perguntou Soren.

Roar olhou para Perry, revirando os olhos.

– Claro, Soren. Vamos voltar em alguns dias.

Perry voltou a mirar a clareira. Abordar Sable daquele jeito não era o ideal, mas já tinha morrido gente suficiente e a expressão nos olhos de Ária o preocupava. Sua intuição lhe dizia que era hora de agir.

Ele analisou cuidadosamente cada cenário possível, mais de uma vez, depois explicou o que precisava para Soren e Roar.

Quando ele terminou, Soren se levantou e anuiu com a cabeça.

– Entendido – disse, antes de sair correndo.

Então, foi a vez de Roar ficar de pé.

– Acerte o alvo, Per.

Quando ele se virou para sair, Perry o segurou pelo braço.

– Roar... – Ele não sabia o que mais dizer. Tão pouco lhe restou e se o seu plano não desse certo...

– Vai dar certo, Perry. – Roar apontou com o queixo na direção da clareira. – Vamos acabar com aquele desgraçado. – Ele saiu correndo, com passos silenciosos, enquanto seguia até o lado oposto da clareira.

Enquanto olhava Roar por entre as árvores, Perry nunca se sentiu tão grato por seus olhos aguçados. Seu coração batia forte, enquanto Roar se aproximava de seu alvo, tomando a posição.

Escondido na mata, atrás de Kirra.

Perry precisava usá-la, assim como ela o usara.

A música parou bruscamente – isso significava que Soren tinha feito sua parte. Ele tinha seguido até os músicos, encontrado Júpiter e lhe dissera que parasse de tocar.

Roar agiu em seguida. Do outro lado da clareira, ele ergueu a mão, sinalizando. Ele estava pronto.

Perry se voltou então para o soldado dos Galhadas que estava próximo a ele. Ele se levantou, e manteve as pernas flexionadas, enquanto fazia a contagem regressiva.

Três.

Dois.

Um.

Ele voou de seu esconderijo, sabendo que Roar estava fazendo o mesmo do outro lado da clareira. Suas pernas revolviam a terra macia, enquanto ele corria na direção do Galhada.

– Sable!

O grito de Roar irrompeu no silêncio como um trovão. Centenas de pessoas se viraram na direção dele, enquanto Perry agarrava o soldado pelo pescoço, pressionando-lhe a garganta para abafar seus gritos. Ele, então, o arrastou para a escuridão, para trás da proteção de um arbusto, e habilmente o desarmou, desferindo uma coronhada na têmpora do homem. A cabeça do soldado entortou com violência para o lado e ele caiu inconsciente. Perry, imediatamente, se pôs a percorrer a curta distância até a clareira.

Por todo lado as pessoas se levantavam, esticando-se para enxergar Roar, que imobilizava Kirra pelo pescoço, usando o corpo dela como escudo.

Perry entrou no meio da multidão, curvando-se ligeiramente para diminuir sua altura. Twig o viu e boquiabriu-se. Antes que ele dissesse qualquer coisa, Perry balançou a cabeça, levando o dedo aos lábios.

Outros desviaram o olhar na direção de Perry. O Velho Will. Brooke e Clara. Um murmúrio surgiu ao seu redor, mas logo se dissipou. A mensagem foi passada pela multidão como uma onda silenciosa: ele estava lá, mas tinha de permanecer incógnito. Os Marés entenderam. Não deram nenhuma indicação de que Perry estava entre eles. Eles evitavam exibir expressões de surpresa, mas ele farejava seus temperamentos. Sabia exatamente o quanto eles tinham ficado arrebatados em vê-lo vivo. A intensidade da emoção deles aumentava ainda mais sua determinação.

Enquanto ele passava por Straggler e o Velho Will na direção da mesa alta, no centro da clareira, a voz de Roar era o único som que ele ouvia.

– Mande-os recuar, Sable! Diga a seus homens para recuarem, ou vou matá-la!

Perry chegou à margem da aglomeração. A plataforma de madeira se estendia à sua frente, com Sable a apenas alguns passos de distância.

E Ária.

– Mande que eles recuem e eu a soltarei! – gritou Roar. – Isso é entre nós dois! É sobre Liv.

Sable pegou a arma do pai de Ária e levantou-se, recuando da mesa.

– Não posso dizer que estou surpreso em vê-lo.

Gritos de espanto irrompiam pela clareira enquanto a multidão se afastava, esvaziando o espaço entre eles.

– Você tem uma dívida a pagar. – A voz de Roar estava rouca de raiva. A distração estava dando certo: todos os olhos permaneciam fixos nele.

Perry ergueu a arma e a apontou para Sable, procurando o melhor ângulo para um tiro certeiro. Ele o encontrou. Seria um tiro mortal, bem atrás de sua cabeça. Perry respirou fundo e fez uma pressão firme no gatilho.

Ária se moveu inesperadamente, entrando na frente de Perry.

Perry soltou o gatilho, com o coração vindo à garganta, mas não perdeu tempo. Ele foi sorrateiramente contornando a plataforma em busca de outro ângulo, sabendo que tinha apenas alguns segundos, até que os Galhadas o avistassem.

– Sable, faça alguma coisa! – suplicou Kirra, tentando inutilmente se libertar de Roar.

– Ninguém mais precisa se ferir – gritou Roar. – Só você. Você tem que pagar pelo que fez!

Sable ergueu a pistola com um movimento veloz e preciso.

– Eu discordo – disse ele.

E atirou.

Capítulo 51

ÁRIA

O tiro fez o ar tremer. Um instante depois, Roar e Kirra caíram no chão.

Ária reagiu sem pensar, investindo contra Sable. Ela se chocou violentamente contra o ombro dele e os dois caíram na plataforma. A borda rija da placa de madeira fincou suas costas, com o peso de Sable a esmagá-la. Eles rolaram juntos para fora da plataforma, caindo na grama.

Ao cair, ela se retorceu, pegando a pistola da mão dele. Seus dedos encontraram o gatilho e ela o apertou. Ela ouviu a arma disparando no instante em que o primeiro golpe de Sable acertou-lhe na têmpora.

A dor foi tão intensa que ela sentiu seu cérebro queimar por dentro, uma chama que desceu por toda sua coluna. Sua vista escureceu. A única coisa que ela sabia era que ainda segurava a arma.

Mas, em seguida, ela foi arrancada de seus dedos por mãos que ela não viu, e depois ela foi posta de pé. As mãos a puxaram com tanta força que seu pescoço pendeu para frente e seu queixo bateu em seu peito.

Ária ergueu a cabeça. Ela não conseguia ver nada; não via a terra sob seus pés, nem as pessoas à sua volta. Ela piscava com força, tentando recobrar a visão. Tentando não cair.

Quando seus olhos voltaram a enxergar, ela achou que estivesse morta. Que tivesse atirado em si mesma enquanto tentava matar Sable. Era a única explicação para estar vendo Perry a apenas dez passos de distância, apontando uma arma para Sable de cima da plataforma.

Perry desceu ao chão. Gritos espalhavam-se por toda a clareira. Vários guardas de Sable apontavam suas armas para Perry.

Ele ficou imóvel, desviando o olhar para Ária. Então, ele baixou a arma.

– Sábia escolha, Peregrine – disse Sable, ao lado dela. – Se você me matar, meus homens o matarão e, então, muito provavelmente, a matança continuará por um bom tempo. Fico contente que você reconheça isso.

Enquanto ele falava, Ária notou que ele estava de mãos vazias. Ela o desarmara. Ela havia arrancado parte de sua orelha.

Sable parou, retraindo-se ao sacudir levemente a cabeça, como se tivesse acabado de notar que sentia dor. Ele pressionou o ferimento e viu o sangue em seus dedos, então soltou um urro de puro ódio.

– Pegue a arma dele, Loran – ordenou.

Perry não tirou os olhos de Sable, enquanto Loran tirava a arma das mãos dele.

Ária já sabia o que estava por vir. Ela já tinha visto isso. Ela tinha vivido esse pesadelo uma vez numa varanda acima do rio Cobra. Ela sentiu como se estivesse novamente caindo. Como se em alguns segundos ela fosse mergulhar nas águas negras e gélidas.

– Eu preciso admitir – disse ele, dando uma risadinha –, *você*, eu *estou* surpreso em ver, Peregrine. É culpa minha por não ter sido mais meticuloso. Esse é um erro que não voltarei a cometer. – Ele deu uma olhada por cima do ombro para Loran, que havia se posicionado atrás dele. – Pode me dar essa arma. E é melhor você segurar sua filha. Não quero que ela seja baleada acidentalmente.

Loran não se moveu. Ária não compreendeu. Será que ele não ouvira a ordem?

Segundos se passaram. Finalmente, Sable olhou para ele.

– Loran, a arma.

Loran balançou a cabeça.

– Você quer manter vivas as antigas tradições. Você mesmo disse isso, quando chegamos aqui. – Ele ergueu a arma para o alto. – Nós nunca usamos isto para responder a um desafio. Os Marés usam, Peregrine?

Todos os olhos na clareira se voltaram para Perry.

Ele balançou a cabeça.

– Não. Nunca. – Então ele mergulhou à frente, voando sobre Sable.

Capítulo 52

PEREGRINE

Enquanto Perry derrubava Sable no chão, ele vivia um pequeno dilema consigo mesmo.

Fazer com que Sable sofresse, ou liquidá-lo instantaneamente? Um pouco de cada, ele decidiu.

Sable reagiu empurrando Perry, mas ele era mais fraco e mais lento. Imobilizá-lo no chão não exigiu muito esforço.

Quando Sable caiu, Perry deu-lhe um soco no queixo. A cabeça de Sable girou para o lado, e seus olhos iam perdendo o foco, à medida que o golpe o atordoava. Perry agarrou o cordão de Soberano de Sangue, cravejado de pedras preciosas, de Sable, e enrolou as correntes na mão com um puxão, apertando-as em volta do pescoço dele.

Sable gemia e bufava, debatendo-se sob o peso de Perry, mas ele o segurava firme. Ele já estivera numa posição bem parecida, com seu irmão. Aquilo tinha sido mais difícil. Muito mais difícil que isso.

– Você estava certo, Sable. – Perry torceu o cordão, apertando mais, sentindo as pedras frias junto aos dedos. – Nós somos parecidos. Nenhum de nós merece usar isso.

Os olhos de Sable se esbugalharam e ele começou a ficar azulado.

– Perry!

Perry ouviu Ária gritar bem na hora em que, de canto de olho, identificou o brilho do metal. Ele recuou, mas sentiu a lâmina cortar a lateral de seu corpo.

Uma arma escondida. Ele deveria saber.

A faca arranhou as costelas de Perry. Foi um corte superficial – Sable estava fraco demais para empregar força no golpe –, a dor que ele sentiu era rasa, nada comparado ao que Perry já havia experimentado.

– Isso não é o suficiente, Sable – rosnou ele. – Você não *tem* o suficiente. – Ele torceu o cordão com mais força ainda e segurou firme.

Sable se sacudiu, revirando os olhos, e o tom de sua pele foi mudando de azul-claro para branco.

Ele finalmente ficou imóvel.

Perry soltou o cordão e ficou de pé. E decidiu ali mesmo: já chega. Aquela seria sua última atitude como Soberano de Sangue dos Marés.

Ele tirou o próprio cordão do pescoço e jogou em cima do corpo de Sable.

Ele passou a hora seguinte dissipando a tensão na clareira, com Ária, Marron e Loran. Os Galhadas baixaram as armas sem muita reclamação quando souberam que não corriam risco de retaliação. O pai de Ária provou ser a chave para o desarmamento deles. Perry logo viu que Loran inspirava mais lealdade e respeito do povo de Sable do que o próprio Sable jamais conseguira.

Então começaram as perguntas à medida que as discussões se voltavam para os próximos passos. Quem seria o líder? Como eles fariam para suprir as necessidades básicas?

Nada estava decidido, mas uma coisa era repetida inúmeras vezes: as respostas acabariam vindo, e viriam pacificamente. Ocupante. Forasteiro. Galhada ou Maré. Todos eles pensavam a mesma coisa. Já tinham brigado demais. Era hora de se livrar da casca do antigo mundo e ir adiante.

Mais tarde naquela noite, quando quase todos já tinham ido dormir, Perry e Roar se olharam, e fizeram o que haviam feito ao longo da vida inteira, pegando a trilha até a praia para ter alguns minutos de tranquilidade.

Daquela vez foi diferente.

Ária foi com eles. Talon e Willow também.

Depois vieram Brooke e Soren. Molly, Bear e Marron.

E uma pequena aglomeração deixou o acampamento adormecido para trás, seguindo até a praia banhada por ondas bem mais calmas que aquelas que batiam na aldeia dos Marés.

Hyde e Hayden juntaram lenha. Júpiter trouxe um violão. Logo havia uma fogueira e riso. Uma comemoração verdadeira.

– Eu lhe disse que conseguiríamos, Per – disse Roar.

– Foi por pouco, porque eu realmente achei que você tivesse sido atingido.

– *Eu* achei que eu tivesse sido atingido.

– Eu também – disse Ária. – Você caiu de forma tão dramática.

Caleb concordou.

– Foi mesmo. Ele caiu com um floreio.

Roar deu uma gargalhada.

– O que posso dizer? Eu sou bom na maioria das coisas.

Enquanto eles continuaram a brincar, os pensamentos de Perry se voltaram para Kirra. Roar não tinha sido atingido, mas ela tinha. Não era certo comemorar sua morte, mas a de Sable...

Perry não sentia qualquer remorso pelo que havia feito. Ele gostaria de ser mais nobre a respeito, mas não conseguia ser. Depois de ter matado Vale, ele conhecia arrependimento. Perry carregaria este fardo pelo resto de sua vida. Mas a morte de Sable só lhe trouxe alívio.

Olhando os rostos à sua volta, ele ansiava por ver sua irmã. Liv deveria estar ali, provocando Roar. Rindo das piadas dele, mais alto que todo mundo. Do lado oposto da fogueira, Twig e os irmãos estavam em silêncio, sem dúvida sentindo a ausência de Gren e Reef. Todos eles eram irmãos. Um círculo de Seis que agora havia sido partido por causa do Sable.

Perry observou Willow, que estava entre Molly e Bear, com o Talon. Flea dormia encolhido aos pés dela, mas parecia solitária, e Perry sabia de quem ela sentia falta.

Eles tinham conseguido chegar ali, mas o preço havia sido alto.

Ária pegou na mão dele. Ela olhou-o nos olhos. As chamas da fogueira iluminavam o rosto dela.

– Como você está? – perguntou ela.

– Eu? – Perry passou os dedos pelo hematoma que Sable deixara na testa dela. Acabaria sumindo, e o corte que Sable lhe dera nas costelas também acabaria sarando. Agora, Perry quase não sentia mais o ferimento. Ele sentia a garota que amava, ao lado dele. – Eu estou incrível.

Ela sorriu, reconhecendo a própria resposta à mesma pergunta alguns dias antes.

– Está mesmo?

Ele assentiu. Quando eles conseguissem passar um tempo sozinhos, ele lhe contaria sobre todo os triunfos e mágoas guardados no fundo de seu coração.

– Estou. – Por ora, foi tudo o que ele disse.

Uma conversa do outro lado da fogueira chamou sua atenção. Marron estava conversando com Molly e alguns Ocupantes sobre formar um conselho de liderança. Eles pretendiam começar a recrutar membros pela manhã.

Perry deu um apertão de leve no ombro de Ária, erguendo o queixo.

– Você deve fazer parte desse conselho.

– Eu quero fazer – disse ela, depois caiu em silêncio por um momento. – Talvez eu pergunte ao Loran se ele também quer participar.

Era uma ótima ideia. Perry não conseguia pensar em um modo melhor para que Ária reconstruísse um relacionamento com seu pai, e ele sabia o quanto ela queria isso.

Ária olhou para o pescoço dele, de onde o cordão já não pendia.

– E quanto a você?

– Você fará um trabalho muito melhor do que eu jamais fiz. Você já fez. E eu tenho planos importantes para amanhã.

– Planos importantes?

– Isso mesmo. – Ele piscou para Talon, que estava pegando no sono, ao lado de Molly. – Eu vou pescar.

Os olhos de Ária se acenderam.

– Com que tipo de isca? Minhocas? Minhocas-noturnas?

– Será que você nunca vai se esquecer disso?

– Não. Nunca.

– Tudo bem, então. – Ele chegou mais perto e sussurrou: – Eu te amo, minha pequena Minhoca-Noturna. – E a beijou, porque podia beijar. Demorou-se em seus lábios, porque não podia evitar.

Ária recuou primeiro, deixando-o louco de desejo. Ele estava a dois segundos de levá-la a algum lugar reservado e ela pareceu saber disso. Ela sorriu pra ele, com os olhos repletos de fervor e promessas, e se virou para Soren.

– Não tem nada a dizer? – perguntou a ele. – Nenhuma exclamação de repulsa, ou comentários maliciosos?

– Que foi... Não. – As palavras saíram juntas. Soren cruzou os braços e ergueu os ombros. – Nada.

Ao lado dele, Brooke sacudiu a cabeça.

– Esse é nova.

Soren olhou para ela, tentando – sem sucesso – conter um sorriso.

– Será que eu não posso simplesmente ficar sentado aqui, desfrutando da fogueira?

– Você está *desfrutando* da fogueira? – Brooke riu.

Soren franziu o rosto, parecendo confuso.

– O que foi? Por que isso é engraçado?

Perry notou que eles estavam sentados mais próximos do que precisavam e Brooke parecia feliz.

Roar, subitamente, se levantou e seguiu em direção à escuridão. Perry ficou imaginando se ele vira a mesma coisa, o começo de um novo par, e teria se lembrado de Liv.

Mas Roar só contornou a fogueira e pegou o violão de Júpiter. Ele voltou e olhou para Ária, sorrindo, ao dedilhar as cordas. Perry reconheceu os primeiros acordes de "Canção do caçador".

Ária endireitou-se, esfregando as mãos com bastante ansiedade.

– Minha *predileta*.

– Minha também – disse Roar.

Perry sorriu. Era a predileta *dele*, não deles.

– "A luz do amanhecer nos olhos do caçador" – cantou Ária. – "O lar se desfralda em sua mente."

Roar cantava com ela e as duas vozes entraram em perfeita harmonia, e era muito bom – a melhor coisa do mundo – ouvir as duas pessoas que o conheciam melhor cantando para ele. A letra contava a história do regresso de um caçador, e ela sempre deixava Perry arrebatado; ele cantarolou essa canção milhares de vezes, enquanto percorria o Vale dos Marés. Ele jamais voltaria lá, mesmo assim essa noite era um regresso – à vida que ele queria novamente.

Eles estavam a salvo. Agora, ele podia descansar. Ele sorriu. Ele podia *caçar*.

– Peregrine – disse Molly, mais tarde quando o grupo havia se aquietado. Talon roncava baixinho, com a cabeça no colo dela. – Sable fez um comunicado, mais cedo. Ele nos disse que esse lugar seria chamado de Cabo Rim. Acho que podemos arranjar um nome melhor.

– Eu *sei* que nós podemos – disse ele. – Já tem alguma coisa em mente, Molly?

– Tenho pensado nisso e me parece que nós não estaríamos aqui, se não fosse pelo Cinder.

– Ah... – disse Marron. – Que ideia encantadora.

Ária ergueu os olhos e seu aroma de violeta o tomou.

– O que você acha?

Perry olhou as ondas, depois mais adiante, para o horizonte escuro, onde ele só via estrelas.

– Acho que é um ótimo nome.

Capítulo 53

ÁRIA

— Você já terminou? – disse Roar. – Porque isso demorou uma eternidade. – Ária saiu da Belcisne e correu rampa abaixo, para juntar-se a ele.

— Levou uma hora, Roar.

Atrás dela, o restante dos membros do conselho ainda estava conversando. Seu pai discutia com Soren – uma dinâmica que já se tornara familiar – enquanto Marron e Molly interferiam, calmamente, de vez em quando. A reunião tinha terminado, mas ainda havia muito a ser decidido. As discussões deles nunca terminavam realmente.

— Foi exatamente o que eu disse. Uma eternidade. – Roar caminhou ao lado dela, enquanto voltavam para o assentamento. – Como foi o nado?

— Bom. Está ajudando. – Nas semanas que sucederam à chegada deles, ela e Perry vinham nadando juntos durante as manhãs. Eles saíam cedo, antes que qualquer um acordasse, e ainda não tinham perdido nenhum dia. O exercício estava ajudando seu braço a sarar, e sua mão tinha quase voltado ao normal, mas a melhor parte era passar um tempo a sós com ele.

No dia anterior, quando eles terminaram, ele lhe contou que a água fazia com que se sentisse próximo do território dos Marés.

Ária adorava saber as coisas que ele pensava. Cada novo pensamento que conhecia a fazia cair ainda mais de amores por ele. Era o melhor tipo de queda e ela se perguntava se isso algum dia chegaria ao fim.

— Algo me diz que você não está sorrindo por conta do meu charme irresistível — disse Roar, tirando-a de seu devaneio.

— Acho que você anda passando tempo demais com o Soren. Você está começando a falar como ele.

Roar sorriu.

— Bem, o Soren não fala mais como o Soren, portanto alguém tinha que assumir essa posição.

Ária riu. Era verdade. Entre a morte de Hess e o que quer que estivesse acontecendo entre Soren e Brooke, as arestas do comportamento dele vinham sendo aparadas. Agora, Soren era ofensivo só de vez em quando.

Ela e Roar trocaram amenidades enquanto caminhavam pela trilha, com uma conversa tranquila e leve como sempre. À medida que foram se aproximando do assentamento, Ária ouvia as batidas dos martelos e vozes chamando, aqui e ali. Embora ela tivesse se acostumado à arruaça ao longo das últimas semanas, esse barulho sempre a enchia de esperança. Ele representava lares sendo construídos.

Parte de seu trabalho no conselho era desenvolver planos de longo prazo para a cidade de Cinder. Planos para ruas pavimentadas, um hospital, um salão de reuniões. Essas coisas seriam construídas, mais cedo ou mais tarde. Por enquanto, eles precisavam de abrigo. Um lugar confortável para descansar à noite.

— Eu não o vejo — disse Roar, percorrendo o lugar com os olhos assim que chegaram.

— Também não estou vendo. — Em volta deles, havia uma sinfonia de pessoas cavando, carregando coisas de um lado para outro, levantando paredes e telhados, enquanto Flea pulava em volta deles como se estivesse supervisionando o trabalho. — Ele levou Talon para dar uma volta, depois de nosso nado esta manhã. Tenho certeza de que eles voltarão logo. – Essa era outra parte do dia de Perry; passar um tempo com Talon caçando, fazendo trilhas. Qualquer coisa que eles sentissem vontade.

Ária sentou numa meia mureta, erguida com pregos feitos com a nova forja e com madeira cortada de uma parte mais elevada do terreno, e trazida flutuando rio abaixo. A mureta acabaria aumentando, até se tornar a parede de uma casa.

Aquela casa, em particular, teria um andar intermediário com um pequeno defeito. Uma fenda no telhado que deixaria apenas um filete de céu azul à mostra. Ária tinha combinado tudo com Marron. Seria uma surpresa para Perry.

Roar sentou-se ao lado dela.

– Então, você quer simplesmente esperar por eles, aqui?

– Claro. – Ela bateu levemente com o ombro no ombro dele e sorriu. – É um ótimo lugar para esperar. Aqui é nossa casa.

AGRADECIMENTOS

Este livro marca o final de anos de empenho de muitas pessoas. Em primeiro lugar, agradeço a Barbara Lalicki por sua orientação infalível e sua fé nessa história. Eu não poderia ter desejado uma editora melhor. Esses livros não existiriam sem Rosemary Brosnan e Andrew Harwell, fontes constantes de apoio, incentivo e sabedoria editorial.

Minha gratidão se estende a Susan Katz e Kate Jackson por se arriscarem com Peregrine e Ária, a Kim VandeWater e Olivia deLeon por todo o empenho em promover a trilogia, e a Melinda Weigel e Karen Sherman por darem polimento e precisão às minhas palavras.

Sou eternamente grata aos meus agentes, Josh e Tracey Adams, por me guiarem pelos aspectos profissionais da vida de escritora, com humor e dedicação. Também agradeço a Stephen Moore por toda sua dedicação.

Muitas vezes, eu recorri a Lorin Oberweger, Eric Elfman, Jackie Garlick e Lia Keyes em busca de aconselhamentos para escrever esta trilogia. Talia Vance, Donna Cooner, Katy Longshore e Bret Ballou estiveram ao meu lado, desde o começo. A todos vocês, eu digo: obrigada, e vamos fazer outra série?

Minha família merece muito mais da minha gratidão e do meu amor do que eu poderia encaixar nesta página, mas, mesmo assim, aqui vai. Mãe e pai. Gui e Ci. Pedro e Maji. Toni e Mike.

Shawn, Tracy, Nancy, Terri. Taylor, Morgan, Ju, Bea. Luca e Rocky. Michael. Eu amo vocês. Obrigada por me aturarem durante esses últimos anos, enquanto eu passava muito mais tempo com Ária e Perry do que com vocês.

Finalmente, eu agradeço a você por me deixar lhe contar uma história sobre uma garota e um garoto que fizeram algo extraordinário. Agora é a sua vez. Encontre seu caminho, seu Azul Sereno, e chegue lá. Eu sei que você pode.

Este livro foi impresso na Intergraf Ind. Gráfica Eireli.
para a Editora Rocco Ltda.